U0581955

龙窑飞

LONG YAO FEI

江华明 著

中国首部描写新石器时代

黄帝赐封“陶王”宁封子的长篇小说

宁封子，有史以来第一个有文字记载的，且富有曲折故事和展示中华民族人文精神的圣人，即“陶”的发明者和陶业长官。他的个人背景和事迹，曾广泛出现于《列仙传》《封神榜》《礼记》《史记》等著述和民间传说中。

中国文史出版社

目录 CONTENTS

上篇　少年的泥与火

氏族部落的骚动 / 3

他就是封子 / 9

渔　猎 / 14

面临侵扰 / 20

少女的光芒 / 25

能出五色烟的火 / 31

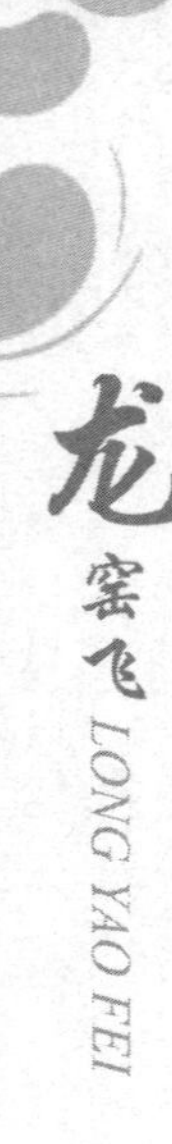

关于水塘 / 35

悍然的旱灾 / 39

天逼鸟鹗 / 45

逃难似的迁徙 / 50

母系构架的坍塌 / 56

绷紧的丛滕 / 61

被刺矛杀进大腿 / 64

捕获与遣返 / 69

面对蚩尤部下的凶 / 73

内忧外患的酋长 / 77

泥土被烧硬 / 81

中篇　器皿越来越硬

有巢氏的春天 / 87

被山洪肆虐 / 94

返　乡 / 99

巢燧联盟 / 103

分裂门 / 107

盘古山里的喧嚣 / 112

原始社会 / 117

炎帝的使臣 / 122
魑部的浩浩荡荡 / 127
拜　谒 / 132
轩辕的重托 / 137
龙窑飞 / 142
有关烧炼 / 146
力牧与任僖联袂 / 149
蛮角及其部落消亡 / 153
有熊城的熊 / 158
常先参本前后 / 163

下篇　陶正已经成仙

陶正随征 / 171
引　蛇 / 175
涿鹿之战的陶器 / 179
黄帝的意图 / 183
兄长祁貙 / 186
臣　子 / 191
受命回山 / 196
坚决拒迁的佶好 / 200

各亲其亲 / 204

阪泉之战与凯旋 / 208

榆罔这枚棋子 / 214

宁邑事件 / 218

殿堂之上 / 223

启示与预谋 / 228

涅　槃 / 233

封禅时的安葬 / 237

明天就出发 / 242

上篇

少年的泥与火

氏族部落的骚动

话从有巢氏的母系氏族说起。

这也是一宗好笑的事情。就在渔猎队刚刚离开部落的第三天中午，留守在盘古山的勇壮就顺着微弱的呻吟声，在山涧里捉到一男一女两个流民，并差一点点因色欲引起了一场骚动。他们凭什么将两个路人押解上山？是因为人家势单力薄误入了氏族的领地？还是因为被其中的一个女性激发出雄性的荷尔蒙？

欲望真的是无所不在！

当时山上草木茂盛，有一只鹰隼在山林的上空反复盘旋。

有巢氏是一个原始的氏族，如同《史记》中著名的神农氏、轩辕氏、燧人氏他们一样，相当于后来的“赵钱孙李周吴郑王”中的一个姓氏家族。毫无疑义，每个氏族都是以血缘为纽带的关系群体，其成员均出自一个共同的祖先，犹如山上一帮又一帮的猴群。人类，本来就是由类人猿进化而来。

《通志·三皇记》上说：“厥初，先民穴居群处，圣人教之结巢，以避虫豸之害，而食草木之实，故号有巢氏，亦曰大巢氏。”

但是各位有所不知，到了史学界作古认真命名的“新石器时期”，有巢氏已经发展成一个近两百号人的氏族部落。“部落”的概念就比“氏族”的外延要宽泛出许多。它是以一个强盛的氏族为核心，通过互助、俘虏或性吸引等组合方式，由两种或两种以上血缘掺杂而成的社会团体。它的特点就是：有着严格的一致认同的规矩、酋长和图腾。

话说那来历不明的一男一女，在山涧里的状态非常之糟糕。在穿着上，女人的腰间仅仅是系着一块破旧的豹皮，而由女人照应着的那个男人用的却是以稠密的翎毛串成的一围精致短裙。当时男人半躺在一块巨石上呻吟，女人流着泪在给男人喂水。男人嘴唇干裂、浑身发烫和软不拉几，完全像发瘟的鸡一样病成了一副要死不断气的样子。

攀行已有点力不从心，否则一个堂堂的男子怎么会连武器都让人夺走？

拿着武器跟在他俩身后的人也是两个：一个是男人，另一个也是男人。尽管这两个男人喜剧性的一个粗矮一个精瘦，但是他们两个都是雄性，而且是盘踞在这座山头的雄性。

这，就显现出问题的关键！

这是一个炎热的夏天，正属于出去渔猎的最好季节。所有的动植物都在惊蛰后复苏，并在整个肥沃的春季里迅猛长大。这时候太阳当顶，炽热的阳光穿透林间的缝隙放射出耀眼的煞白。一路上蚊蝇嘤嘤嗡嗡。由于闷热高温，连一向欢蹦乱跳的松鼠与灰兔都少见踪影，只有懵里懵懂的昆虫嘶鸣声，仿佛对唱一样在树枝或草丛中此起彼伏。

幸好山坡上有一泓清凉的泉水淙淙而下，有一对笨头笨脑的锦鸡在溪水边一探一探地试图饮水。这时候它们“扑哧扑哧”惊飞起来。因为有三男一女，正沿着洇湿的石头拐上羊肠小道，朝着半山腰的洞穴群缓慢地攀爬。

故事由此展开。

故事，就从这同性相斥的动物之本能开始。

于是，分别拿着尖木和石斧武器的两个男人，一开始就将那个体力不支的男人视为累赘或障碍，所以一路上都是对他横眉冷对，找碴子汹汹喝喝、推推搡搡。而他俩的目光始终就跟狗皮膏药一样，黏在另一个女人上身撕都撕不下来。原因非常简单，那个陌生女人饱满的乳房随着攀爬的幅度，一直在欢快地上下颤抖和左右晃荡。

这两个人分别叫作衣松和圪莒。

按道理一家伙放倒那个碍事的男人就一了百了，然而事情根本没有我们想象得那么简单，千万别以为原始社会就可以随随便便强奸杀人。新石器时期的氏族文明又爬上了一个台阶：已经不再宰食俘虏、巡山人最起码得两个、部落的执法者是氏族的长老……就算是一帮猴群，它们也有自己森严的等级秩序，要不然在荒野没什么事做，男男女女肆无忌惮地乌七八糟他们就乱了套了。

因此像是口渴了一样，他俩一路上都不停地吞咽着口水，以压抑着来自内心的骚痒。尤其是那个跟猴子一样精瘦的男人，拄着一杆类似于梭镖的木棍，在上山时不断地用身体黏附女人和用鼻孔吮吸肉香。忍不住他都把胯裆里的雨伞撑得老高老高。这就使得他本来就很突出的喉结骨碌骨碌地翻滚，犹如他腰身下草围里不停拱动的深褐色龟头。

且说有巢氏部落的那个首领，自然是个精明、稳健、能干和具备杀气的女性，那都不是一般人能够胜任的角色。在生产力极其低劣的当时，一个女的要有条不紊地负担起这么多人的吃喝住行与繁衍生息的责任，那必须事必躬亲。

她的名字就叫鸟鹗。

就是鱼鹰的意思。顾名思义就有一双凶猛的眼睛和一副锐利的爪子。那个时候在高大威猛的五行山山脉南部，也就是现在被我们称为“南太行”的地方——由中原腹地向西延伸的山区里面，有一座叫作盘古山的陡峭高山。高山上就有一头鸟鹗率领着一个部落，隐匿在这座山的山腰崖壁洞穴，及其周边大树树杈之上。

这，就是后来被韩非子描述为“构木为巢，以避群害”的那个部落。

酋长鸟鹗实际上是什么样子呢？是一个肩膀平直、脑门亮堂、眼睛很大、乳房壮实、屁股走起路来一波一波地翘起，是被许多雄性垂涎三尺的性感妇女。部落的日子，就这么在她的一手调点下波澜不惊地过着。完全可以这样断言：如果不是衣松和圪莒这天带来了一男一女，隐居深山的族人们就有可能像平常那样，一潭死水般地晃悠晃悠，劳作、进食、对话，以及两相愉悦地性交，然后缩进各自的巢穴里呼噜呼噜睡觉。

这就是氏族部落的状态。

之前的这个上午，部落的酋长在给大家分配任务。“这个，这个，还有这几个”，于是这一拨人的工作便像郊游一样，结伴去附近的山头采集可

供食用的草叶或浆果。或者“你，你，还有那一帮年纪大的”。因此那一拨人就像是磨洋工一般，聚坐在岩壁下的台地上或某个洞穴里，一边叽里咕噜开着玩笑，一边编织草裙或打磨着骨器与石器。

酋长这才前后左右看看，吩咐四个站在那里听差的少女，去旁边一个大树杈上取下几张兽皮，拿到台地上去刨刮和晾晒。最后结束，她冲着一个类似于现代育婴室的洞穴，“哦哦哦”地喊出两个中老年妇女跟自己到最下面的洞穴，去给那些试着驯养的野猪和野狗喂食。

然而就在这天中午，一块石头“咕咚”一声被丢进了部落这潭死水。

起先是那位喜欢虚张声势的衣松，抖着手里削尖的棍子神里神气地一路吆喝，与圪莒一起爬进中央那个最大的洞穴；接着是所有在巢的族人听到响动，还误以为是渔猎队这么快就归来了，很多人就表情奇怪而木讷地跟着前往酋长的住所。而最后叽里呱啦蜂拥而至的那一帮家伙，一瞬间就使得崖壁上的气氛变得热火朝天。

最后那一窝蜂赶到的是，一伙头发蓬乱黑不溜秋的小鬼。

就像是一群麻雀，他们小鸡巴一抖一抖跟随着一个干净一点的孩子后面，大老远从几棵早熟的核桃树上滑溜下来，奔跑着拥进酋长的洞穴兼部落的议事洞厅。深山里难得有新鲜事发生，所以小伙伴们不管不顾地争先恐后，使得一路上都有核桃果像小皮球一样蹦蹦跳跳。

这一天他们没有在洞穴的崖壁下台地上玩耍，是因为领头的那个孩子发现核桃熟了，大清早就领他们去了离巢穴有两百多米远的山坡上采摘。等他们爬上酋长鸟鹗的洞厅，洞穴口已经被围得水泄不通。可是什么事也难不倒这帮无孔不入的猴孙，他们低下头缩紧身就像泥鳅一样，麻溜地穿过大人间的缝隙甚至胯裆，转眼就汗淋淋地站到了圈子的前沿。

在古老的五行山山脉中的洞穴，一般都不像南方喀斯特石灰岩溶洞那么潮湿幽深。因此在盘古山山腰的那个颗粒泥晶灰岩的崖壁上，出现的那一片或大或小的洞穴，大多是由水流永久的溶蚀或剥落后形成的干爽浅洞。那些岩石断裂的纹理，就成了攀爬崖壁与连接洞穴的有效途径。

在北京周口店龙骨山发现的山顶洞人的遗址，也属于这一类穴居的情形。这种能够遮风避雨和防止猛兽的天然居所，自然成了原始部落赖以容身的最好选择。犹如《礼记·礼运》里的描述：“昔者王者未有宫室，冬则居营窟，夏则居橧巢。未有火化，食草木之实、鸟兽之肉，饮其血，茹其毛，未有麻丝，衣其羽皮。”

此时，被猛地一把推倒在酋长脚下的，就是那一对被俘的男女。

“这是个毛贼，请发话处置。”衣松叉着腰，骄傲地面对着鸟鹗发出他尖细的声音。

衣松的基因与有巢氏人明显不同。在憨厚的氏族里他就像是一个进化过分的猿猴，不怕寒冷，精力充沛，还特别骨碌碌地色眼兮兮。平时因迷恋那一对晃荡的大奶，他总喜欢远远地看着鸟鹗发呆发痴。按理他早就到了“走配”的年龄，但是大多数女同胞都不待见这个体毛浓密的家伙，家伙很细，估计不是冷遇的原因，而心眼很细，却会被细心的女人从骨子里看扁看透。

然而这猴子并不是一无是处，在“出主意想办法”这一点上，总使得鸟鹗对他能宽容三分，也使得他在部落里变得有些趾高气扬，有恃无恐。

但是在处理大是大非的问题上，有巢氏部落的女酋长没那么简单。她的脑壳很大，额骨突出，看上去脑髓非常充足。她看了一下被抓来的男女，随即就敏锐地扫视到衣松下面跟撑伞一样奇峰凸起，然后坐在那里像是养神一样轻轻合上了厚重的眼皮。

“既是毛贼，那就都推出去杀了。”她下令。

衣松着急地说“女的可以留下”，一下子就暴露了内心的隐秘。

旁边那粗蛮的圪莒却显现出有些近亲繁殖似的呆傻，粗着嗓门说：“不，他们没有偷东西，他们是走不动了才被我们发现的。”

“那就不是毛贼，是过客啰。衣松要这样对待男过客是什么意思？”鸟鹗打开眼睛直逼衣松，把衣松看得畏畏缩缩，羞愧难当。

这就是第一个回合。

第二个回合是在听到那女的比画着咿呀解释的时候，洞厅内异常安静。鸟鹗似乎听懂了一些什么信息，上前摸了摸那个男人滚烫的额头，并温和地示意“将人扶起和喂水”。然而这些慈善的反应却把衣松急得抓耳挠腮，衣松强烈建议，“你看都奄奄一息了，留下他也没什么用处，你就让我

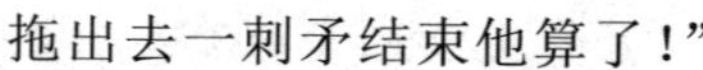

拖出去一刺矛结束他算了！”

鸟鹗依然没有搭理衣松。边上早就看不惯衣松的族人，转身端进一竹筒水过来响应。这时，情急之中就蹦出了一个矛盾激化的细节。这细节就是——因衣松的木矛逼得太紧，木矛的尖端在忙乱中就抵到了男人的下巴，而男人就下意识地抬手将矛尖推到一边。

这一下便激怒本来就很烦躁的衣松，凶巴巴的衣松一把就揪住男人的长发，暴凸起眼睛用矛尖顶着人家的咽喉。“看见了吧，都看见了吧？”衣松高喊，“一路上我看他就不服我们，留下来终究会危及部落的，还不如我现在就把他杀了，我干掉他算了！”

这时刻另一个女俘虏当然不肯，她“昆吾昆吾”地叫喊着爬起来试图扑上去。但是她奈何不了旁边跟巨石一般伫立着的圪莒。猛士圪莒只轻轻地一拉，她就像根枝丫一样被踉踉跄跄地摔在洞壁之上。

现场嘈杂一片。

最后，放肆的衣松将矛尖顶进了男人的皮肤。就这在剑拔弩张的情况下，实在是看不下去的氏族长老们，这时在底下都咬牙切齿攥紧了拳头，甚至捏紧了棍棒。他们披头散发地瞪着眼睛看着鸟鹗的脸色。他们被闲置已久，只要是酋长一声令下，这些部落规矩的监护者们就会一拥而上，就会将这个目空一切的猴子狂揍个半身不遂。

骚乱一触即发。

就在这岌岌可危的关键时候，大家突然听到了一个吼叫的声音：“你给我住手！”

他就是封子

“你不可无缘无故杀人！”

这是一个发育尚未完全的童声。

叫声源自鸟鹗的身边，但人们突然看到的却是那里一个毅然伸出的巴掌。这一亮相的姿态充满了英雄挺身而出的声势。尖锐的叫声炸响了整个洞厅，嗡嗡嗡的余音在洞厅里回荡。围观者这才发现，一直依偎在酋长身边的那个半大的毛孩怒目圆睁。

他就是鸟鹗的次子。

主角终于出场，似鹰隼一样猛然凌空。

主角虽然年仅一十二岁，但俨然已长成大人模样，浓郁的眉毛、明显的颧骨、修长的大眼、宽阔而挺拔的身架，以及一头向后披散的乌黑长发和一双修长有力的手臂。部落里的人都看得出他越来越接近某个人的雄壮模式，这个人就是有巢氏族渔猎队的执事丛滕。有传说这孩子生下来被猛虎嫉妒，所以他唯一与众不同的地方就是：腮帮上对称地留有两道浅黑色的爪痕，使得他平时沉默的神态更显得深沉和刚毅。

我就像民间说书的艺人那样，锣鼓敲打了半天，唠唠叨叨了这么多时间，做了不厌其烦的长篇铺垫，这才正式将被历史传说为“陶圣”的本人隆重推出。

这个哥们儿真的不只是一个传说！

实际上他早已经出现。之前在距离洞穴群崖壁大约两百米远的山坡上，他正爬在一棵核桃树的树杈上采摘果实，并一个一个地丢给树下的小

伙伴们。在交通闭塞和生活单调的盘古山中，他很小就开始充任这个部落少年群体中的头领。凭借着智慧，他将“闭塞”与“单调”开拓成其乐无穷的丰富多彩。于是在这盘古山的范畴内，他就像是一只头羊，天天被一十几个人一窝蜂地跟着前呼后拥，东奔西窜，爬树打兔，下沟捞鱼。

他就是封子。

后世又叫他“宁封子”。即：刘向在《列仙传》中记录的那个黄帝的“陶正”。后世之所以都习惯性地称他“宁封子”，刘向也交代得一清二楚：并不是因为他姓“宁”，更不是他受封于宁地，而是在他死后“时人共葬于宁北山中，故谓之宁封子焉”。

前面说这个人是我们华夏“陶圣”，并非我心血来潮凭空捏造，而是源自白纸黑字指名道姓的文字依据。另一个理由就是封子这个人物在民间一直就被业界当作鼻祖和“陶神”供奉，被建筑庙宇、塑造圣像、设立牌位，被历代旺盛的香火朝拜，以及在业界的重大节日里被隆重祭祀。

话说那一天接下来的事情。那一天鸟鹗就当众问他：“封子，如果再加上这两位，我们部落是不是有两百多人？”

“是的，有两百零一人了。”

鸟鹗说：“你再当大家的面算一算，现在储存的猎物够我们食用多少时间？”

宁封子转身钻进鸟鹗身后的卧室，拿出好几根长长的藤条，指着上面打了许多结的部位，再掐着指头换算了一下，随后清晰地回答说：“除掉渔猎队四十八位的食量，就我们洞藏的二十六头兽肉和三十九只飞禽，再加上现在满山遍野的浆果，我们整个部落人食用十三天应该没有问题。”

“一十三天？一十三天丛滕和渔猎队应该捕获回来了？”

封子说：“是的，现在他们已经出去三天了，按以往一般渔猎外出的规律推算，最久都不超过十五天时间。”

酋长鸟鹗这才拿眼睛扫视一圈观众后，问大家：“谁还有什么意见没有？如果没有意见，就把这两个流民带出去好好安顿。”

长老们松了口气，全场也没有人吭声。

吭一声就保全了一个人的性命，这也算是一个蹊跷的现象。叽里呱啦的洞厅内就鸦雀无声。那些个老实巴交的一群围观的祖宗，真的像猿猴那样都乖乖地站在原地，被动地静候着封子的决断。甚至包括衣松和圪莒也都缩回了手脚，非常识相地收敛了嚣张的气焰。不知情的人当然会感到莫名其妙，不过是这么一个乳臭未干的小屁孩，吼叫一声就真的能轻易镇得住场面？

别忙。等我说清楚了你就会目瞪口呆。

还真别说这就是个天才特例。

最主要的是封子很小就懂得以“结藤”和“泥塑”记事。小孩子玩着玩着就玩出来了一个结果，这脑瓜子悟性在当时就厉害得有些过分！

对于一个偌大部落的管理而言，经常要面对的是厘清渔猎与采集的数量、换算食量分配的份额、统计男女性别的比例，以及记录重要的日期、估算妊娠的时间……在原始人类脑细胞还处于缓慢发育的阶段，在大多人对数字和记忆都稀里糊涂的时候，这个由部落最优质精子和卵子的结晶，他就懂得运用这种朴实的记事方式，并清晰地帮助氏族与部落做复杂的类似于“高等数学”这种尖端工作。

在四五千年以前有这些清爽的意识，那就是不得了的智慧！

因此，这个遇事就眉毛眼珠动的鬼精鬼精的毛头小伙子，就慢慢获得了同龄人的拥戴，常常赢得大人们的“啧啧”赞叹，也换来鸟鹗和丛滕的格外青睐。在那种对大自然一无所知的混沌年代，部落里从上到下都无不迷信地认为，封子就是天上的祖鹰派给氏族，专门从事脑力劳动的一个精灵。

所以从小，他就被部落内神话了。

就犹如《史记》对轩辕黄帝的描写那样，“生而神灵，弱而能言，幼而徇齐”。说他先天就神通，婴幼就会说话，小时候就对事物有敏锐的洞察力。他们大概就是华夏历史上最早的一批“神童”。

至于到了后来封子“业陶”的名气越来越大时，我们通过史料都知道，民间对他的故事编排还远远不止这些。就单说在他腮帮上那一边一道对称的抓痕，应该是从鸟鹗肚子里带出来的特殊胎记。后来就有广泛的神话传言，说是“宁封子生时为虎所扑，幸得鹰爪而腾空，后复归有巢”。

又比如在《封神榜》里他被演化成神仙“赤精子”，属于元始天尊门下和道教“十二金仙”之一；《拾遗记》就更加神乎其神，说他是“食飞鱼而死，二百年更生”；在《储福定命真君传记》中又云，“帝从之问龙跷飞行之道”，等等。大凡名人在历史上都享受这个待遇。宁封子既能够腾云驾雾，又可以死后重生，被神神道道，肆意贴金，率性编造。

我认为他实际上就是个人。

一个超乎寻常的异人。

用时下流行语去结论：他不过是人世间的一朵奇葩！

具体的佐证源自西汉的刘向。刘向在《列仙传》中明确记载：“宁封子者，黄帝时人也，世传为黄帝陶正。”因为高人刘向被后世公认为公元前的经学家、目录学家和文学家，其人不恋官场，为人平易朴实，潜心学术文书。与现在的我们相比，他相隔黄帝时期的年代比较接近，加上又是汉太祖帐下的皇亲国戚，官至中垒校尉，曾奉诏领校五经和宫廷藏书。也就是说，凭他的身世和工作之便，对“世传”信息的甄别会来得更加真实可靠。

刘向表达得也非常清晰：宁封子这个人与那个统一华夏的人文始祖黄帝同处于一个时代，并且世世代代相传他还给黄帝担任过“陶正”，这一掌管陶器的官职。

越扯越远了，还是回到那一天在山洞里的吼叫。话说宁封子不仅在生死攸关的情况下救人一命，造了座“七级浮屠”，而且还让身为母亲的鸟鹗当场心花怒放，引以为豪。但是酋长毕竟是酋长，这个女人不动声色，高瞻远瞩，胸有成竹。

封子是她的第二个儿子。此前她一共怀有六胎，然而侥幸被养大成人的仅有一半，他们依次是儿子祁貙、封子和女儿任僖。这在原始社会的生育存活率中算是偏高。鸟鹗的大儿子祁貙，早就长成一个十四岁的棒小伙子，能够利索地爬树射鸟和攀岩击兽，于是立马被残酷无情地逐出母穴，分巢独立，并开始严厉要求他紧随着执事丛滕出门渔猎。

我现在要说的就是，那一天鸟鹗竟然也这么冷酷地对待封子。

她肯定是想到了什么。

她接下来当众就发布一个令所有人都吃惊的命令。这一出乎意料的决定，突然得就像是信马由缰、信口开河。这都是首领们所不应该的任性表现。部落的长辈们眉头紧皱，有的人甚至都想出面干涉，但是宣布决定时酋长脸色严肃认真，声音斩钉截铁。她庄严地决定："封子另立门户，在崖壁上腾空一个洞室，从今往后，夜晚就不得再进入我和任僖所睡的巢穴。"

不过是个十二岁的孩子，按氏族成人的惯例还为时过早。

然而"决定"颁布完后大家都没有反对，大家又都以沉默表示了认可。因为她后半截话的意思非常明确，有巢氏族收留那一男一女两个流民，从此作为封子的仆从跟随起居，以伺候和护卫封子的生活与安全。

那一年突然趁势而为的鸟鹗，我估计是观察到了她这个儿子的生理反应。

那一年，究竟是哪一年的事呢？

就本人所掌握的资料推断：封子比黄帝年小八岁，他十二岁的时候黄帝就正好是在二十岁的年头。黄帝，公元前二七一七年出生，这个时候应该就在公元前二六九七年夏天。史书上记载轩辕黄帝恰巧在这一年，继承了有熊氏部落少典的酋长位子。

渔　猎

话说有巢氏部落的渔猎队，有一次竟扛了一只豹子回山。

“南山兽多猛豹。”这是《山海经·南山经》里记录的原话。

那只豹子是死豹。但是两米多长，四肢被藤条结结实实地捆绑着，轮换着由两个勇壮一前一后扛着，却死沉死沉地将一根结实的树干，压得像弯弓一样两头翘起。登上盘古山驻地的最后那一程，是由大汗淋漓的执事从滕和猛士圪莒两个人扛着。

这应该是一件大快人心的喜事！

那个时候的五行山流水潺潺、草木茂盛，禽兽于沟沟坎坎和密林大树上穿梭与游走。然而在深山老林里，渔猎队捕获最多的是草食动物，比如獐、麂、猪、羊、兔，以及羚牛、驼鹿和飞禽，这都是他们出猎的家常便饭。

这不是论块头大小的问题。天晴下雨，寒冬酷暑，他们抑或顶着烈日淌着大汗，抑或迎着寒风踏着冰雪，抑或淋着暴雨陷入泥浆，抑或被逼悬崖困于荆棘……他们仍然要手持石片打磨成的刀斧和掷器，木棍削成的投枪和梭镖，以及浸蘸了毒液的箭头与尖矛，要么是铤而走险地围猎，要么是艰苦耐心地蹲守，每回十天半个月的出猎，或多或少总会有所收获。

但是豹子不同。

猎获凶猛的大型肉食动物，那都是原始社会里猎手的一种荣耀。因为豹子、老虎、熊罴，甚至猿猴等，当时的人类根本就不是它们的对手。不仅杀死它们属于天方夜谭，而且在势单力薄的时候碰到它们都需要小心翼翼，绕道而行。之所以《山海经》里都说它是“猛豹”，就是因为这种浑身布满黑斑的动物身手非凡。它既像风一样擅长奔跑跳跃，又如神一般能够爬树游泳，嗅觉视觉听觉都非同一般，具有一定的智力，隐蔽性还特强，敏捷灵活的程度可以说是“迅雷不及掩耳”。

但它也有它与生俱来的弱点。它唯一的弱点就是害怕人群与烟火。

渔猎队打死了一只豹子的消息，一瞬间就传遍了有巢氏部落的每个角落。大家高兴地奔走相告，蜂拥而出。但是一赶到了崖壁下的台地之上，围观者却不再有人发出声音。族人们轻手轻脚，表情揪心，拿眼睛都不约而同地望着酋长鸟鹦的脸色。

以前每一次渔猎回归，勇壮们会大老远就开始兴奋地吼叫，族人们也会发疯一样迎上前欢腾雀跃。因为每一次完好无损地侥幸往返，在那个年代里都应该算得上是久别重逢，或者是久旱甘霖似的珍贵。每一个人都情不自禁、激动人心的迎接举动，在我们几乎是赤裸的先人那里是不掺杂半粒沙子，他们扑上去就忘情地搂抱在一起亲吻、摸捏和流泪。

因为不要说那些与某个勇壮有密切性关系的女士，就是氏族内的各位成员都与他们有“打断骨头连着筋”的血缘关联。

而且这时候对于乡党们更为实惠和幸福的事情是，每一次丛滕回家，鸟鹦她都会突然忘记自己的身份，身不由己地像鸟一样从高高的崖壁洞穴一下子“飞翔”至台地。鸟鹦酋长所表达出来的欣喜是让全部落人尽情地放开肚腩，饱食一顿诱人的荤腥。

非常难得地不夹带一丁点草叶瓜果。她会高声吼叫着，叫人在猎物中挑出几具腐败较快的尸体，切割下心肝肺腑、大腿臀肉，或背脊排骨，然后爽快均匀地分发下去，让大家“吧唧吧唧”地打一回真正的“牙祭”。这种大大方方的开斋有两层意思：一是以示对凯旋者的深切慰问与衷心祝贺，另一层意思就是鼓励男士们夜间尽情地爬下树杈，拿出更多的精力去“走穴”交配。

这个部落的勇壮们大部分都居住在周边的大树树杈的巢窝之上。

繁衍一直是远古的难题。

有巢氏氏族的祖上早先都猴子一样居住在树上，这一事实早就被《庄子·盗跖》的叙述所证实，庄子说，“且吾闻之，古者禽兽多而人少，于是民皆巢居以避之。昼拾橡栗，暮栖木上，故命之曰有巢氏之民。”

但是这一次扛一只豹子回家，部落里竟然期期艾艾，冷冷清清。

因为丢在台地上的豹子尸体旁边，同时仰躺着一个渔猎队的兄弟。这个兄弟的惨状，看上去竟然比豹子还要让人心碎：豹子是脖子和肚子上有戳穿的流血洞孔，而他们兄弟的脸面被豹子咬掉了一边，手里还紧紧攥着一把带血的骨刺，血肉模糊中颧骨白森森地暴露在外。他就是有巢氏族中因公殉职的烈士！

“出猎时我们不能够猛打猛冲。”这是执事丛滕一贯的策略与教诲。

但是这种懦弱的理念，遭到渔猎队里很多年轻队员的嗤之以鼻。

所以在渔猎队里，另外还有两个懵里懵懂的队员身负重伤。

他们出门不到三天，三天里一死二伤。伤者是一个人在搏斗中摔下山崖，摔断了肩骨与手臂，另一个很干脆被豹爪刮去了一只耳朵。原本这次出猎旗开得胜初战告捷，前两天就捕获到三只獐子、两个兔子和一头肥猪。但是在第三天傍晚的时候餐后准备宿营，几十个人在一个悬崖边上各找各地，就有两位勇壮找到一棵参天古樟，试图爬上树在树杈上面合伙做巢。

也就是命里一劫，他俩想不到这棵大树的树杈上已经有一只正在休息的花豹。

畜生惊慌失措。问题是两个年轻人已经看出了畜生的胆战心惊，并试图凭借人多势众的优势，贪婪地想杀掉这只花豹，以增添狩猎的成果与个人的光荣。

这就是原始社会里真正的猛士。

据说在骨哨吹响之后，经验丰富的渔猎队员们就像网一样都远远地包抄上来。听到一片脚步窸窣声的花豹，在树上已经感觉到穷途末路，焦躁万分，它龇牙咧嘴地俯冲式地试了几试，最后它只好背水一战舍身一扑，正好就扑倒了树底下那个最终牺牲的人身上。

然而这时豹子也伤了。这个人高高举起刺矛顶到了它的肚皮，并“扑哧”一声深深地扎了进去。随着一声豹吼，矛杆“咔嗒”断裂。

“不要抓它了，危险，让它走，让它走！”执事丛滕感觉到大事不好。

经验丰富的丛滕知道：如同一个走投无路的暴徒一样，豹子这时候只想寻求突围，所以任何的阻碍都将成为它拼死一搏的对象。但是，另一个血气方刚的像犟牯卵一样的青年根本听不进丛滕的劝阻，他撇了撇嘴巴，他一向瞧不起这个执事的谨慎或胆量。他就像斗气似的“呀”叫一声，凭着一身的猛劲冲上去就是一梭镖。这梭镖准确地刺进了畜生的脖子。

那确实是一个要害部位！

而花豹腾空转过身就是一个巴掌，利爪一下子刮去了这个犟牯卵左边的一只耳朵。那个青年嗷叫一声仰面翻倒，然后捂住伤口痛得在地上滚来滚去。这个犟牯卵就是鸟鹗勇猛的长子祁貙。

另一个断了刺矛的队员见此情景，像是被激怒了的野牛一样，左手将妨碍视线的长发向后一撸，右手就攥紧剩下的大半截矛杆毫不畏惧地扑上去，狠狠一杆砸向花豹的脑壳，并大声喊“打死你，打死你”。结果他还没有等到队员靠拢，旋即就被受伤的花豹掉转头咬掉了半边脸面，直到流血过多而丢掉了自己年轻的性命。

最后当然豹子也死了。

受伤的花豹如果是没死，整个渔猎队都会感到憋屈和丢脸。花豹最后被围剿者逼到了悬崖边上。下面哗啦哗啦作响是深谷的流水。于是肚皮和脖子上都滴着鲜血的豹子，像一个誓死同归于尽的英雄，瞄准了一个紧靠悬崖边的围攻者，作了最后的腾空一跃，将那个人一起扑下了高高的悬崖。

远古艰辛并凶险的渔猎，是我们氏族生活里绕都绕不过去的重中之重。

假设是没有执事丛滕率领的渔猎队伍，那么有巢氏仅仅靠女人采集素食，是很难应对众多躯体需要的强烈吸收。不要说日常繁重的体力消耗，就是时常的繁衍交配，培育卵子与精子，也都是那些树皮草根和菌类浆果所不能供给的有效能量。

扛回花豹的那顿晚餐，有巢氏部落第一次没有开怀庆贺。

那个再次要求留守盘古山的衣松，面对归来的队伍深感内疚。他原本就是渔猎队的队员，因为私心与色欲，总是向酋长请求留下来做护卫工作，以期天天看到鸟鹗乳房和混迹于异性之中。晚餐时嚼着一把山楂，他扭扭捏捏地站在丛滕的身边，很想说几句宽慰执事或深表歉意的想法。但是心事重重的丛滕拍一拍屁股，低着头起身走向自己的树巢，然后像猿猴那样一声不吭爬上了他的那个树杈。

好朋友圪莒也没有理他。

再愚蠢的人都有自己的爱憎。那一天粗蛮的圪莒蒙着脸在哭泣。“呜呜呜呜”，他以粗大的嗓门在一个树蔸下失声痛哭。他根本不把蹲在他身边很久的衣松，当一个活着的动物。

所以，这天晚上岩壁洞穴一反常态地没有什么动静。相当一部分女人在光着身子独守空穴，仰望星星。只有另一部分白天对眼相约的性伙伴们，生怕其他人知晓了一样，蹑手蹑脚溜下树干，摸黑爬进相好的洞穴，去“走婚”交媾和播种。

这当然不属于氏族的常态。本来凡是在渔猎凯旋的晚上，盘古山上都被约定俗成为部落里的狂欢之夜。“骚客”们都可以挺着“枪矛”明目张胆。“走穴”之声一般都会在天黑之后，以放浪形骸的“咕叽咕叽”或娇滴滴的呻吟声，此起彼伏地在这座深山里延续到第二天凌晨。

且说这个时候的封子。

封子在这个特殊的夜晚，在里面的洞室里第一回磨磨蹭蹭地背对在巢窝边上蹲候已久的垱月。长大了的封子有了很多很重的心思。于是在猎豹归来的那个夜晚，封子蜷缩着背对着外穴，让袒胸露乳的垱月在身后蹲守了很久很久。

就像循序渐进的撩情一样，成年的垱月最后只好伸手摩挲着他的脊背，再慢慢由背脊延伸胸脯和肚皮，然后就抚捏到他的下体。这个时候，年少的封子突然就犹如跷起拇指一样挺立起来。封子这才转身坐起抱上肉乎乎的垱月，把她准确地安放在应有的位置，然后捏着垱月丰腴的乳房送进嘴巴，才止不住一翘一翘地喘息和摩擦起来。

相互默默动作了良久。

“我想了很多，我天亮以后就好好跟鸟鹗和丛滕谈谈，我必须跟他们出去渔猎。”封子在垱月的耳朵边说。

垱月这时候嫌不很过瘾，就一下反过来把封子扑倒，全身心狠狠地压在他的身上。她压紧压实他说：“叫我哥昆吾也去渔猎，他很想跟着丛滕出去翻山越岭，他的劲头和经验都有，他私下跟我说过几次，但是酋长和执事一定不肯，他们到现在都不放心我们流民。”

这时候，封子就情不自禁地进入了高潮。

他喘着气随着节奏断断续续地说：“鸟鹗也不让我、跟着去渔猎。我都到了、该出门的年纪。跟她说过几次，她总是说、长老们不会答应。”封子到后边忍不住了，用双手压紧垱月肥硕的臀部，火急火燎地说，“哦哦、她叫我做好、部落里的事、就行。哦哦，你再压紧一点、哦哦，再紧点，哦，我的垱月，垱月！”

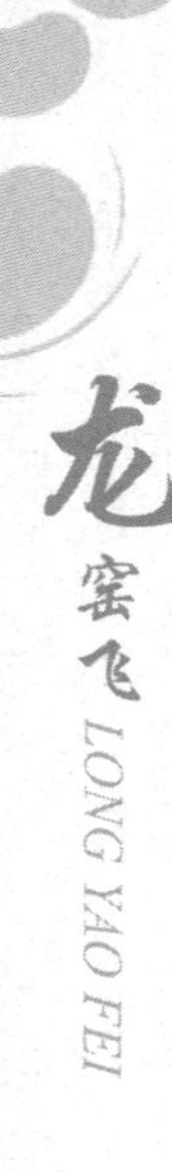

面临侵扰

“獐屙的东西！”渔猎队的执事从滕，这一天突然从崖壁上奔跑下来。

他奔跑的速度，仿佛是急于去驱逐潜伏于附近的猛兽。一向寡言少语的从滕突然剧烈地躁动，让所有沉浸于泥塑之中的孩童们都吓了一跳。他肌肉鼓鼓，体格健硕。执事从滕呼噜呼噜地经过崖壁下的台地时，把眉头拧得紧紧，嘴里还不干不净地叫骂着，“竟敢抢有巢氏的地盘，瞎了他们猪眼，这帮獐屙的东西！”

獐和猪，都是那时最容易捕获到的呆板动物。

渔猎队这次刚刚返回，一下子带来了五十多具禽兽猎物，有羚羊、鹿子和锦鸡等，其中獐子和山猪就将近一半。从滕所骂的句子翻译成现在话说，就相当于今天“狗娘养的”意思，非常粗鲁与愤怒。

“欺负我们？杀死他们，叫他们赶紧滚蛋！”

随后封子就看到，圪莒和祁騙他们这些勇壮都大声叫喊着，拿着石斧和长棍等家伙“突突突”地从树杈上滑溜下来，然后狂风一样跟随着扑向沟谷。其敏捷与汹涌的程度，就犹如一群张牙舞爪猎食的老虎。

他们那一天都气势汹汹地去了对面的山头。

这都是无可奈何的事情！有巢氏部落不可能像后世的帝王那样，有能力把盘古山围起一道长城似的篱笆。但凡这个世上的动物都长有翅膀或腿脚，你就是躲进了深山老林，不说会遭有虎豹熊罴时不时地侵袭，就是同类带来的凶险，每年也都会有一两次突发的警报。

这个时候，封子十四五岁的样子。

已经属于臊气哄哄人高马大的少年。我们史前的祖宗寿命都很短暂，所以身体发育的年龄一般都比后世来得更早。尤其是在那个性感的垱月伺候他巢居以后，这些年的封子，声音很快就像仔鸡公一样变得沙哑，喉结也明显一拱一拱，甚至嘴唇边上的茸毛正在变黑变粗。特别是他变得热爱异性与黑夜，旺盛的精力使得他胯裆里总是充斥着春笋蓬勃的气味。

如果按他哥哥祁貙十四岁就出门涯猎的逻辑，封子早就应该去替换年长的队员，跟着队伍去跋山涉水风餐露宿。但是他没有，他一直跟着老弱病残和妇女儿童们一起，窝在盘古山后方，这是羞耻的人生状态。作为一个堂堂的汉子，在这个应有所作为的年龄，他竟然绕开了“有巢氏部落兵役法”的法规。

这一天封子在崖壁下的台地上，就着细小的泉流在捏巴着泥土，以记录渔猎队刚刚获得的丰收数量。虽然他已经不屑做他们的头领，但是众多的“鼻涕虫”依然习惯性地围绕在他周围，模仿着他的一举一动。公务像渐渐大量繁殖的虱子，需要他一个个掐死的事情越来越多。

这就奇了怪了，我相信不是个别人感到奇怪。

还真是“不是一家人，不知道一家的事情”。这个时候的他依然没有进入渔猎队的队伍，不是他体格和胆量的不行，更不是他自己慵懒畏缩贪生怕死，而是部落里的上上下下竟然没有一个人同意。在这一问题上大家是异口同声、众口一词，因为氏族内最勇猛、最险的事情，就是不定期地翻山越岭出门去与动物们一拼生死。

封子他其实就是一个被集体呵护在怀里的宝贝！

从滕摇着头对他说：“你跟着我们去干什么？我渔猎又不需要算数，我们打来的猎物拿回来交给你们，你在家做主分配就是。”

“有空你就多教教这些孩子。”乌鹗的回答就更加直接，“渔猎队里又不缺少劳力，你去那里干什么？你要是回不来了，我们氏族部落怎么办？啊！”

翻译成今天的话来说，宁封子这个时候的角色已经是部落的文职管理人员。大家下意识都把他当作部落里的“参谋总长”与“总会计师”之类。这属于顺乎民心的选择，无论何时何地，神童或少年才俊往往就享受着这

种特殊的待遇。原始人类又不是傻子。有谁会故意拿肩扛背驼的体力活，去压迫摧毁一个脑力劳动者的脊梁呢？

除非他有政治目的。

这一天时值深秋，盘古山里红色黄色的落叶正纷纷扬扬。

在那块崖壁下的缓坡台地上泉流淙淙，树木稀少，草茎纵横，阳光充足。这是巢穴下的一块南向台地。不仅因为地域的安全系数较高，而且还因为高高的崖壁阻隔了呼啸的北风，因此这里就成了部落里最好的公共活动场所。比如说遇到高兴的事情，大家就在上面集体狂欢；每逢祭拜的时节，有巢氏就在上面举行跪磕仪式；到了寒冷的天气，老老小小都集中在这里晒一晒太阳。

打个比较通俗的比方，这块台地就相当于我们现在村口大樟树底下的平地，或者村委会门前的一个休闲广场。

那年深秋所发生的事情，就是一个安分守己的部落面临着让人无法安心的威胁。

在没有人烟的地方，竟突然出现了“人烟”。

侵扰的迹象就呈现在斜对面的山腰。那山腰上有一块曾经被天火烧过的不毛之地。而在这块近似于瘌痢头般的“不毛之地”上，这一天在事先没有任何征兆的情况下，大家突然就发现冒出了青烟、火光，还有欢笑和叫喊。

关键是对面的目中无人。

于是这一切的一切，都被敏感的地主们理解为公然的挑衅。这不能怪在原始社会里我们祖先的狭隘。一直以来，就连老虎狮子这些畜生都会有强烈的领地意识，更何况一个还拥有近五十号勇壮、两百号人口的中型部落。毫无疑问，盘古山主人安全与尊严的底线，这一天遭到了严重的蔑视与挑战！

这就难怪渔猎队的人要倾巢出动。

但是，宁封子没有出动。

而且他还处乱不惊，不慌不忙。这时候太阳消减了热能正在西沉，有雾一样的些许寒气已经漫上了沟谷树梢。封子这时候正准备带着晾干了的泥塑返回自己的洞穴，食用分配来的果实和鱼肉，然后再蜷缩到由垱月整理好的巢床上，度过他又一个幸福而平常的夜晚。

这真不是我开玩笑。

见过诸葛亮、刘伯温他们在兵戎相向的第一时间拍马提枪冲锋陷阵的吗？没有。并不是宁封子不去。他没有参与行动的原因，是崖壁上这时不断有人叫他。“唉，你上来，你上来看一下。”“你赶紧来看一下是什么情况。”昆吾这时候也过来轻轻地说，“鸟鹗叫你上去，鸟鹗叫我来叫你上去。”

这个垱月的哥哥昆吾，平时也很少开口说话。自然他也没有被批准参与渔猎。他一个人一直住在洞穴侧面的树杈之上，默默地跟随保护着封子与垱月。有空闲的时候，部落内有一大堆杂七杂八的琐事摊在那里，于是这里或那里，他就常常被酋长叫去当劳力使用。他成了留守在盘古山上的最强壮的劳力。

面对难得一见的烟火，酋长鸟鹗正高高地站在崖壁的洞口上举目眺望。岩壁上已经站成了惊恐的一排。一些年长的族人也都像巫婆一样，披头散发地自觉聚集到酋长的身边。在这种慌乱的情况下，连聪明一世的鸟鹗都控制不了自己。她瞪大了眼睛，张着嘴巴“哦哦哦”地发出惊恐的感叹。

长辈们根据经验叽里呱啦了一阵，最终自作聪明地归纳出有三种可能的灾难正在降临氏族：一是祖鹰疲劳了无暇顾及，让人们无法掌握和摆脱的，会一下子吞噬山林的天火神鬼正在作怪；二是流年不利，碰到一个居无定所的，计划前来抢占有巢氏家园的强势部落在公开叫阵；三是很有可能有一股还继续保持食人恶习的野蛮流民，他们正饥肠辘辘地等到天黑，好下手获得一场新鲜的人肉盛宴。

总之是祸从天降，劫难当头！

但是，也仅仅只议论了三五分钟的样子，一直站在鸟鹗身前一声不吭的宁封子，突然就发神经一样拍着巴掌“哈哈哈哈”地大笑出声。

大家都莫名其妙地看着他。

“你说说，你说说！”有人催他。

他接着就向众人轻描淡写地，对眼前所谓的“危情”做了一番比较通

俗的“科学”分析，让族人们立马就茅塞顿开，恍然大悟。许多人因此长长地叹出一口大气。他只需要三言两语，一下子就将这么大的貌似“兵临城下”的事情化为乌有，为整个惊慌失措的部落，澄清了模糊的认知和解除了揪心的警报。

封子伸出手说：“你们看看、你们看看，对面的人都团团围住了红光，红光就不可能蔓延出来危害我们。假如他们是要让天火烧掉我们，他们又何必将红光包围得那么严严实实？这是第一。”

“第二，你们再仔细数一数人头。”封子指着对面的那块不毛之地，还用手指头比画着告诉大家，“对面只有两双手指头都不到的人数，而凭我们渔猎队四双手指头都数不过来的人数，干仗，他们根本就不是我们的对手。”

封子最后说：“散去散去，大家尽可以放心啰，我们等着好消息就是。”

其时，似乎为公元前二六九四年深秋。当时通红的夕阳，正照耀着鸟鹗及其氏族人的右半边脸面。

不服气不行！

尽管还有胆小如鼠的部落成员将信将疑，但是绝大多数人跟着长老们一样，因此自嘲地微笑着摇了摇脑袋，深深地嘘出一口粗气。都放松了绷紧的脸皮和拳头，并无声地跷起大拇指冲着小伙子抖了几抖。酋长鸟鹗也欣慰地返回到洞中。她不吭声，她继续安静地坐在石墩上打磨她那块没有完工的石器。

结果事态的发展走向，当然就印证了宁封子的分析和推测。就在当天的傍晚日落时分，从滕他们兴高采烈地从对面返回，而且还手挽手地带来了十八个异族的朋友。

少女的光芒

一问才知道：这十八个突然驻扎在对面山坡上的人，属于东夷地界的燧人氏部落成员。

他们一伙来自蚩尤九黎部落的魍部辖区，也就是黄河故道南岸的睢阳地带。在我们今天的地图上，它被具体标记于豫鲁苏皖四省结合处黄淮海平原上的商丘。这些人跋山涉水整整向西走了二十多个日出日落。他们天黑就驻扎宿营，天一亮就背对太阳动身赶路，目的是为了要寻找到一块有群山庇护、有清泉滋养的清净之地。

在当时广袤的华夏大地上，有许许多多这样的氏族部落像芝麻一样散落在河边丘陵和山沟盆地。他们就是定居下来的原始猴群，小到几十个一伙，大到几百个一群，这就是我们华夏的氏族社会。像那段时期的伏羲氏、神农氏、有熊氏、穷桑氏、高阳氏、伊耆氏等等。

燧人氏是一个发明钻燧取火的大型父系氏族部落。

“燧明国有大树名燧，屈盘万顷。后有圣人游至其国，有鸟啄树粲然火出，圣人感焉，因用小枝钻火，号燧人氏。”这就是《拾遗记》中描述他们的一段文字。现在这些被追离于睢阳河边的部分成员，据说都是不愿意忍受蚩尤联盟里一个魍部酋长利石时不时地欺凌，而悄悄选择了背井离乡，另谋生路。

“假若让你们感觉到不便，我们明早就拔营离开，继续西移。”有一位年迈的酋长略微低下脑袋，将右手掌按在胸前，非常谦逊指指火堆对丛滕他们说，“如果你们宽容我们驻扎于此，我们愿无条件将取火技术传授给你们部落使用。”

毕竟是山外之人，燧人氏部落很明显是一个文明仁义的氏族。

他们不居住山洞，会搭建草木棚屋；不披头散发，能管束制约长毛；少女不袒胸露乳，束有丝麻粗布；不啃食生冷，懂得生火烧烤……尤其他们慈善谦让的语言，整洁干净的装扮，以及有礼有节的行为等，都让凶神恶煞准备干仗的渔猎队勇壮们一下子就偃旗息鼓，自惭形秽，并心生敬仰。

因为在这个阶段的有巢氏部落，除了兽皮，穿着就只有茅草和树叶。

那个老酋长就叫燧皇。

因此把手言欢，皆大欢喜。也就在这天天黑时分，一个从来就没有见识过火的有巢氏母系部落，犹如在迎接满载而归的渔猎队庆典一样，统统都欢天喜地下到崖壁下的台地之上，与十八个燧人氏兄弟一起，兴奋地包围住一簇散发出温暖的彩色光亮，含着激动的眼泪，又蹦又跳地狂欢到夜雾弥漫的时候，才怀着幸福的感觉依依不舍地散伙归巢。

从此开始，闭塞的有巢氏部落就有了火。

而那个夜晚集体欢腾的浪漫场景，被我们后世庆典或作乐的人们经常复制，并一直延续了数千年经久不衰。那种场面，后来就被大家定名为“篝火晚会”。

有巢氏部落的第一堆篝火，是由两位尊贵的客人通过钻木产生的。这个重大的事件，要载入有巢氏部落发展的史册。不用任何人嘱咐：有一个反复的藤结和具象的泥塑，就当然地被宁封子留存于自己的洞穴之中。

部落人都见证了这一稀罕的过程。

这两个客人的待遇，仿佛是有巢氏族对待自己敬仰的祖鹰。当时这两个人被渔猎队的男人恭恭敬敬地簇拥着，被执事丛滕一边一个手拉手，友好地请到了崖壁下的台地之上。这两个人分别是燧人氏部落年迈的父系燧皇酋长，及其女儿佶好。

尤其是佶好姑娘的闪亮出场，就像久雨初晴云开日出时的金光一样，让有巢氏部落的所有成员都异口同声地发出整齐的“哇——咂”一声的惊叹。其轰动的效应，远不能简单地归结于这个氏族的少见多怪。佶好这个“窈窕淑女”之美，确实是没有办法不让人“寤寐思服”，心花怒放！

这，已经脱离了低级趣味的性事！

她鸟蛋形干净白嫩的脸庞，一排洁白整齐的牙齿，脖子上垂挂一串泛光的珠链。妖娆的身段裹束在一匹宽松的野麻编织的纤维中，顶起的胸脯在颤颤地抖动。她腰脐下系的是一张带斑点的貅皮。外露肩臂的肌肤结实而不乏柔和的弹性。后来在火光的映照下，特别是在她抿嘴一笑和身体耸动时的甜蜜与妩媚，几乎把有巢氏的男人们都惊得目瞪口呆，神飞魄散。

现在的我们都知道，钻木取火是源自摩擦生热的简单原理。

但是在远古，有巢氏部落成员就像小孩子在街头围观魔术师一样，一拥而上地将两个“取火”的父女包围在中间。大家挤挤攘攘，前呼后拥。当时如果不是鸟鹗指挥渔猎队手拉手维持好秩序，这个世上群体的首次踩踏事件，就有可能在新石器时期发生。

倘若熟知了原理，其实取火也是很迅速很容易的一件事情。

也仅仅用了从洞穴下到台地过程的那点时间，老酋长燧皇熟练地将一个有漏眼的木板置放在平地，然后往漏眼里放些干爽的草屑苔藓，然后叫女儿佶好用力稳固好木板，然后用一根笔直的钻木对准漏眼，然后自己用巴掌不停使劲地搓着钻杆，然后漏眼底下的草屑苔藓就出现了火星，冒出了青烟。

火种随即被老人家用少许的柴草包裹，再用嘴温和地吹气，于是一团像太阳一样泛着亮光的火苗开始弥漫扩展，随即燎原成熊熊的火势，并散发出惊天动地的滚滚热量。发明取火的燧人氏祖宗，真是智慧绝顶啊！

每个人的心一下子被点燃照亮，被温暖沸腾。当时所有的有巢氏成员都按捺不住激动的心情，再一次异口同声发出“哦——呵——”的叫声。“哦——呵——”。这时，他们像是突然见到了族祖鹰隼，就如同每逢春天发现了第一枚嫩芽时的图腾祭拜那样，大家双膝齐刷刷地呼啦呼啦跪下，同时以额抵地，匍匐沉默。因为每一个人这时候都哗啦哗啦流出了感激的泪水。

不一会儿，低俯的鸟鹗忽然仰起头大声说：“鹰祖啊，你终于显圣！”

大家都抬头说：“鹰祖啊，你终于显圣！”

鸟鹗说：“有巢氏福祉降临！”

大家齐声说：“有巢氏福祉降临！”

……

接下来的篝火晚会是自然而然情不自禁。人们是环火而围，发神经一样哦哦地发声和唱，随节奏绕圈蹦跳，以放松的手势，夸张的表情，扭动的身姿，随意的步伐，随性着忘乎所以地变换着按捺、伸展、屈缩、旋翻、勾回，等等劳动的习惯性姿势。因为大家的放松起始于信心的稳固：鹰祖在天笼罩，从此温暖驱逐阴魔，有巢氏洪福齐天，万世吉祥安宁。

这似乎就是音乐舞蹈的萌芽。

但是很少有人注意到，在这个美好的时候，人心的间隙就像伤口一样，在火焰中由不断膨胀的私欲在暗自撕裂。席勒就写过《阴谋与爱情》。在场的只有细心的人才发现：在集体狂欢的同时，除了鸟鹗和丛滕与燧人氏老酋长去了洞穴友好攀谈，有巢氏还有几个特殊的人物溜出了歌舞的队伍。这些人分别就是：瘦猴子衣松、大公子祁貙和小公子封子。

为什么呢？

这都是荷尔蒙惹出的事情！

起初只发现衣松和祁貙情不自禁，他俩像发情的公狗一样钻来钻去，他们在人堆里耸动着嗅骚的鼻孔到处寻找佶好。接着他们又爬过了崖壁的各个洞口，假装是随意看看一样挨个巡视打探。后来两个人都像是剁了尾巴的猿猴，躁动不安地在漆黑的洞穴与洞穴之间的通道爬上爬下。最后是心身疲乏没有了办法，两个人就如同落难的亲兄弟一般，坐在一块高高的岩石上对山谷发泄出呜呜哀号。

忍不住啊，这实际上就是尚未泯灭的兽性。

“你们因何不把族人全都带出来呢？”而这个时候，宁封子则在台地不远的泉流旁边，跟佶好在悄悄地对话。

一见到佶好，封子仿佛积压了千言万语，嗓子和皮肤痒痒得就想说话与贴实。他俩静静地同坐一根倒伏的侧柏之上。那里有几棵粗壮红豆杉树干挡住了篝火的光芒。在红豆杉树干的漆黑阴影里，以及狂欢的声浪之中，宁封子只能激动地看到佶好两颗眼睛的晶莹、闻到佶好身上发出来的热气、听到泉水轻轻流动的声音、观察着佶好的表情与反应。

佶好沉默在那里。

封子有一肚子的好奇和疑问，但是他觉得佶好的沉默也算是给予答案。之前两个人在台地上就站得很近，心脏都"咚咚咚咚"地如同擂鼓彼此相闻。但凡有过一见钟情经历的人，都能深刻理会这种莫名的悸动，是宁封子趁着场面混乱的时候早先下手。他们两个只相互瞄了一眼就心心相印。仿佛是前世姻缘，他壮着胆子偷偷地在下面把她的肉手捉住，感觉到她翻转手用力握紧了自己，就兴奋地把她迅速地拖进了大树的阴影里面。

那只是一刹那的闪躲，即所谓的"迅雷不及掩耳"。

"那么魍部的那个利石，他们又是如何欺凌你们？"

佶好再一次沉默。

"你们十八个人出来，其他人为什么不跟着一起出来？"

……

善良的佶好有难言之隐，又总觉得一再地回避有些过意不去，只好将一只手搭在宁封子的肩上，答非所问地掩饰说："明天我过来教你取火吧，我们还有好几种取火的方式。"

宁封子也算是一个情商很高的家伙。借这个亲昵的机会，他又抓住佶好的手，得寸进尺地提出了更多便于接近的要求，"你不是说还可以种植果腹的黍稷吗？还有御寒的麻衣、治病的草根……这些统统都能教给我吗？"

他俩面对面靠得很近，说话时彼此的气息相闻。

是那种新鲜的，火一般的温暖气息！

佶好比封子大一两岁的样子。作为姐姐，她的手可以在宁封子的肩上和脸上随意抚摸，但是宁封子一会儿就被她两只有温度的手摸得浑身难受起来。他心噗噗噗地乱跳，脸上感觉到发热，身体也有些颤抖。宁封子才两三分钟时间就像是喝了鹿血一样，突然情不自禁把佶好抱住，并且使劲

箍紧，随后把她“呼啦”一下压在了身子底下。

“你们不要走，好不好？好不好？好不好？好不好……”

那个时候的人都皮厚抗寒，佶好的束身丝麻异常单薄。封子伸手进去在摸捏着佶好的胸脯。嘴对嘴就吸吮对方新颖的气息。

犹如干柴烈火。都是非常方便的皮围和草围，下体很容易就紧紧黏贴在一起。

佶好双手也使劲地箍紧了对方。

“嗯、嗯”，佶好口齿不清地回答，“我们都住下了，不走，不走，不走……”

然而结果是事与愿违。

燧人氏十八个人在盘古山只住了短短的三天时间。三天里两个氏族的人来来往往，像是两户儿女亲家一样和和睦睦亲密无间。大家整天里忙于互通有无、经验交流、欢腾亲热，甚至共同分享天伦与食物。但是好景不长，就在第四天的清晨，现实突然就应验了后世《三国演义》里那句“分久必合，合久必分”的道理。

燧人氏的十八个人，突然人去室空。

能出五色烟的火

燧人氏十八个人突然不辞而别的这件事，是部落里的衣松第一个发现的。

“走了，佶好他们走了！”这个一向比较懒惰的衣松，竟然在这天太阳还没有完全出来的时候，就像火烧了屁股一样在崖壁下面仰着头跑来跑去，“大家都赶紧起来，佶好他们走了！赶快起来，大家赶快起来！”

衣松在狗拿耗子。

鸟鹦的布局，致使衣松早已断绝了对垱月的野心。

这个惯于窥视、跟踪，以及揩油的精瘦色鬼，中间还曾被捉拿过一次强奸同宗女士的现场。是早先那个和他一起被遗弃在树洞里的女婴。那次在族长们用荆条抽烂了屁股之后，他被鸟鹦请到议事厅里语重心长地约谈了很久，使得他一度低调、收敛、服帖，并乖孙子似的尾随着酋长鞍前马后。

但是他本性难移，他还是奈何不了自己对佶好的垂涎。

那天清晨他难听的尖叫声吵得人心烦意乱。季节这时已临近寒冬。湿冷的晨雾还在外面飘浮，洞口所生的火堆已经只剩下灰烬，巢床上积累的温暖，使得缺衣少皮的部落每天都在等待着阳光的普照。但太阳在当时根本没有露脸，东方只有一丝丝云彩和湛蓝色的光亮。

这确实是一个令人困惑的变故。

众人百思不得其解。在阳光爬起的时候，鸟鹦带领着族人像默哀一样，围绕着燧人氏一半地下一半地上的几座半地穴式棚屋，发现了诸多被遗弃的榛子、蚌壳、饰片、骨钩、草窝，以及几颗坚硬的燧石。一切都有条不紊，静若止水，现场没有发现丝毫仓皇或搏击的痕迹。甚至在其中一个大棚屋中央的灶围内，还有微量的炭火在散发出浅红色的光芒与温和的热气。

“佶好——！”

这时大家又一次听到封子的号叫。

这次非常揪心！

连垱月都不由自主地颤抖了一下，泪流而下。

“佶好——！”因为封子一眼就看到了挂在屋柱丫杈上的一串珠子，他猛然蹿上去将它一把取了下来。触物生情。珠子是一色由狼齿打磨好的饰物：油亮光洁、饱满圆润，并泛出些鸡油般高雅淡黄的沁色。许多人都已经看到过这串白里泛黄的齿珠，曾经挂在佶好的脖子上一晃一荡。

泪水就再也控制不住。

佶好留下了一个信物。封子这时候就像是中了魔一样，捏着串珠转身就冲出了人群，跑出了棚屋，然后站在悬崖的边上，茫然无措地面对着下面狭长的沟谷哗哗地流眼泪。他疯狂地声嘶竭力地叫喊：“佶——好——佶——好——”。然后无可奈何地蹲下来，把头埋在两腿之间。他痛苦哽咽着，“佶好，呜呜呜，我的佶好，呜呜呜！”

痛不欲生。

没有知道燧人氏离开后的方向，有巢氏所有的成员无不失落悲戚。

所有人都可以见证他俩的恩爱：在这之前短短的三天内就像是出工上班一样，鲜活的佶好每天都一蹦一跳地晃着她脑后的束发，在太阳露脸的时候准时去对面有巢氏的公共台地，全身心融进封子他们一伙童少的行列。但是看上去，他们两个就像保育院里的叔叔阿姨，或者是校园里刚刚分来的实习老师。

真的不是有意渲染夸张，我们原始社会有很多原生态的活动场景就是这个样子。苍莽？葱郁？丛密？鸟虫纷纷？水流沥沥？这都远不是我们现在所想象的山水。当时呈现的确实就如同一个童话的世界：阳光用温暖拥抱着他们，泉流也汩汩地为他们伴奏，树杈上欢蹦乱跳的山鸦、杜鹃和喜鹊为他们歌唱，另外还有松鼠、灰兔和红狐时不时在他们周边，挑逗一样地窜来窜去。

撇开了成人的世界，那些有巢氏族的少年，在封子和佶好的带领下，整天在附近林丛里仰着头四处寻觅果实。倘若有所发现，就由胆大一点的男孩爬上梨、柿、枣，或者核桃等树的树干，小一点的男孩女孩就在下面捡掉下来的东西，或散漫地采食灌木丛中的山楂、山葡萄和五味子，等等。

他们像似一群欢快的蜜蜂转战场地，在这里打打闹闹，到那里嘤嘤嗡嗡。没事的时候就用石块和泥巴堵截细小的泉流，或者兴奋不已地捞蜂巢里的蜜块，专心安静地抽麻秆丝编绳，以及试着做可以拉弯的弹器，等等。

当然他们最喜欢的游戏，还是生火和塑泥。

大家喜滋滋的像是观看表演那样，环绕着两个人簇拥在泉流的边上。用泉水打湿，封子从后面将佶好环绕在怀里，手把手教她团一握山土，再不停地搓捏，一直搓捏到泥巴发出“吧唧吧唧”熟透了的声音，随后就用手指捏出想要的轮廓形象。或者是山鼠，或者是石斧，或者干脆就是男人女人和对面的棚屋。然后将泥塑的坯胎，摆放在平整的岩石上晾晒，到了傍晚的时候就是一个个硬朗夸张的玩具造型。

这两个人在顶着领头的幌子，实际上干自己温暖甜蜜的勾当。

封子有一天还在扁平的泥块上捏了十八个泥人立在上面。作为写实的艺术记录：男女老少都有，正好对应着燧人氏里的人数。

到了傍晚临散伙的时候，大家都争着抢要封子做的泥塑。封子就弯下腰来，把泥塑分给那些小不点的男孩女孩。佶好站在边上静静地看着封子。唯独那些值得纪念的棚屋和十八个泥人，被他收藏在自己的巢穴里面舍不得送人。

那么“取火”，则是一宗更加神奇和美妙的游戏。

大人们都对这种新鲜奇妙的功力百看不厌，更何况是一帮鼻涕邋遢的毛孩。每当在小家伙们精疲力竭玩腻了的时候，顽皮的佶好只要轻轻地说一声“取火啰”，无精打采的众人就会一下子吃了兴奋剂一样全神贯注，屏声静气。

这种凝聚人心的把戏，佶好和封子屡试不爽。

在那个时候，她就装出那种老巫婆神乎其神的样子，念念有词地站在

大家中间，煞有其事地指挥这个人找一根木棍，支使着那个人在木板上抠一个小洞。佶好绝对是一个灵动的少女，她要求小男子汉封子给他打下手配合，以便有更多机会地黏一黏他的身体，嗅一嗅他的气味，拍一拍他的肩背，摸一摸他的手脸。

宁封子当然也美滋滋地听从调配。

请记住远远跟着的还有一个女婢垱月。年纪稍大的垱月，就抑郁地目睹过他俩黏在一起表演，一共进行过三次：

第一次是佶好起用了钻杆和弓木。这次需要封子跟她面对面，像拉锯那样快速地用弓木拉扯钻杆，两个人都拉得脸红耳赤气喘吁吁；另一回是将一块木板挖一个斜坡式长槽，槽前置放一些毛绒与草屑，再由佶好用胸脯贴紧封子的背脊，共同用硬木杆向前使劲擦钻，直到毛绒草屑生烟；最后一次是用打火石打击。佶好带来几块有棱角的专门石头，在基石上垫上火绒，再教封子一下一下“啪啪”地拼命摔砸出火星。

在那种时候，每当火星在草绒里烧亮，飘出了烟火，就会使得大家“哇咂”一声，眼睛炯炯地会放出光明。随后就是“哦嗬哦嗬”地欢叫一片。火苗放在地上，大家争先恐后往火堆上添加干爽的柴草，忙着用潮湿的细木棍串着烧烤昆虫和山鼠。像是部落里又一次举办小型的庆典，有巢氏崖壁下的台地上，开始袅袅升腾起彩色的火焰和烟雾。

甚至，有巢氏族的大人们都跑来围观。

是故《列仙传》为之记载：“有人过之，为其掌火，能出五色烟，久则以教封子。”

时间就这样一点一滴地过去，太阳不知不觉地就爬过了顶空。这个时候在周边劳作的族人都目击到彩色的火焰和烟雾，美丽得就像是一群扑哧扑哧腾空而起的锦鸡，随风起舞婀娜飘逸。而每当这时，只有两个人不争不抢地站在童少的欢快圈子之外，两个人红红的脸颊面对面靠得很近很近，并情不自禁地手捏着手，将身体依偎在一起。

这两个人，当然就是幸福的封子和佶好。

关于水塘

关于崖壁下泉流中的水塘，起源不过就是一个浅浅的水坑。

它就在部落台地的边沿之上。起初就是截取那条泉流的一段挖开挖深，挖得像一个很小很浅的我们小时候用过的洗澡盆子。上游的泉水汩汩地注入这个水坑，波纹在水坑里缓缓荡漾，然后又从另一端的缺口中叮叮咚咚地流出。

这极像是部落里孩子们的把戏。

但是相对宽阔幽深的容积，一改坡地泉流的浅显与急促。鸟鹗后来领悟到储水的意义，就把强壮的昆吾叫进洞好一阵嘀咕。昆吾事后就在水坑的基础上“吭哧吭哧”挖深挖宽，挖成了一口跟现在大圆桌面一般大小，最深可以淹过成人膝盖的小水塘子。那么从此以后，有巢氏部落的家门口就有了一口便于灭火、洗涤和饮用的水塘。

为什么要突然扯到这个无关痛痒的水塘呢？

表面的理由好像是因为石佶好他们失踪之后，封子整天里一个人捻着那串狼牙珠链，像个抑郁症患者一样静静地坐在那里发呆。但是实际上在这口水塘来由的里面，潜藏着部落内当时丰富的潜流信息。

话说封子的举止就有点莫名其妙。按一般的失恋常理，他本来既可以坐在对面燧人氏的驻地上相思，也可以静静地窝在他自己的巢穴里独自悲伤。但是主人公坚决不去，他哪里都不去，他就那样固执地坐在那口水塘边上，一个石子接一个石子轻轻地投进水塘，让水面荡起细微的涟漪。

感情方面的状态就是这个样子，很显然的事情，他在他俩共同挖掘过

的地方继续挖掘着甜蜜的往事，以抵消其思念的痛苦。

女婢垱月这期间真心想消解主人的痛苦。

她为封子的痛苦而感觉到痛苦，然而她主动的性作为却给自己带来了更大的痛苦。封子几乎是无视她赤裸的存在。以前在他十二三岁的时候，垱月总是以启蒙的身份，在天黑以后以各种方式使其发烧与勃起，然后直接像强奸一样扑将上去，让他懂得和尝试着在人生被烧硬以后的幸福道理。

但是在燧人氏消失的第一个夜晚临睡前夕，垱月愉快地把自身洗干净，然后像青蛙一样四脚朝天地仰躺在内室的巢床之上，静静恭候的结果是等了很久很久，却等到了外室发出了轻轻打鼾的声音。垱月不可谓不丰腴诱人，更不是缺滋润的泉眼，然而这个晚上封子根本就没有上自己的巢床。

他竟然丧失了本能的兴趣！

有几次母亲鸟鹗走过去摸摸他的脑壳，并试图让他的屁股离开水塘边上那块冰冷的石头。但是都没有成功。没有其他的办法，素来强硬的酋长第一次萌生出母亲柔嫩的一面。她理解次子宁封子的心思。封子伤感地守候着水塘，鸟鹗就忧郁地守候在封子的身边。

这时盘古山里的风越吹越冷，脸上手上等裸露的地方都有了刺割的感觉。秋末已尽，冰冻的季节即将来临。

在佶好与封子相处的最后一天，到底是什么原因，直接触动了他们两个挖掘这口水塘的心思？而在这个原因里面，又潜藏着一个怎样微妙的部落裂隙的起因？现在我们就来还原这里面孕育着的信息。

第一，这对情人具有创造性的智慧；第二，这个智慧的灵感源自对鸟鹗的误会；第三，酋长感觉到了部落内潜在的危机；第四，这一危机竟然又与祁貙和衣松这两个家伙的纠缠密切相关。

“你俩的眼睛都没看到吗？”那一天鸟鹗站在高高洞穴上大喊，“你们赶紧把火灭掉！烟火都呛到巢穴里来了！”

佶好和封子当时正和一帮小萝卜头在下面烧火。烟火也自然会飘向高处的洞穴。

但是鸟鹗当时的本意，并不是真的想批评和责难封子和佶好。她没有这个狠心，她打心眼里喜欢他们，她甚至都不知道用什么方式去呵护拥抱他们。然而这两个敏捷的人精，却因为鸟鹗的埋怨，在用手捧着泉水浇灭火焰之后，产生了一个更为长远的有助于方便氏族生活的设想。

这水塘的产生，就是源自两个人对埋怨的误会。

其实那次鸟鹗的呵斥，并不是冲着封子和佶好，而是在对另外两个人的旁敲侧击。

一般在听到台地上纵火欢叫的时候，山谷两边的酋长都会走出来观察动静。那一天，佶好的老父亲站在山谷的对面，用巴掌在眉毛前搭着个凉棚，远远地站在山腰的边沿一声不吭。而这一边封子的母亲鸟鹗，也站立在岩壁上俯瞰和微笑。

封子和佶好相爱相拥，这是鸟鹗欣慰的原因之一。

之二就是她这个次子不再贪恋巢末，大清早就走出洞穴呼朋唤友，从而减轻了部族大人们的拖累和牵挂。其时，生火已经改变了有巢氏部落的生活。懂事的封子每天为各个洞穴带去的火种，使得全部族的父老乡亲都习惯了围着火堆，享受着临冬的温暖和甘美的熟食。

《韩非子·五蠹》曰："上古之世……民食果蓏蜯蛤，腥臊臭恶，而伤害腹胃，民多疾病，有圣人作，钻燧取火，以化腥臊，而民悦之。"

但是不可以掉以轻心。

细心的鸟鹗，很快就在欣喜之中察觉到了一个"后果非常严重"的问题。

在封子和佶好相拥相爱的当时，酋长察觉到圈子外有两个漆黑的阴影。

这就是祸根！一个向来都不修边幅的祁貙，却在泉流的上游装模作样地梳洗长发。发梢上的水珠在滴滴答答，一个丑陋耳孔被他浓密的长发所掩饰，但是他却侧着脑袋在用一双嫉恨的目光，有点像箭一样锐利地射向弟弟。最后他实在是忍不住了，趔趄地挺着下身的皮围，一晃一晃捏着拳头慢慢地向封子与佶好靠拢。

而另一个阴影，是在最侧边一棵低矮树杈的岔口。这个时候有另一双骨碌碌的眼睛，正直勾勾地在贪婪地瞄准着佶好。这双眼睛黑少白多，淫乱而阴郁。这个人就是素来心猿意马、欲壑难填的衣松。这时衣松趴着并死死抱紧一根横杆，嘴角都流出了口水，下半身紧紧地压在树干上一磨一擦。

鸟鹗当时怒斥的声音很大。

她一语双关地吼叫，震荡了崖壁台地。“你们眼睛都没看到吗？你们赶紧把火灭掉！烟火都呛到巢穴里来了！”

声音惊醒了祁貙和衣松。两个人都看到了酋长站在上面怒不可遏，于是都立即装作一副事不关己的样子，将目光转移到别处，把自己置身于事外。

也就是因为这一声吼叫，才促使了封子与佶好的灭火。于是接下来的那个下午，在巢的人都亲眼看到这一对掉进蜜钵里的情人，率领着众多的虾兵蟹将用手脚和木石，在泉流当中刨出一大堆泥土与石子，挖出了一块圆形的蓄水洼地。

生火与储水，这就是佶好与封子最后一天相处的简单经过。

欲望真的是无所不在！

在燧人氏的十八个人离去之后，时光是最好的解药。也就只有十天半个月的时间，有巢氏部落又恢复了以往正常的态势。部落里正好又有两位妇女临盆，婴儿不时啼哭的声音增添了盘古山里的生气。在大家手忙脚乱的时候，谁都没有注意到有周边的藤蔓在匍匐着包抄对面的茅棚，还有小鸟在棚顶做窝，以及小兽耸着鼻头在其间巡检，并留下一球一球的粪便。

风雪来了。在白雪融化之时，鸟鹗又催促执事丛滕带队出去渔猎；寒冬饥肠辘辘，在深夜的山涧里有时会传来惊心动魄的虎啸；春天转眼即到，一群规模庞大的猴群在山腰树冠上“叽叽叽叽”的风一样掠过，关心祭祖的长老们也开始以昏花的老眼，低着头去关注寻觅第一丝嫩芽。

有两件貌似鸡毛蒜皮的小事，我觉得有必要做一个补充。

一是佶好最后一次离开台地，是鸟鹗特意吩咐丛滕带着封子护送返回；二是衣松这个时候突然不见了，鸟鹗在天黑后观察到他湿漉漉地回巢。他就像个蜥蜴那样悄悄地爬上树杈。

这些对于还将继续的章节而言，我想，应该不算是在画蛇添足。

悍然的旱灾

次年自夏以后，五行山南部地区一直无雨。这种反常的天气现象，让以穴居为主的有巢氏部落开始陷入了经久的磨难。

罪魁祸首在当时都以为是太阳。没有气象学知识，我们盲人瞎马至今也会跟他们一样地肤浅和愚昧。骄阳就像是一个明显的敌人，在感觉上如同天天唱对台戏似的压迫在头顶，俨然为明火执仗、怒火中烧的挑衅。当它将远古的人类晒得眼花缭乱头昏脑涨的时候，抬头的草民便稀里糊涂就误以为天上又增加了九个太阳。

在民间传说中，当时曾有一个力大无比善于奔跑的巨人氏族。这个氏族里有一位叫作夸父的英雄，就曾经试图“逐日”捉阳，掌控热量。《山海经·大荒北经》有记，“大荒之中，有山名曰成都载天。有人珥两黄蛇，把两黄蛇，名曰夸父。后土生信，信生夸父。夸父不量力，欲追日景，逮之于禺谷。”后来这个巨人，归附了实力雄厚的神农氏炎帝，成为了炎帝手下一员忠心耿耿的得力大将。

还有后期《后羿射日》的故事，编撰出“尧时十日并出，草木焦枯”，以及羿弯弓搭箭，“仰射十日，中其九日，日中九乌皆死，堕其羽翼，故留其一日也”之类的叙述，也是因酷热难耐，才编排出太阳的恶毒，并产生了极端的仇恨。

像这样的极端天气，就难杀了有巢氏部落的酋长。

犹如每每面临灾难，在天气最热的那段时间，每天的清晨鸟鹗总是和年长的成员一起，愁眉苦脸地站在洞穴门口仰望苍天，并凭着经验叽里咕噜地探讨着形势与商量着对策。在巫师这个职业尚未产生之前，这还是一个凭借经历经验吃饭的时代。没有人去征询封子的意见，封子脑海里也在纠结着若干个抗旱的方式。

我以为很可能就是遇上了“百年一遇”。这一年的日复一日，仰头依然是晴空万里，金光万丈，无风无雾，甚至非常之奇怪，连一向在头顶庇护与盘旋的苍鹰都不见了踪影。

在整整一个干旱的季节里，人们初始的感觉是悬崖上的泉源在渐渐萎缩，并逐步萎缩到涓涓细流“滴滴答答”近似于孩童的尾尿。随后人们又惊奇地发现，周边的小鸟小兽都在忙忙碌碌放弃巢穴，陆续往山下湿润的地方迁移。接下来不知又过了多少时间，在草木慢慢萎靡不振软不拉叽的过程中，突然有一天流经台地的那一丝丝泉水都没有了，封子和佶好开挖的那口水塘底部也露出了起粉的石块。

这一下子，让素来镇静而聪明的酋长鸟鹗都心慌意乱，束手无策。她一起床就像是一个催命鬼一样，连声吆喝着渔猎队的人去沟底下取水。精神上压力山大，焦躁、苦恼和担忧，使得她情绪上开始变得有些波动与异常，这就是部落里不祥的征兆。她会一个人像老太婆似的叽叽咕咕，埋怨打磨队将盛水的竹筒准备少了。而过了一段时间，她又不停地责怪取水的男士，“饮水量一个个赛过了羚牛”。到后来她黔驴技穷，想了想干脆就蛮横地下令“严禁部落的所有人擅自生火”。

道理上这也是对的。

火是水的克星。自我检点中不断有疑虑产生，是不是燧人氏带来的火种冲撞了当地的水神？或者，是今春萌芽之时对图腾祖鹰的祭拜仪式，短缺了鱼供而显得过于草率？还是燧人氏的贸然离开，意味着有巢氏潜在的晦气抵消掉了福祉……但是所有的这些思虑终归都有些好笑。于是她就坐卧不安爬上爬下，饮食乏味苦思冥想，大脸盘子只几天的工夫就慢慢消瘦而使得颧骨凹凸。

她百思不得其解。

“已经有多长时间了？”鸟鹨无精打采地询问身后的封子。

“除了树发芽时下了一点点毛毛细雨，都有一百三十多天了。”封子拿来一根记载晴雨的藤结。它就像是一条奇怪的辫子，无数的结巴上都勒紧着一片片细小的枯叶。

虽然封子早已经离开了孩童的团伙，但是他这时候没有闲着，他也心急如焚。他在借助和调遣着这支少年的力量，悄悄地瞒着大人在储水方面做一些尝试性的事情，比如凿挖储水的岩坑和烧制盛水的泥瓢。

终于有一天下定决心，鸟鹨心血来潮就采取了具体的实际行动。

封子在那一天的一大清早，一睁开眼就听到外面有“丁零当啷”的声音。他跑出巢穴低头一看，才发现酋长鸟鹨正带领部落的男人，于崖壁表面平整的岩石上，在用石斧石钻一点一点地雕刻。男人们有的站在台地上，有的垒起石块垫高，有的甚至搭一两个人的人梯。

自作聪明的衣松领会着鸟鹨的旨意，一边看着酋长的脸色，一边讨好似的用木炭画好一个像鸡骨架似的、有两个人那么大的展翅雄鹰。大家就依照着他画的线条，用石器在敲啊敲啊，轮番上阵。敲击的力量震得每一个雄性的生殖器，像秋风中树枝上摇摇欲坠的干瘪野果。

封子赶紧就拉母亲进洞，并附着鸟鹨的耳朵，轻声制止她这种“拍脑袋决策”的工程。封子说：“你不能这么蛮干，我前不久已经偷偷地做过这样的尝试，我想叫小伙伴们在岩石上挖一口水臼。”

“是不是前几天，你们在台地石面上叽叽咯咯砸坑？”

“就是，我准备砸出一个储水石臼，但是我失败了。”封子说，“我奉劝你们也不要做这种无用功的事情，因为用石器敲打同样的石头，会吃力不讨好的。”

“你怎么不早告诉我这个办法？”鸟鹨一把抓紧儿子的肩膀，说：“石头上挖坑储水不容易渗漏，如果有一个大石坑，或者有很多很多小石坑，我们就不怕干旱了！”

“但是你挖不动石头。”封子警告她说，“在这个关键的时候，你应该发动大家做点有益的事情，你如果再不停止这种瞎搞，会搞垮搞死我们整个部落的！”

酋长鸟鹗这次没有听他的。

她出洞组织图腾祖鹰的浮雕去了。她认为小孩子不懂得氏族祖宗的灵性与重要：石壁上雕一只祖鹰又是她由来已久的心愿；这次前所未有的干旱，或许就是祖鹰对部落怠慢的惩罚与提示；这件事是有巢氏迟早都要完成的一宗大事。

结果就可想而知，工程实施了整整两天，两天的雕琢效果微乎其微。

以卵击石是一件蠢事，以石击石未必就不是一次搞笑。有巢氏族的石器，都是取材于盘古山上同样的岩石。没有人懂得这个浅显的道理，都只知道埋怨盘古山山头的质地是如此坚硬。我前面已经介绍过，泥晶灰岩主要是由颗粒细小的泥晶方解石组成，它具隐晶结构、致密块状的性能。如果都要将翅羽、钩爪、锐目、尖啄和尾毛等逼真地浮雕在这样的石壁之上，对于远古的人类而言，自然是一件勉为其难的艰巨工程。

其次还有一个困惑是，由于崖壁的南向，一整天大多数时间都处在烈日的暴晒之下，从而使劳作的丛滕、圪莒、祁貙和衣松一个个汗流浃背、热不堪言。而且，还由于崖壁敲碎的粉尘过大和施工者消耗的饮水过多，有巢氏里的这么多男士，却突然在这一天发现了劳动力的严重匮乏。

但是，人已经骑上了虎背，下来就会被老虎咬死。

那就只有闭着眼睛刻苦地骑下去。最后就全民动员，男女老少，用最笨拙的人海战术，以至于连最信不过的流民昆吾、最不当劳力的封子，甚至是酋长鸟鹗自己、奴婢垱月、小妹任僖等都倾巢而出，统统加入了下山取水的行列。于是乎在那几天里，从部落驻地崖壁台地下到盘古山最深的沟谷，一路上弯弯曲曲像蚂蚁搬家一样，每时每刻都有人在爬上爬下，气喘吁吁。

那是一条从盘古山下山并通往山里或者山外的溪沟。这就应了“世上本无路，走的人多了也就成了路”的道理。因为千万年水流的涤荡冲刷，扫除了沿途杂草荆棘和岩壁石块的自然障碍，所以顺着稍许平缓的溪沟，野兽和猎人都把它当作来来往往践踏的行径。

但并不是没有了艰难。

路途漫长是一个方面的艰难。打个比方就是像圪莒那样粗腿的壮士，背着水上上下下大概只要来回三趟，也需要废掉他半天的宝贵光阴。而沿途的部分陡峭，则成了“艰难险阻”的另一个方面。这种不成其为路的有巢氏下山之“路”，就避免不了偶尔有人不小心掉下陡坎，失足滑下陡坡，以及头晕眼花摔下悬崖等的悲剧产生。

所以这些天如果路上只要听到了一声尖叫，大家的心脏都会猛地疼痛一下。

恶事接二连三，但又无能为力。

至于宁封子本人的情形肯定也不容乐观。他模仿其他人像抱婴儿一样，笨拙地当胸抱着两个盛水的竹筒。下山时道路陡峭，开始是奴仆昆吾把封子当作老弱病残一样搀扶。但是逞强的宁封子生气地把他推到了一边。然而，叫他万万没有料到的是，在上山负重返回的时候会出现麻烦。

因为敞口的竹筒内装满了泉水，上山时抱着它们就觉得自己像一个孕妇，得挺着肚子顶住竹筒，于是两只手臂很快就感到既酸又累。何况眼睛还不能看到脚下，又难得有平坦的地方换手歇脚。因此，在爬过那段乱石或松土的时候，就会使得竹筒里的水晃晃荡荡，一路上像屙尿那样“滴里嗒啦”荡掉了许多。

第一趟到目的地以后，宁封子不仅没有带回多少泉水，而且还感觉有些身心疲惫，口干舌燥。他也顾不上渔猎队勇壮的嘲笑，一到台地就将里面所剩无几的水“咕噜咕噜”一口气喝干，然后一屁股坐在草地之上，身体干脆就像摊尸一样瘫倒下去。

鸟鹗和垱月担心地坐在他身边给他扇风。

“用这样笨的方式，我都不想再下去取水了！”

封子的话音刚落，那边在崖壁下就发出一阵“呵呵呵”的笑声。

“我要重新做取水竹器。”宁封子翻身坐起身来，大声说，“水竹筒不应该是那样做的。我们难道就没有想过，抱着竹筒子爬山是最费力气的事情吗？”

这一回大家都没有作声。这一回被问到了节骨眼上。这一回连足智多谋的衣松都望着他一动不动。部落里的全体群众都深有感触，也都清楚封子的智慧和能力。

于是也就在这天中午，宁封子坐在台地上，在鸟鹗和昆吾等人的配合下，亲自动手做出了几副让全族人都感到敬佩的肩挂式取水竹器。他的设计道理，其实让现代人看来非常简单。

不过就是将现有的几根竹子隔节锯断，在每一节呈封闭状态的横截面上只在上面开一个细微的小口，盛满水后用草叶塞口，再在这节的上部钻一个眼洞。最后将两个盛水筒用藤条穿眼连接，然后就可以轻便地挂在肩膀上，一前一后靠肩膀的力量取水上山。

但是，要保证整个氏族的解渴用量，仅仅凭借革新过的取水方式，上山和下山来来回回地折腾，仍然还需要耗费大量的时间和人力。这样的困惑大家七嘴八舌地讨论了很久。在鸟鹗和长辈们看来，这个时候唯一可行的解决办法只有求雨。就是以祭祀图腾的方式，祈求氏族的神明——祖鹰显灵。

天逼乌鹦

崖壁上的浮雕轮廓，勉勉强强基本就绪。

祈祷祭祀活动，就由殷勤主动自作聪明的衣松主持：他燃烧起一堆熊熊的烈火，将圈养的禽兽和金贵的干鱼捆绑在崖壁之下，有巢氏部落的全体成员面对着祖鹰浮雕，齐刷刷赤膊埋头跪下，背对着骄阳一动不动。前面的火苗在烧烤供品，禽兽在挣扎后死亡，空气中散发出一阵阵牺牲的油香。

他们的祖鹰，应该可以享受到这种油香和虔诚。

这时带头的乌鹦领辞道："有巢氏拜，祖鹰在天。"

大家跟着说："有巢氏拜，祖鹰在天。"

乌鹦说："盘古遇旱，请佑子民。"大家说，"盘古遇旱，请佑子民。"

乌鹦呼吁："天旱求雨，救我重生！"大家祈求："天旱求雨。救我重生！"

乌鹦说……

仪式一般都历时半个时辰左右，每天的上午下午各一趟。祖鹰在天之灵，绝对可以俯瞰并感受得到子孙后代的心愿，因此谁都没有质疑这种自以为是的祭拜规矩。

大家虔诚地按规矩整整跪了三天，三天里晒晕了三个孱弱的妇孺。然而，所有的付出却没有起到丝毫的作用。天，依然是青天白日；地，照旧也干裂起尘。无动于衷的浮雕祖鹰像是睡着了一样，理都懒得理自己的子民。

族人们嗷嗷待饮，男人只好像机器一样爬上爬下取水不停。沟谷里的

流水，上来的人也说越来越浅了。石头缝里细细的清水几近干涸。因为部落食品库存的日渐稀少，大家也只有勒紧裤带计划着节衣缩食。最明显的一点就是男男女女身上的激素少了，大腿间的臊气没有早先的浓重、荤荤素素的玩笑都不愿意开了、盯看乳房与胯裆的眼光缺少了欲望……更不见，有火急火燎的雄雌偷偷往丛林深处躲避。

有的人上上下下早就精疲力竭，坐在道路边上软皮耷拉都不愿意动弹。

在人们歇脚的时候，就止不住会聚在一起叽叽咕咕地议论。他们开始在议论“部落应该效仿禽兽，集体向下面迁移”的话题。

酋长鸟鹗愁得眼睛都凹陷下去。

有巢氏面临着前所未有的生存危机。有什么办法？等待，还是迁移？

在这样的关键时刻，宁封子他实际上从来都没有关闭过自己复杂的思考机器。他曾替部落酋长想过两个节省运力的方式：第一个办法是因人而异，在沿途险要或平坦地段分配恰当的人选，以接力的方式传运水筒；后来在接力运水的基础上又做了一次改进，就是在十分陡峭难行的路段，采取后来滑轮力学的原理，借助树杈的中介用藤绳拉吊竹筒的办法，省去了大量上下搬运的人力。

每次在技术革新的时候，酋长鸟鹗都站在边上亲自督阵，放手让封子在现场指挥人马、部署方略。很自然的事情，每一次运输方式的改变，都因为突然减轻了包袱，能暂时激起氏族劳力的兴奋。盘古山上的运力已经不成为问题，效率突飞猛进，饮用水得到了满足，“啧啧”的称赞声也此起彼伏。

但是，宁封子奈何不了老天。他解决不了根本性问题。

接下来的日子不仅没有雨水，而且空气中都干巴巴地飘浮着灰尘。每天繁重的工作依然是下山取水。而且面临更为严峻的问题是，库存的食物也即将告罄，近处又早已经没有了浆果和鼠兔。

“不得了了，山洞里只剩下三个麂子了！”这时候衣松在奔走相告。

心怀叵测的衣松像是在故意制造恐慌，他在不断传播着一个本该保密的库存量秘密。原因是之前他在鸟鹗那里碰了次钉子。这个基因异常的瘦猴衣松依然朝气蓬勃。终于在忍耐不住的这天，他轻手轻脚壮着胆子趁别人都在忙碌的时候，他是真心实意想去陪伴与安慰鸟鹗。但是他去得真不是时候，鸟鹗一个人正憋在洞穴里心事重重，愁眉不展。

在这最困难的时期，衣松坐下来挪了挪靠近鸟鹗。他心思痒痒地看着鸟鹗胸前那一对颤动的乳房。近到都可以闻到女人胳膊上的肉香，磨磨蹭蹭“嗯嗯嗯”的他清了清嗓门，但是由于胆怯或激动，衣松已经挨到肌肤却始终哑口无言。鸟鹗她当然是打心眼里不待见这个瘦猴，所以她连正眼都没有给过他一个。鸟鹗心正烦着呢，于是转过头将一双锐利的鹰眼放射出厌烦的光芒。

“你还有这么个闲心？我们都只剩下三个麂子了！”

在衣松灰溜溜下山的路上，他又看到祁貙与圪莒坐在上山的路上默不作声。

“她，怕是扛不住了。”

“不能这样等死，真的不能这样等了！”要求搬迁的声浪越来越大。

越是在这个时候，渔猎队的劳动力就越不能够离开自己的部落。但是就这样继续坚持也不是办法，等下去就等于是让全族人在一起慢慢等死。有一天大家背着一个受伤的妇女，结伴来到酋长的巢穴集体强烈建议，“大家下山吧，再这样拖下去只是在等死!”这位受伤的妇女竟然是封子洞室里的女婢珰月。珰月赶清早独自偷偷下沟为封子取水，被一头恰巧在喝水的棕熊用屁股蹾晕。

“再等等看吧，祖鹰在天上清楚，说不定今晚就赐给我们一场大雨。”

鸟鹗在打气鼓劲时也暗自掉泪。但她不能气馁，她似乎已经感觉到自己女性的肩膀有些柔软无力。她实在是舍不得盘古山舒适的巢穴，更不想冒险下这样一个事关部落兴亡的重大赌注。

然而很显然的事情，祖鹰已经远逝。这个晚上依然没有下雨。

就在这个黑咕隆咚的夜晚，渔猎队的执事丛滕因为心怀部族和惦记鸟鹗，在归巢之前依然是七上八下夜不能寐，于是摸着黑来找酋长商量事情。这位被全体人民所公认的，酋长最忠实的伴侣、坚强有力的助手，经常大大方方的像进出自己的巢穴一样出入于鸟鹗的洞穴。

他们也不回避陪伴着母亲的封子。

封子就听到丛滕说："渔猎队的人已经吃不消了，很多人天还没黑就已经在打呼噜。"

鸟鹗很愿意跟丛滕交流。

丛滕壮实的胸膛可以做最好的依靠。鸟鹗愁容满面，问他："那你说怎么办？这么大一个部落。"

"只有搬迁。"丛滕轻声说，"到有水的地方去，大家也用不着这么辛苦，又可以腾出人手去渔猎。"

鸟鹗感叹道："要是有能够盛水的容器就好，我们就可以早早地囤积储存。封子也不早说，挖石臼倒不失为一个办法。"

"我已经观察过了，过火后的地面就会很硬，就不知道泥巴还可不可以烧得更硬？"封子接嘴说，"如果硬得能够隔水的话，我们完全可以用泥巴做很大很大的竹筒子盛水，那样就可以解决我们很多的问题了。"

丛滕说："哼，你们这是在说一个笑话，什么挖石臼？什么泥巴烧硬？世上除了竹筒，水怎么能够储存？"丛滕不屑地说，"水是无孔不入的东西，你没看见石头缝里也会渗水，而且在外面，水是会被晒干的，你们弄一点水在石头上试试，一下子就会干得一点不剩了。"

……

封子当时坐在在洞穴口子上。他当时就仰头看天，天星繁密。

封子有些想哭。

泥塑，他曾经丢进火里烧过。不要说隔水，就是拿脚使劲踩，都可以踩得像沙粒一样粉碎。就是不清楚是不是用更大的火，能不能烧得如同石头那样更加结实坚硬。那得用多大的火呢？大火，又会不会把山上的茅草树木都烧掉？如果是那样，那就成了一件比干旱更加恐怖的灾难！

那天晚上，宁封子清晰地记得母亲鸟鹗，最后还是无可奈何地说了一句，连自己心里都没有底气的虚话。她说："都别再想了，等天亮再说吧，天亮前也许就会下雨。"这样的话已经被鸟鹗当众重复过多次。"耐心等待"，谁都清楚这是一句自我安慰的侥幸应付，可是如果不这样等到天亮，哪个又能拿出什么更好的办法？

但是接下来发生的事情，远没有我们想象得那么简单透明。

母系氏族这时候就像一匹负重远行的骆驼，不要看它表面上还在驼铃叮当，而压死它的重量往往只需要加一根稻草。这根稻草在第二天天还没亮的时候不期而至，有巢氏部落在睡梦中就被一阵惊恐的号叫声所惊醒。几乎所有人都听到在“哇——哇——”的叫声过后，洞穴外就有“呼噜呼噜”的，像是在刮一阵狂风的声音。

有一个奶孩子的妇女，在呼天抢地地叫喊。她的婴儿被一群猿猴抢走。

猿猴是仅次于人类智商的群居高等级动物，行动前都有目标和预谋。

结果拿火光一照，果然就发现洞穴边和崖壁上都有斑斑的血迹。小孩子被猿猴们成功抢劫。一连串血迹证明猿猴们在偷袭以后，是沿着崖壁朝东边峡谷里奔跑的。很可能它们也在大旱之中饥不择食，冒着危险下定狠心，半夜里策划了一次对人类的冒险偷袭。

天还没亮，每一个人都默默地缩回巢穴中打开眼睛睡觉。

大家翻来覆去。

这是一个坍塌的信号。这次不是天在作孽，而是人在抵制。这就不好办了。有巢氏部落的基石开始松动了，人民失去了信任和信心。

在第二天天刚刚蒙蒙放亮的时候，为了保证新的一天的饮用，酋长鸟鹗就跟往常一样沿着崖壁面朝树叉，挨个洞穴催促渔猎队的男人下山取水。

“起来起来，下山取水去啰。”

“起来起来，下山取水去啰。”

“起来起来，大家都取水去啰！”

然而好像是集体商量过了一般，鸟鹗喊破了嗓子。一声接着一声，但是所有的洞穴树巢都无声无息。

几乎没有一个人愿意再理睬鸟鹗。

大家在蒙头睡觉。大家在以罢工的形式，在逼迫酋长鸟鹗做出部落迁徙的决定。

宁封子跑出洞穴，看到母亲鸟鹗在痛哭流涕。

鸟鹗趴在崖壁上伤心欲绝。

所有有巢氏部落成员，以前从来都没有见过这个母系酋长掉过一滴眼泪。

逃难似的迁徙

有巢氏部落举族向东迁移，是有史以来第一次离开祖传的故地。由于经验缺乏和条件所限，这次挪窝，大家基本是以血缘对偶关系为基础，扶老携幼拖儿带女历时七天时间，就像是一小撮溃散的残兵败将一样，遭受了千辛万苦和数次灾难，才找到了一块近水的河岸地带驻扎下来。

他们终于碰到了一条救命的河流。这条河流，后来被称为“沙河”。

确切地说，这次下山不能够叫作“迁徙”。迁徙是动物周期性的较长距离往返于不同栖居地的行为，比如海龟、麋鹿，或者越冬之鸟，等等。它们的离开是定期的、定向的，甚至是已经深入了血液的本能。而有巢氏部落的这次行动，仅仅是为了逃离一次灾难，除了是为满足所需生活环境和条件之外，在意义上很难跟这个词性有吻合之处。

但是在漫长的历史长河中，我们又怎么能够确定，这场难得的旱灾与逃避不具备其周期、定向与深入血液的行为？

沙河水质清清、沙石见底，河岸坡地起伏、荒草依依。渔猎队的老少爷们在执事丛滕的指挥下，在河岸的一块台地上忙于砍树平地、开路挖沟、掘室垒墙，以及起架抹顶。有巢氏仿照燧人氏半地穴式的建筑，一半在地下一半在地上，每间十几二十个平方米，或方或圆。他们就将这些房屋，搭建在由山脉向平原过渡地带的河边。

村落坐西向东，背山面水。

水，现在已经不是他们忧愁的问题。

现在部落的成员如果是渴了，无论是男女老少都可以直接从房屋里出来，只要愿意迈步走出百十步路程，就可以像牲口一样放心地趴在河边，“咕嘟咕嘟”喝一肚子饱水。沙河的源头之一，其实就是盘古山山谷流出的泉水。因为有巢氏部落在这七天的时间里，就是固执且不知所终地沿着这条水系的流向，一直向下慢慢并艰难地走出了高山峡谷。

一走出峡谷，大家都不愿再迈开步子。

似乎是约定好了一样。

表面的理由似乎是，前面有一条迂回弯曲的河流，截断了向东继续的道路。又仿佛是遭到了阻击一样，正在前进的队伍前面就突然一哄而散。这个时间正好是太阳西沉的时候，大家喝水的喝水，坐下的坐下，躺倒的躺倒。在沙河西岸的夕阳之下，黑压压地一长串逃难的队伍，一瞬间就散乱成了人心涣散的、各自为政的一盘散沙。

其实，是他们累了，心身俱惫。

他们再也走不动了，也不愿意动了。连酋长鸟鹗软绵的“继续前进”的指令，也被他们当作放屁一样听之任之。他们一走出山沟，看到前面是天地开阔，一望无际的平地，就萌发出人类骨子里潜在的惰性，就思量在此固定下来。

后来，他们自己就把这个地方叫作“固”。

固地，从此成了有巢氏部落的第二个家园。

酋长鸟鹗其实在路上，就已经丧失了她发号施令的权威。

举族下山，实际上就是她威信下滑的一个起始。老天做了一件恶事。前所未有的旱灾，迫使她所辖的部落变成了一帮流离失所的“残兵败将”。漫长的干旱过程，犹如铁器被锈蚀一般，在循序渐进地一层一层地剥夺掉成员对她的信任和敬重。大家突然发现：鸟鹗缺乏男人的力量、没有女性的温情、丧失酋长的果敢，同时也丢掉了以前所有的智慧。

很少听说过残兵败将会听从酋长的指挥，这叫作大势所趋，理所当然。

她甚至在尚未出山的森林里就已经病了。

精神上的重量，也像最后一根稻草那样压垮了她雌性的脊梁。

在被迫离开盘古山以后，一路上跋山涉水披荆斩棘不算，她不仅要与大家一样，整天饥寒交迫担惊受怕，还要寝食不安地瞻前顾后，跑来跑去地协调队伍。特别是队伍在路途中遭受山体滑坡，以及被猛虎袭击之后，酋长鸟鹗在精神上就开始分裂、流失、坍塌和崩溃。她感到浑身作冷、孤独无助、手足乏力、连连咳嗽，一下子连原先说话铿锵的中气也消失殆尽。

具体到模样的惨状就是：她散乱的长发都顾不上洗了，乱糟糟臭烘烘犹如一簇经冬的枯草；劳累致使她憔悴得颧骨猛凸、两眼深陷、眼圈乌黑；行走的速度越来越慢，直至迈不动沉重的双腿。几天的时间，她就变得像上了一个年纪的人一样，行动迟缓，老态龙钟。

鸟鹗一路上的起居和行进，因此就由次子封子率领着妹妹任僖、奴仆昆吾以及奴婢垱月搀扶和照顾。而鸟鹗逐渐暗淡与微弱的指示，也开始由宁封子耳语般传达到执事丛滕那里，再由声望逐渐走高的丛滕去贯彻落实。宁封子在这段关键的时期，无形中担负起部落酋长“侍卫长官”的责任。

在定居固地以后，有一天在村子中心最大的长方形房屋里面，宁封子当众拿出若干根起了毛的记事藤条，帮助部落理了理现有的人数。大家这才发现，在迁移的过程中，有巢氏一共发病和伤残了一十三个，失踪和死掉了三十九人，部落严重减员。这些具体的数据，都被藤条上每一个结巴所记录证实，也让幸存的人长吁短叹，黯然神伤。

这个时候部落里最大的房屋，仍然归属于鸟鹗。

这座长方形大屋，就相当于当初盘古山上的议事洞厅，面积是一般民居小屋的五倍。建好以后，丛滕就安排鸟鹗搬进去居住和主事。善良忠诚的丛滕并没有乘人之危，而是忙上忙下替酋长分忧。尽管在氏族内一线的事情，大部分实际上都已经是由他在具体“操刀”，然而至少因为封子这根血缘纽带，在没有婚姻的氏族社会里，他们俩其实就是最为密切的性情伴侣，有着丰厚的繁衍后代的感情基础。

鸟鹗的巢床，就铺设在紧靠南墙一个略高的台面之上。这幢长方形大屋在族人散尽的夜晚，仅仅只有任僖和垱月两个女性留下来陪伴，高大宽敞的架空显得室内异常寂寥、阴凉，以及缺乏阳刚之气。如果丛滕与封子不来串门，在黑灯瞎火的时候像是有阴魂一样，里面经常有一股又一股的寒气在围绕着立柱盘旋穿梭。

白天处事的时候，由任僖和珰月一边一个伺候，中间就安坐着像是浑身作冷的鸟鹗。这时的酋长鸟鹗就像一尾拔光了羽毛的家禽，披着两三层毛茸茸的兽皮，依靠着墙面像是随时都可能倒下去一样，闭着眼睛偎缩在厚厚的巢床之中。

宁封子就开始忙了。宁封子坐在鸟鹗的身边，向大家做具体的说明与分析：疾病的高发，是源自出发后的缺衣少食、翻山时的劳顿煎熬、涉水时的冷水浸泡、沿途里的风餐露宿，以及阴沟里虫毒霉菌的侵蚀，等等。而意外的伤亡缘故，除了冷死、累死、饿死和病死之外，就是在迁移之后第二天清晨，遇到的那次山体滑坡的灾害，以及行进中被老虎攻击的结果。

除了宁封子上述的分析，事实也就是这么个简单的道理。

作为一个把握部族船舵的酋长，按理本不应该轻易怨天尤人、拂逆民意和感情用事。特别是在困惑艰难的特殊时期，哪怕是无意间出现的一丁点闪失，都会在群体中形成焦点，并叫人刻骨铭心。所有的这些，也当然同时成了鸟鹗被族人更加怠慢和轻视的根由。

那一回，鸟鹗不仅仅触怒了祖鹰显灵，而且把部落里的渔猎队男士们全部得罪。

那一次恶性事件的具体经过是：

在迁徙的第一夜之前，有巢氏部落队伍已经在沟谷里行走了整整一个白昼。因为队伍体力和精神尚未疲惫，所以凭渔猎队的经验判断，大家已基本上走出了盘古山山区的范畴。但是谁也没有想到的是，在这一天的半夜时分，山里面竟然像是唱对台戏一样开始下雨。淅淅沥沥的雨，下得并不是很大，但它是甘霖。

“哦，哦……你怎么才来？怎么会、才来？”

鸟鹗摊开手仰望云天，巴掌和脸颊都在接受甘霖的冲洗。她的泪水混杂着雨水。她在喋喋不休地诅咒。

错就错在鸟鹗竟控制不了自己对苍天仇恨的情绪。她像一个普普通通

的家庭妇女那样，当时就突然搭错了神经似的，不顾一切地开始了她的唠唠叨叨。她怨天尤人指桑骂槐，乃至于将怨恨的矛头直接对准渔猎队的男人和有巢氏族的祖鹰。她神情偏激与愤懑，一直嘚吧嘚吧，滔滔不绝，唾沫横飞，扬言一定要在天亮后，率部重返盘古山的巢穴。

“你们这些不负责任的骗子啊！”鸟鹗跪在地上仰头诅咒。

她甚至都忘记了自己酋长的身份！

在这个关键的时候，她已经深深地陷入了古希腊历史学家希罗多德“上帝欲使其灭亡，必先使其疯狂”的魔咒。

结果大家就听由她的指挥，于第二天清晨原路返回。

但是，就在冒雨返回的路上，谁都没有料到会在某段沟谷里面，侧面山体上滚滚而来的竟然是像一群猛兽一样奔腾而下的一小股泥石。“轰隆轰隆”像是从天而降，干旱透顶而突然又被雨水松软的泥石，一瞬间就淹没了山脚下的小路。

灾难的现场，惊恐的哭喊求救声乱成一片。有泥巴邋遢的人，吐着血从滑坡底下挣扎出头颅，还有小孩的手在土石泥水上，挣扎地伸出来一摇一晃。泥石流一下子就掩埋了贴在右边山体行进的部分成员。

但是在那次事情之后，谁都没有吭声。

大家在现场草草地掩埋了尸体，擦干了血迹，抹净了身体之后，然后搀扶和背起伤者。仿佛鸟鹗就是个祸害灾星，部族里没有一个人拿眼睛正面看她。大家默默地跟随着丛滕，在渔猎队男人的帮助下，毅然决然地掉转头，回过身，继续沿着沟谷水流的方向，背井离乡。

这就是迁移中发生的第一次重大灾难。

第二次是在将要出山的最后两天头上，遭遇了猛虎袭击的事件。

虎袭，使得这位有巢氏“女神”的形象雪上加霜。

虎豹是独来独往的猛兽。实际上那一回遭遇老虎袭击，平心而论真不应该责怪鸟鹗。鸟鹗已经病得连走路都东倒西歪，由宁封子和昆吾他们在两边搀扶着胳膊。这时，恰巧有一头老虎在附近的小山头上号叫。乡亲们都可以看见老虎蹲坐在那里的身躯了，因此大家屏住了呼吸，紧张地停止了行进的脚步。就连一个才半岁的婴儿，都被他母亲的奶头堵住了哭声。

队伍停顿在那里，静悄悄的仿佛是集体冻僵。

但是就在这个时候，也该是有巢氏族命里该有那么一劫。风寒在身的鸟鹗，“呃嘿呃嘿，呃嘿呃嘿”，突然禁不住发出强烈的咳嗽声音。

老虎是多么机警的动物。老虎当时就发飙，顺着声音飞一般冲下来闯进山沟。也许它就是一只饥肠辘辘的饿虎。因为连渔猎队那么多壮士都吼压不住它一意孤行的进攻。起先，是它不顾一切地咬到了队伍最后一个妇女的咽喉。在返身拖走时，老虎被边上的人一棍子打到了脑壳。松掉了妇女，又转身去扑那个拿棍子的男人。结果渔猎队的人吼叫着包抄上去，那只老虎才慌里慌张地在逃跑时，顺带叼走了边上一个七八岁的孩童，然后“呼”的一声，钻进了茅草丛中销声匿迹。

但是，那越来越远的孩童哀号声，让有巢氏所有人一直都揪心裂肺，痛不欲生。

母系构架的坍塌

现在是在固地的新村，不被人待见的酋长鸟鹗就像个麻风病人一样，她不仅觉得卧床将养的身体特别虚弱，心理上也已经感到自己是无所作为，四面楚歌。

但是她于心不甘。

作为独立于部落高层三角形顶端的鸟鹗，她视觉照样开阔、触角仍然敏利、头脑并没有糊涂。而此时此刻她崇高的精神还在于，局面之风即使已经转向，长老亲朋尽管正在疏离，基层草民虽然怨恨在心，但对于氏族的事业和酋长的职守，她没有破罐子破摔，她一如既往，不忘初心，忠贞不弃。

具体的表现是：在这风雨飘摇百业待兴的时期，她仍然竭尽全力，坚持用她瘦骨嶙峋的“鹗爪”，紧紧抓牢执事丛滕和次子封子，以支撑住这个氏族的大厦，为部落遮风挡雨，顺利过渡。

宁封子已经在磨难中，成长为一个刚毅的双眉紧锁的大人。

他时而身在母亲的巢床前，协助照应着酋长；时而在大厅的门口代替酋长，接待并指导着兴建家室并一脸茫然的男女户主；时而到处去寻找丛滕，传达鸟鹗新生的想法与经验的提醒。他从此在固地眼观六路，耳听八方，处处警觉留意，主动思考相帮，脑海有了解难分忧的思想，肩上有了部落全局的担当。

在这个档口，丛滕也自然是抽不开身子。

他作为有巢氏里强有力的主要执事，整天在氏族的新村落基地上规划、设计和指挥，并亲自投身于固地上近百座小屋的建造。此外集体正常的生活还将有序地继续。这样他就必须贯彻落实酋长鸟鹗的旨意，肩负起类似于“总理”“首相”这样一个责任，具体把部族的劳动力分解成渔猎、护村、采集、建造、驯养、打磨，以及杂务等好些个工种，并不断地下达计划、分配任务、督促进度与检验他们工作的成效。

这时候鸟鹗的长子祁貙，那个五大三粗的一只耳朵的家伙被升任为渔猎队执事，并被驱使着率领圪莒一帮勇壮们出门，去捕获部族急需的荤食腥味。

而在这忙乱纷繁的时候，我们必须时刻警惕着一个人。

这个人就是在欢送队伍里发呆的衣松。

他显然没有被列入进部落渔猎的队伍。就像是一锅鲜美的羹中存有一粒老鼠屎一样，每一个群落里都会有一个或者几个心态偏颇之人。原始的氏族部落也概莫能外。现在的衣松像个看家护院的家犬一样，正带领着一批部族的老弱病残围绕着村落，无精打采地在做看似徒劳无功而又循环往复的工作。当然有时候抽空，他还会偷偷地溜到村中那个最大的长方形房屋的门口，借故走下两三级台阶，低头朝里面惶惶地瞄上一眼。

这其实就是，衣松的情绪症结所在。

他依然关注着鸟鹗。

下山以后，衣松被鸟鹗示意剔出了渔猎队队伍。鸟鹗在内心一清二楚，生怕他这个猴子头污染了环境带坏了好人，暗示将他与祁貙、圪莒隔开分离。丛滕得到了旨意，所采取的隔绝办法就是，借助人事大调整的机会，把衣松他直接任命为护村队执事。就像哑巴吃黄连一样，面对渔猎队动静很大的出发仪式，他衣松并不是一个傻瓜。衣松内心当然也清楚，这次分配方案背后的黑幕与意图。

本来，现在有巢氏所呈现的局面，也正好暗地里符合了那个衣松阴暗的心愿。

就是我们现在所说的“羡慕、嫉妒、恨”在作怪。作为部落里的一个功臣与能人，衣松一直嫉妒着鸟鹗与丛滕过于亲密的关系，怨恨鸟鹗对自己的无视与轻蔑。于是他“爱恨情仇”，滋生出唯恐天下不乱的暗疾，趁久

旱无雨的天气背地里污蔑决策、妄议酋长和串联生事，试图以乱搅局，局中伺机，借机取胜，最终达到自己阴险的目的。

最后他当然没有预料到的是，自己的目的没有达到，氏族却走成这么一种困苦、惨烈与全新的格局。

总而言之，身在固地的衣松，心情是忏悔的、纠结的、低迷的，以及不甘的。

正因为他的不甘，就像一根哽阻在咽喉的骨刺，他一直都在绞尽脑汁，眼睛骨碌骨碌地思索着将骨刺软化或清除的伎俩。这期间，就发生了一个属于护村队职责范围内的事故。村落里发生了火灾，烧掉了两座刚刚建好的茅屋。

人畜都没有伤亡，不过是浪费了建筑的材料、时间与劳力。

本来这难免的天灾人祸，是一宗不值得一提的事情。

护村队全权负责部落里的安全保卫这不错，但是氏族内少儿队伍的群龙无首无事生非，总不至于也要衣松他们承担火灾的责任。

然而熊熊燃烧的火势相当吓人。由几个懵里懵懂的顽皮鬼在一团草丛边上，试着玩一个钻木取火的游戏，却连片烧起了一长溜干爽的灌木，最后不知是火焰还是火星蔓延到刚刚建起的棚屋。棚屋屋顶上的茅草就呼啦啦地火借风势，风助火威。烈火噼里啪啦，热浪滚滚灼人。不要说小鬼连滚带爬，又哭又叫，就是难得见到这么大火焰的族民，也吓得惊慌失措，抱头鼠窜。

没有人上前浇水灭火。就是有人想到水可以灭火，也一下子没有办法弄到这么多水，灭掉这么大的火。胆小的人像是生病打摆子一样，只有远远地站在河边上护着小孩战战兢兢。

所幸的是当时有三个因素让火灾得以迅速控制：一是碰巧那两座棚屋独立在一个小山包上，与周边的草木相隔甚远；二是丛滕与封子等人还比较冷静，带着一批雄性冒险清理出一条避免火势蔓延的防火道；三是老天有眼，风突然停了，火灾变成了一场大型篝火，在逞凶之后慢慢偃旗息鼓自然熄灭。

瘦猴子衣松及其护村队当然没有责任。衣松在火灾的扑救中被烧焦了毛发，烫伤了脸皮和手臂，划破了巴掌。事后别人都洗洗干净休息去了，衣松却像个英模事迹报告团成员那样，保留着他乌七八糟狼狈不堪的样子，在村落里走来走去到处巡讲自己的勇敢经历。

“这些力气活都得靠我们男人！”他兴奋地给大家总结。

他朝自己竖起大拇指说：“没有我们这些长鸡巴的，各位可能都会被烧死，或者早就被老虎当兔子一样吃掉了。”

见许多人都点头，他更加来劲。他说：“女人坐在家里生生小鬼，带带小鬼，男人能够建筑房屋出门渔猎，让大家有吃有住，难道不是这个道理吗？”话语之中已经有公开瞧不起鸟鹗这类“婆娘”的意思。

有些偷偷说出来的私房话，甚至更加露骨难听。

他单独抓住一个赞许他观点的人咬着耳朵散布，说鸟鹗“发痒”“骚情”和“瘾重”这都不是错误，她最大的错误就是在酋长的位置上肆意妄为，假公济私。收留垱月给自己的次子封子做私有的奴婢，留下“小白脸”昆吾来做自己解决性欲的工具，是以势压人、强人所难的奸淫行为。

人家都不愿意再听他瞎讲了。人家在走。

“是真的，不相信是吧？我都亲眼看到过她把昆吾叫进洞穴，在里面搞了有好长的时间。”衣松变态一样拖着那位不愿再听的人说。

但是没有拖住。

后来他就注意不说那些捕风捉影的话题。他就继续把握着那个“男尊女卑”的理论，用摆事实讲道理的方式，不断完善出一整套体系的论述。他越说越起劲了。把人家说服以后，他甚至自己都被自己的理论所折服。就这样他成了部落里一个业余解说员一样，时不时就口若悬河，夸夸其谈。

这时候他已经有点跃跃欲试的冲动了。他试图以挺身而出振臂一挥的方式吸引众人的目光，从而改变自己在部落中的形象和地位。

基于这一点，衣松思考了很久很久，并私下里做了一系列准备。于是就在某一天的傍晚时分，在所有人都果腹之后，他找到了一个充分的起事理由。他终于瞄准了一个鸟鹗和丛滕同在的时机，有预谋地突然带领一批他的忠实听众和一些不明事理的族人，像潮水一般涌进了部族的议事大厅。

这批人中的主要几位，一进门就拿眼角蔑视着鸟鹗，再把崇敬的目光

转向丛滕。

在这批人当中，有以前渔猎队里的所有队员，有在迁移时死伤了亲人的对偶，有沿路被帮扶的老弱病残，更有现在被帮助安居乐业生活无忧的族人。

最后，跟原来庆祝渔猎队凯旋那样，这批人在衣松的指挥下一下子将执事丛滕围住，抱起，走出室外，抬起大腿，欢乐地将丛滕高高地托在队伍的头顶，然后一颠一颠像抬着一尊神像游行那样，围绕村落的道路一耸一耸地行进。

被很多肩膀和手抬起的丛滕挣扎都挣扎不了。很久都没有听到过“哦呵，哦呵”的欢乐之声了，顿时几乎全部落的人都出门尾随，喊叫着呼应。

“丛滕、丛滕”，衣松喊，“酋长、酋长！”

大家跟着喊：“丛滕、丛滕，酋长、酋长！”

衣松挥舞着拳头，一下一下有节奏地喊：“我们的——丛滕，酋长——丛滕！”

游行的队伍发了疯似的边走边喊：“我们的——丛滕，酋长——丛滕！”

声音由近及远，但喊声震天。而这个时候的鸟鹗在室内的巢床上闭上眼睛，她仿佛非常疲惫，又像是睡着了一般。然而在她厚重且乌黑的眼皮之间，宁封子突然看到有一连串晶莹的泪水从中喷涌而出。

封子和任僖将温暖的巴掌搁在母亲鸟鹗瘦弱的肩上。

封子他们这时候听到鸟鹗嘴唇里轻微地发出“我愿意禅让”的声音。

《马克思恩格斯文集·第四十五卷》中有一段分析：“父权的萌芽是与对偶制家庭一同产生的，随着新家庭日益具有专偶婚制的性质而发展起来的。”于是从这一天开始，远古的有巢氏部落掀开了他们父系社会的历史篇章。

绷紧的丛滕

自从接任氏族酋长的位子以后，丛滕有时会不知不觉爬上村后的山包之巅，独自鸟瞰着山野村落一声不吭。就像所有履新的长官一样，他必须心怀全局高屋建瓴地看一看自己的属地。表面的形象，他是居高临下玉树临风，但实际上的心情，只有他自己知道。

千万不要以为丛滕是幸福的。

因为在远古的氏族社会里，还没有出现那种把权力当作终生追求的职业官僚。就像大多数人一样他没有人生的目标，也从来不曾觊觎过酋长的位子，所以犹如做梦一样突然被“黄袍加身”，就只能感觉到肩上的沉重。他甚至想到过拒绝，继续让鸟鹗主宰着长方形大屋。但是已经是不可能了，母系的城墙早已坍塌。鸟鹗这头曾经的巨大鱼鹰，就像失事的飞机一样在一片欢呼声里从高空中跌落。

虽然丛滕是勤劳和壮实的，但他骨子里却是温和与忧郁的。

他深知并已经烦恼地意识到，有一大帮饥肠辘辘的人紧跟在自己身后跋涉，有大量的像杂草一样零零碎碎错乱的事情，在前进的路途上等着他去拿起砍刀，起早贪黑，披荆斩棘。就比如整个部落急需的大量食物、增造用以贮藏物品的窖穴、开挖村落排水与防护的壕沟，甚至还有两位老人正奄奄一息，急等着平整规划一块氏族永久的墓地，等等。

氏族里永远做不完的事情，会让有责任心的酋长感觉到泰山压顶，思绪如麻。

秋去冬来，父老乡亲们御寒的问题即将面临。虽然进进出出安全方便

了许多，但是固地的半穴居村落，比不得盘古山上天然的洞穴和树杈，凹陷的地面必须赶紧以抹草泥火烧硬化的方式，以隔绝源自脚下的寒湿。在每个房屋的中间还需要砌设取暖的炉灶，以保证室内人体适宜的恒温；还要强行在部落里推广男女对偶与血脉同居的互暖关系，以及亟待抽麻捋丝，以编织裹身的粗布，等等。

琐碎的烂事诸如此类，细想起来就赛过嗡嗡的蚊蝇。当然，解决以上这些问题还只是需要时间和劳力，而让丛滕最担心和焦虑的还在于另一个比较严峻的安稳问题，怎么样应对很有可能面临的野蛮进犯？

这里比不得山高林深的盘古山幽地。

因为，他进一步登上后面更高的山峦举目远眺，就发现眼下荒芜的固地村落，被一条像老藤一样的沙河环抱在大山脚下，但是沙河的东边一望无际、沃野千里，潜伏着许许多多传说中的“魑魅魍魉”部族。这些凶险与恐怖，在他很小的时候就有所耳闻，长辈们曾把魑魅魍魉描绘成高大、红身、尖耳、头上长角，或青面獠牙专吃人肉的妖魔鬼怪。他们随时都有可能像老虎一样扑过河流，抢劫有巢氏的财物、占据有巢氏的棚屋、凌辱有巢氏妇女、宰食有巢氏的小孩，或奴役有巢氏族民。

丛滕从来没有见过，所以心里没底，到时候也不知道用什么办法。而且更令人忧心的是，凭有巢氏部落现有的力量，能不能抵抗得了外来随时的攻击，这是一个致命问题！

惶恐，而又不能形之于表。

就在鸟鹗的身体慢慢恢复的时候，细心的宁封子却又发现，酋长丛滕这一边的状态开始发生了变化。人的外形与内心不一定恰成正比：他似一个肩宽体壮的山头，却在承载森林、水土和岩石的时候感到力不从心。裂隙似乎从精神上产生，泥石流一类的崩坍在等待着暴雨。他渐渐显示出神态的恍惚，经常是食之无味，寝而失眠，独自愁云密布，长吁短叹。

“你看衣松怎么办？他连护村的责任心都没有。”丛滕有一回皱着眉头询问封子。这是他的心病之一。

宁封子跟在他身边。

根据新任酋长丛滕指示，宁封子必须每天到长方形大屋报到。丛滕内心茫然，需要一个有智慧、信得过的年轻人，像谋士一样作为心态和事业上的帮衬。有时候是咨询或商量，有时候是随同与支撑，甚至有时候还要他跟着一起出去处理麻烦事情。宁封子这时候才进一步发觉丛滕的脆弱。久未渔猎的丛滕肌肉开始松弛，面庞开始消瘦，说话再三犹豫，神情也在逐渐低落和抑郁。

当然在新的驻地，部族暴露出来的问题也在不断累积，多如蓬勃的乱草。

例如渔猎队出去的日子为时过久，远远超出了十五天的常规，而回归时带来的猎物却寥若晨星、鸡零狗碎，很难有食用的结余以应付漫长的寒冬；再比如，深秋的固地附近树上的果实十分稀少，这是一个奇怪的现象，从而迫使采集队的女人们只好冒险去更远的深山；还有室内地面的火烧硬化、石器的打磨、村落壕沟的开挖等工程，都因为人员素质的低下而像蜗牛一般进展缓慢……

最叫人头痛的人，还是那个护村队的执事衣松。

衣松在反复折腾之后，并没有达到他理想的结果。

瘦猴子衣松，因此总是睡眼惺忪懒模懒样，一副事不关己无关紧要的样子东游西荡。他公然地说，他现在做的就是这种“无足轻重的工作”。或者，他就干脆带着手下人躺在河滩上晒太阳。他觉得怀才不遇。结果搞得有一次出了事情，有两条豺狼偷偷地溜进了村子，叼走了好几块晾晒在屋檐下的鱼干。渔猎队的收获本来就少，也幸好是丢失了鱼干。如果是万一有畜生叼走了幼儿，那就成了部落里不可饶恕的重大责任事故。

宁封子只有跟着丛滕到处巡查、协调和指导。

他有时候确实是看不下去了，就干脆留在打磨工地，手把手地教他们便捷省力的打磨技巧；有时候嫌他们笨拙就亲自示范着取火，示范性烧硬一块地面再离开现场；他甚至把身边的昆吾和任僖都支使出去，让他们去那些工作疲沓的团队去临时代替执事。

他暂时只能这样，他就像个酋长身边的救火队员一样，在不停地头痛医头，脚痛医脚。

被刺矛杀进大腿

日落日出。酋长丛滕最担心的事情，终于在氏族落脚半个月的时候扑面而来。

这是迟早的遭遇。两厢的冲突难以避免。

因为，在沙河对岸下游七八里路的地方，有一片茂密的由杨柳槐松和泡桐组成的杂交密林，在密林的另一边平原上，就是一块被称之为“宁”的大型村镇。那里生活着一个拥有五百多号人口的部落。五百多号人的氏族部落，在当时难得一见。这个部落，就是蚩尤九黎部落属下最前沿的一个“魑”部。

这一下，麻烦事情真的来了。

这块地处现在河南略偏西北和五行山南部的地方，与山西、河北、山东等地都离得较近，是当时炎帝、黄帝和蚩尤三大部落联盟之间犬牙交错的边界地带。属地是你中有我，我中有你，山水相间，错综复杂。

这就有必要再扯一扯，当时华夏的格局和形势：

各种版本都有。但只被广泛认可的是：德高望重的老牌氏族联盟酋长神农氏炎帝的辖区，农业高度发达，生活祥和安宁，地处中原北部和五行山及其以西的广袤地带；而这时的轩辕黄帝，只不过是个氏族社会里的后起之秀，统领有熊氏族及其一些周边部落，仅仅占据中原地南的一小块区域；那个骁勇善战的九黎部落酋长蚩尤，凭借先进的冶金技术左冲右突攻城略地，已拥有了黄河下游，以及东部丘陵至近海一大片属地。

但是，在有巢氏族下山的那个时期，《史记·五帝本纪第一》里记载的真实形势却是，“轩辕之时，神农氏世衰，诸侯相侵伐，暴虐百姓，而神农氏弗能征。于是轩辕乃习用干戈，以征不享，诸侯咸来宾从。而蚩尤最为暴，莫能伐”。也即说，黄帝在位的时候，神农氏炎帝家族逐渐衰落。诸侯部落之间相互侵略讨伐，对百姓残酷地压榨和掠夺，但炎帝却无力征讨。于是轩辕就习兵练武，去征讨那些不来朝贡的诸侯，各部落诸侯这才都来归从。而蚩尤在诸侯中最为凶暴，没有人能去征讨他。

有巢氏这个半大不小的氏族部落，在新石器时代里则相当于飞禽王国中一个燕雀，憋在盘古山深山老林里面，始终过着自足封闭的原始生活，并在归属问题上一直是懵懵懂懂，无所着落。现在，等到人家蚩尤的魑部人正式进犯的时候，才惊慌失措地发现离固地不远还有一个部落，甚至人家邻居早看到你的动静，你却还一直蒙在鼓里稀里糊涂。

如果要具体追责，这又属于部落护村队执事衣松的玩忽职守。

衣松小看了自己肩上的担子。拿现在的行政模式分析，他在有巢氏部落统领的是一支负责国防与安保的武装力量，自己相当于防务大臣或者三军将帅。

时届初冬，固地已北风习习，树叶飘零。

这时正好又是沙河的枯水季节。

在那天半上午的时候，衣松带着一帮部落里的散兵游勇，像摊尸一样在河边就着阳光取暖偷懒。人家魑部的人趴在对面的树林和草丛里，当然就轻而易举地把这边的底细看得一清二楚。当时一十几个人从对面树林里出来，准备在浅显的河段捕捉鱼虾，猛抬头发现沙河西岸躺着五六个懒汉，就吓得趴在草丛里一动不动。

这一十几家伙，就是从宁邑魑部出来的一个渔猎分队。

蚩尤九黎联盟有“魑、魅、魍、魉”四个著名的氏族。从字面上理解这四个字的意思，就是指传说中山川淘沼里的鬼怪妖精。其实在当时它们只是远古东夷一些细小氏族的称呼，近似于各个部落的图腾实物，并不像我们现在的贬义比喻为“各种各样的坏人”。

之所以后人都将他们描绘成“山神为魑，虎形也；宅神为魅，猪头人性，身有尾；木石妖怪为魍魉”，是因为传说中蚩尤的九黎部属都骁勇善战、

非常凶残，再加上他们的习俗都喜欢用色彩画脸，以及在穿戴上喜好角翎尾饰模仿禽兽的怪样。而最为关键因素是蚩尤及其下属，曾经跟后来的胜利者炎黄部落，即我们华夏民族的祖先，都有过不共戴天的杀身之仇。

“成王败寇”，成了他们世世代代被肆意玷污的铁幕。

现在单从“人”这个角度，你们看一看“魑部”的这个渔猎分队就十分正常。

凭良心讲，他们并非是奇形怪状的恶魔。他们起先是躲在河对岸观察了一阵动静，有谨慎惧怕的倾向。后来听到固地上有驯养的鸡犬叫声，就觉得有些奇怪，并商量着偷一些禽兽回去当猎物交差。于是他们就在一个头戴羚牛头壳的头领指挥下，手持金属武器，蹑手蹑脚地涉水过河，然后走过河滩泥草地面，悄悄跨过村落的壕沟。

在“见者有份”的原始社会，偷盗，是为我们祖先所不齿的道德行为。

但是在这个时候，恰巧就碰上了单独巡视的丛滕。

就像有某种预感那样，丛滕脑海里总塞着一根骨刺，谨小慎微的他一直就对坐落在山野的固地安全问题放心不下，总觉得村落的壕沟不像盘古山上的崖壁。这一天他巡视到近河的地方，果真就听到了突然的鸡飞狗跳，以及族人求援的呼声。他于是端起木杖飞也似的跑将过去。

他正气凛然地迎着盗贼而上。

然而，他大腿上突然“扑哧”一声挨了一刺。

丛滕看到一伙人像兔子一样撒腿而出，还有人手里掐着挣扎的锦鸡和拖着哀号的母狗。盗贼与丛滕擦肩而过，在他正想侧面阻拦的时候，猛然就觉得大腿上被冰冷撕裂了一下，随即就感到有火辣辣的疼痛和汩汩的血涌。

这就是有巢氏部落里，没有见过世面的酋长。

那时太阳即将当顶，鲜血因而浓稠而艳丽。丛滕当时还抬眼看了一下河面，只见沙河上溅起了一连串白色的水花与河滩上爬起来一帮稀里糊涂的懒汉，就痛得钻心一般地晕倒了下去。

魑部人使用的是金属刺矛。

《世木·作篇》上说蚩尤“以金作兵器”。《管子·地数》上也说蚩尤能制作“剑铠矛戟”。也就是说，在蚩尤的部落联盟已独自掌握冶炼技术的时候，用惯了石器骨器的丛滕，还以为是被别人放蛇啊什么的，在他大腿上咬掉了一块肥肉。但实实在在的伤情却是一道开了口子的刺洞，扒开肌肉外翻的伤口，都可以看到里面白森森的腿骨。

怎么有那么锋利的东西？

丛滕被昆吾抬进大屋躺下以后，他就再也动弹不得。血，是被鸟鹗用紫草和白茅根基本止住了，但是刺断了筋骨已成为奈何不了的定局。

偷盗者逃得一干二净，事态与影响就非常之严重。部落内舆论纷纷，群情波动，罢免的呼声立马摆上了议事日程。绝对不只是乌纱帽的问题，是民族安危寄托之大事。衣松的“执事”之职，自然成了不宣而免的交代，位子当晚就被昆吾所代替。衣松他觉得很没有面子，或者觉得悔恨不已，就像是自己受了重伤一样，一个人蹲坐在房屋的墙角下，嘤嘤地啼哭到了半夜。

五天以后渔猎队回来，有巢氏议事厅里就开始出现各执己见、众说纷纭的争执。

那一天晚上室外下起小雨。争执是由祁貙和圪莒他们的冲动引起的。祁貙与圪莒他们一个个像受了伤的野猪，毛发耸起，眼睛都红了，拿起石斧和骨叉就要冲过河，去宁邑那个地方报仇雪恨。结果当然地被鸟鹗和宁封子他们挡住。在有巢氏部落里，有几个胆小怕事的老人甚至低声嘀咕着，提出想返回盘古山的建议。

“那么如果再发生旱灾，我们是不是又得回来？”

宁封子沉思了一下说：“关键问题是我们没有容器，有盛水的容器我们到哪里都可以生存，你们说是不是这个道理？”

在场的就再也没有人吭声。

屋顶上淅淅沥沥的雨声却异常地清晰。

容器，从此成了部落人内心一直的隐痛。而且眼下的问题还在于，在那一年的严酷霜冻到来之前，如果是路过村落中间的长方形大屋，族人就可以听到里面传出丛滕痛苦的呻吟。当时并没有伤口感染这样一个概念，只是简单地用皮草包扎，所以酋长丛滕因伤口在向纵深溃烂恶化，他全身

发烧，大腿流脓，痒且剧痛，头脑时而清醒时而糊涂。

谁都没有心思，去忧虑氏族的命运。

由于考虑到过冬的困难，宁封子在河边想了很久之后，才坐下来向丛滕和鸟鹗他们提出自己的担忧和想法。一是让衣松回渔猎队将功补过，让他随同猛士祁貙、圪莒他们进山，以他的聪明才智捕获更多的猎物；二是妹妹任僖已经长成一个泼辣好动的姑娘，曾要求进入渔猎队而不得，就指派她率采集队出门收获草菌素果；三是河床里面的动静很大，因此要加紧打磨骨质鱼钩，他可以带领剩下的人到沙河边垂钓鱼虾。

这都是当务之急的办法。

就这样宁封子和昆吾都同时发现，作为隐患的危险已经像河鱼一样浮出了水面。因为昆吾一直在护村，而宁封子用蚯蚓和昆虫在河岸钓鱼的时候，他们都发觉对岸的草丛里有“窸窸窣窣”的响声。在下午太阳的照射下，有人甚至看到了对岸闪闪的金属光亮。

除了水，没有东西能够发出这种刺目的光亮，只有刺伤丛滕的魖部人才拥有这种厉害的东西。

事实也确实如此，魖部渔猎分队的那些人来了。

他们在抢夺了两只鸡和一只小狗之后，当天就把它们烤着吃了。鲜肉与油香，使得他们在吧唧吧唧嘴巴过后心满意足，心有成就，记忆犹新。他们只当作出门狩猎的成果，回到宁邑后留了个后路，统一口径都没有说在固地的偷盗。

而且所幸的是十天半个月过去，人都刺伤了一个，固地的部落竟然没有一丝一毫的反应。这就让他们心怀窃喜，所以在他们再次出猎的时候，那个戴着羚牛头壳帽子的头领，歪着嘴就向大家示意去沙河的上游，再次试探试探一下那个能够圈养鸡犬的部落。

对岸草丛里埋伏的就是这帮蛮不讲理而且得寸进尺的家伙。

捕获与遣返

与蚩尤的魑部发生冲突，这已经成了有巢氏不可回避的劫难。

这不仅仅是对于有巢氏氏族，就是对于炎帝黄帝这样的大联盟部落而言，凡是遭遇上了凶残的蚩尤部落，一场白刀子进红刀子出的战争就肯定是难以避免。因为，蚩尤在当时被奉为兵主战神，一向是所向披靡无所畏惧。

有《述异记》证实：蚩尤他“食铁石”“人身牛蹄，四目六首。耳鬓如剑戟，头有角”。而《龙鱼河图》描述蚩尤的部属酋长，包括驻扎在宁邑的魑部酋长蛮角在内，均为“蚩尤兄弟八十一人，并兽身人语，铜头铁额，食沙石子”。

有这样的统帅与酋长，就自然会养成天不怕地不怕的勇猛将士。

魑部渔猎分队的头领，戴一个羚牛头壳的帽子，虽然脑子近乎牛脑，但是懵懂好战的性格，却与整个部落保持高度的一致。所以那天下午他信心满满的第二次偷盗，就理所当然地遭遇到了前所未有的挫败。他们完败于智慧。他们这一回碰到了驻扎在固地的智人。他们当然就像十几个“落汤鸡”一样，被宁封子和昆吾一伙人用钓竿和藤绳拎上了河岸。

那天的过程也非常简单：有巢氏部落的人故意向上下游两边散开，让出那个浅水河段的口子，用了后来《三十六计》中所谓“欲擒故纵”的方式，放进了虎视眈眈的魑部傻瓜，让他们抢到了村落里的猪狗鸡羊，并一人抓一只兴奋地返回沙河的东岸。但是这回他们失算了。他们还没有来得及蹚过河面，就在中间被水底设伏的乱七八糟的藤条缠绕绊倒。

别忘记这是在冬天。

冷兵器时代的拼搏大多都是拼人多势众，以少胜多的结局那就必定是在智慧上略胜一筹。有巢氏这回仅仅只动用了八个护村队的人员，上游和下游像拔河与拉网一样，都有人在往西岸拉扯。好几道藤条就如同赶鱼一般，活活地把十几个瑟瑟发抖的“落汤鸡”勒上了河滩，并结结实实被捆绑回村。

这一回获胜的计谋，并不是出自封子。宁封子只示意“严加防范、犯者必擒”，而大家根本就意想不到的，刚刚上任的护村队执事昆吾，就轻易地设计出这么一出天罗地网。那么多的藤条都是昆吾准备好了的。流民奴仆的突然出彩，这真是一宗爆破冷门的猛料，没有动一刀一枪既挽回了损失，又抓到了俘虏。

一个仅仅比宁封子大七八岁的下人，归附后一向唯唯诺诺，寡言少语，一担任执事就开始显现出战略才华。所谓的“兵不血刃”，这都不是一般人可以做到的。

详细一问，果真非同等闲之辈。夜晚跟昆吾做了一次促膝长谈，宁封子才知道一直跟在自己身边的两个人，竟然都是千里迢迢从南蛮番地部落里逃出来的酋长后代。

这又是一个说来话长的事情。父亲酋长被叔伯监禁后，北逃的人并不止他们两个。二十几个酋长的直接血缘，在氏族叔伯相杀的一个半夜，悄悄地离开故乡实际上已经是心灰意冷听天由命。但是逃亡一年多一直都因意见不一或阴差阳错，没有能够找到安稳的居所，最后到达盘古山时只剩下两个。其他人在漫长的跋涉过程中，不是被豺狼虎豹追逐而奔跑失散，就是因饥寒交迫而一一惨死。

来日方长。

不多说了，说出来都是眼泪。

在诉说的时候，堂堂的一个男子汉昆吾已经泪流满面，而䍃月更是泣不成声。

但是在眼前，局部一网打尽的胜利，不仅没给有巢氏部落带来欣喜，却反而一下子给固地的天空蒙上了一层可怕的乌云。祁貙他们渔猎队的勇壮还没有返回，凛冽的霜冻就在第二天凌晨铺天盖地席卷山河。一百来号族民面对着十几个俘虏，连向来稳重的鸟鹦和丛滕都呈现出愁眉苦脸的样子。他们不断唉声叹气，后悔不已。

“如何是好？如何是好？有巢氏的路已经走到头了，部落在我们手里就要完了！”

他俩所担心的缘由，是第二天才发现的问题。

一共抓了十四个魑部成员，数一数硬是没有找到那个戴羚牛头壳的头领。这就奇了怪了。当场也没有看见哪一个跑过了沙河啊，再到河流里去寻找也没有发现尸体。如果是少了其他人都意识不到，但是对戴羚牛头壳的头领都刻骨铭心。这一下可把马蜂窝给捅了，羞辱交加的漏网之鱼必将搬来雪恨之兵，踏平、扫荡和火烧固地，是不堪想象的悲剧。

“哦，大家放心好了，也许是淹死在水里了。”妹妹任僖是天生的武夫性格，做了个掐死的手势，“现在把这些都处理掉算了！”意思是把剩下的人都斩草除根。

可是宁封子狠狠地瞪了她一眼，没有作声。

没有人有更好的办法，场面上瞬间死气沉沉。

第二天宁封子只好出面，还是安排那八位护村队的队员。

在太阳刚刚出来的时候，部落的人都莫名其妙地看到，昆吾率部把捆绑魑部俘虏的藤条都一一解了，而且还送进去大量的干果和獐肉。又不是请来的客人？对燧人氏都没有过这样的礼遇，大家都不敢相信自己的眼睛。有个别人还伸个头进那间小屋去看看，看到的却是所有的俘虏正在厚厚的茅草巢床边，狼吞虎咽就着竹筒的水，吃着自己都舍不得吃的过冬食品。

都记得那天清早无风，温润的阳光照射屋顶使得上面蒸发出冉冉的雾气。

封子这时也来了，后面跟着的还是那八位护村队的同志，大家一声不响地拿回了缴获的兵器。然后他们随同俘虏们一起，组成一支松松散散的遣返队伍，迎着朝阳涉水过河，在东岸向着沙河的下游，犹如一条扭来扭去的长蛇那样，逶迤地朝那个叫“宁邑”的地方前进。

整个事情的经过，就是这样慢条斯理并莫名其妙地发展下去的。

“他们这是去送死！送进魔鬼的嘴巴！”有年长的人到议事厅冲着丛滕吼叫。

氏族内的长老们潜水已久，终于逮到了一个机会轮到他们拍砖与灌水。

“没见过，还没听说过吗？”有的人更加直白地谴责，“蚩尤他们是什么东西，你们都不知道吗？”

还有一个老人家问：“你们都同意了吗？现在叫回来，现在叫回来还来得及。”

“你叫我有什么办法？”酋长丛滕无奈地望着鸟鹗，要死不断气地捂着溃烂的伤口说，“我都是等死的人了，我没有其他办法。为了有巢氏的生存，我只能让年轻人做主。”

“你们就是这样当酋长的吗？嗯！”老人家气得嘴唇都在打抖。

鸟鹗低沉地回答：“他是我们的儿子，难道我就舍得吗？”

这一天在沙河的岸边，有巢氏部落有很多善良的老人和妇女，就像是送葬一样都朝着宁邑的方位，站在太阳底下嘤嘤地哭泣。

“封子是一个多么聪明的孩子，怎么会去做这么愚蠢的事情？”

“好不容易抓到了一伙强贼，好吃好住当朋友招待不算，还护送他们回去？”

“去那里有好果子吃吗？他愿意去吗？他是怕给我们大家惹来麻烦”。

这一天一直等到太阳下山，河里的鱼鳖都不再掀起了水花，飞翔的灰喜鹊和乌鸦都纷纷归巢，雾气开始在河面弥漫飘浮，人身上都能感觉到有嘶嘶的寒气，但是在通往魑部的宁邑方向，依然山水暗淡，没有一丁点动静。

面对蚩尤部下的凶

第二天，有巢氏部落还有很多人又站到了河岸。

他们并不是没有事做。他们即使是没有事做，也用不着在大路口上迎着凌厉的河风，望着没有尽头的路口，冻得鼻涕滴答，牙床哆嗦。

突然他们抬头看到了苍鹰。有一只苍鹰在他们头顶上反复地盘旋。已经有好久没有看到鹰隼了。“哦，祖鹰！我们的祖鹰来了！”于是那一瞬间，河边上的人一下子齐刷刷地跪了下去。“祖鹰保佑，我们的封子顺吉！”谁这么领了下头，大家也跟着异口同声念，“祖鹰保佑，我们的封子顺吉！”

说起来也是非常凑巧的事情，祷告竟有了回应。

果真在中午时分，大家就看到有一串人流从远处过来，越走越近。但这不是封子和昆吾他们，而是渔猎队的祁貙、圪莒和衣松一行。祁貙、圪莒和衣松他们三个就像是亲兄弟一般勾肩搭背，身上都缠挂着许多血迹滴答的禽兽鱼鳖。他们有说有笑地走在队伍的最前面。后面跟着一个个手提肩背的喜笑颜开的渔猎队战士。特别是在队伍的中间，还有人扛着一头巨大的羚牛和一只肥硕的棕熊，扛杆在他们肩上忽悠忽悠地闪出“咿呀咿呀”欢快的歌声。

这一次渔猎，他们获得了史无前例的战绩。

这下子高潮来了。

还没有到高潮的时候，高潮就提前到来。我不是说欢迎渔猎队凯旋的喜庆高潮，我跟有巢氏部落的人一样，这个时候已经没有了这门心思。我想叙说的是：渔猎队里的勇士个个都是火药罐子，只要导火索碰到了火星，

爆炸就成了必然。

武器都拿上手了。

这事差一点，就真的酿成一场残酷的部落间的杀戮，那后果就非常严重，事态就会走形，历史就会重写，有巢氏就会灭绝。当然，这个“差一点”就需要有个前提，就是假设是没有丛滕以酋长的强令，没有鸟鹗的据理力争，没有善良而又胆小的族民祈求和阻挠，以及没有封子和昆吾他们及时并完好地归来。

其实在这头一天，宁封子和昆吾就在宁邑见到了魑部的酋长蛮角。

蛮角披挂上阵，正在宁邑的广场上气势磅礴地点兵。一色寒光闪闪森林般的金属兵器，吆喝声阵阵，喧嚣尘上。对于中小型部落有巢氏的人来说，一看到拥有五百多人的宁邑，就相当于水沟边上居住的人看到了汪洋大海。队伍黑压压的一片，脸上都涂着稀奇古怪的颜色，还有獠牙、尾巴、翎毛和牛角等，各式各样妖魔鬼怪猛禽异兽之类的装扮。魑部聚集了两百多人的全副武装，正准备排山倒海地杀向固地。

宁封子和昆吾，最后是在军帐里拜谒蛮角。

军帐中鼎火熊熊烟雾缭绕，蛮角怒目圆睁恶相杀人，凶神恶煞的刀斧手两边八字排开厉声伺候。宁封子与昆吾被五花大绑地推进帐门。两排冰冷的武器立马“呀呀”地指向中间。“杀死他们！”那个戴羚牛头壳的头领，愤怒地用刺矛指着他俩的后脑勺。两边的刀斧手小鬼也跟着呐喊：“杀死他们！杀死他们！杀死他们！”

像是演戏一样。

然而气焰渐次消沉。因为来人的脸不改色，恐怖的演出场面很快就被制止。那些被有巢氏放回的一伙俘虏们拥进帐门，他们跪下来帮宁封子和昆吾说情和求饶：“请酋长明鉴，这是一帮仁慈的族民。他们武器都归还了我们，夜间帮我们铺上了厚厚的干草，还让我们吃饱了干果和獐肉。你看看，我们身上都没有一丝伤痕。”

这时，高大威武的蛮角离开了上座。

场面顿时变得冰冷静谧。

其实除了两眼有些暴凸、下巴颏长满杂毛，以及披一件带尾的虎皮之外，这个魑部酋长的长相跟正常人一模一样。不过他手里总像是手臂的延长部分一样，拿着一把血滴滴的短戟晃来晃去有点吓人。因为你不清楚他的性格，你会害怕什么时候一不小心，戟锋或戟叉就晃进了你的脖子或背心。

这时，又有有巢氏护村队的人一窝蜂地拥进了帐门。大家面色小心而虔诚，都怀抱着部落豢养的猪鸡狗羊，然后面朝蛮角高举双手，恭恭敬敬地呈上带来的礼物。

蛮角这时哈哈大笑，笑出了满口的黄牙，也笑得肮脏的胡须里有灰尘土屑纷纷扬扬。

“这都是我们有巢氏驯养好了的禽兽，作为小小的心意赠送给魑部。”宁封子说：“我们是新来的相邻，首次登门拜访，目的是祈求友好和睦的。”

蛮角爽快地说：“好，我们收下。”

于是两边的刀斧手放下刀斧，都上前接受猪鸡狗羊。

然而蛮角又说：“但固地一直是我们的属地，你们不可以擅自在那里挖沟造屋。”

“我们这不是来沟通示意吗？固地，是你们宁邑的边缘，实际上也是一块高低不平的闲置荒地。”宁封子大大方方地回答，“你们宁邑周边其实有许多平整的空地，我们丢下平坦的地方不去驻扎，而专挑你们暂时还用不着的河滩荒地，就是想既可以做你们的友好邻邦，又不想占用你可能要用的土地。”

蛮角说：“即使是块高低不平的河滩闲地，我为什么就要让你们居住？”

“多一个朋友多一分方便嘛。”宁封子说，“我们有巢氏远远地做你们魑部的朋友，永远不会给你们带来一丁点麻烦，而且还可以交流一些彼此的短板与缺失，这不正是一件对两厢都有利无害的幸事吗？”

蛮角是个粗人，感觉到对方有无可辩驳的道理，又那么诚挚认真和谦顺，于是就只好“哈哈哈哈”大笑以对，于是就丢下手里的短戟，拍着宁封子的肩膀，无奈地摇摇头表示赞同和钦佩。

宁封子、昆吾就这样在当天的招待晚宴上，和蛮角面对面宾主相对，商谈两个部落之间友好互惠的相处条件，取得了第一次弱势外交方面的第一回合的胜利。最后大家都知道了，封子他们第二天就安然无恙地回

到了固地。

这一次有惊无险的拜会，最后是以什么条件做了妥善了结呢？

蚩尤的兄弟蛮角，又怎么会在清晨的时候将他们客客气气地送出宁邑？

实事求是地说，是以有巢氏部落首先上门放下姿态，恭敬地供奉上特有的食品，并单边息事宁人地承诺：未经同意不擅自越过沙河边界、负责架起一座沟通东西的木桥、义务帮助魑部人繁殖驯养小型禽兽、双方部落人见面首先礼让致意，以及每七天在桥边河滩上定期进行除金属以外的物品交易。

协议的内容刚刚陈述完毕，在有巢氏的议事厅里，立刻叽叽喳喳地乱成了一锅正在沸腾的稀粥。

有很多的长辈在默默地点头致意，但是没有一个人站出来，表扬封子就此彻底解决了部落的安全后患。甚至有相当一批有巢氏人，因此而感到不满、憋屈和羞辱。尤其是圪莒和衣松一伙人为了尊严，扬言坚决要抵制这一大堆不平等的条约。

“说白了就这么回事，本来开始是我们胜利了，结果却好像是我们失败了。”

“互通有无，凭什么要除了金属以外的物品才能交易？”

“以后还怎么做人？大不了我们干他一仗！”

但是，这时“咣当”一声，从滕气愤地摔掉了手边一个盛水的竹筒。他半躺在上首的巢床之上。当时除了落地时溅出来一溜水花，竹筒子接着在地面咕噜咕噜滚了一圈，筒口子里流出来的水就像画弧一样画了个半圆。

“你们是想去以卵击石吗？嗯！”

从滕因为用力过猛，“哎哟”一下昏倒在巢床，大腿上伤口的鲜血喷涌而出。鸟鹗痛苦地注视着大家。全场立马噤声。

老人家纷纷说，“你们有魑部的人数和力量吗？”

“胳膊能拗得过大腿吗？”

“你们是不是想让我们老人小孩都跟着你们一起去送死？”

这时那个只有一只耳朵的祁貙，就拍一拍圪莒和衣松的背脊，于是人们陆陆续续地离开了部落中心的长方形大屋。

内忧外患的酋长

作为部落酋长的丛滕，躺在巢床上越来越感觉到力不从心。

就像是个猫冬的动物，他只能在乌鹗和任僖的伺候下，整天躺在巢床上看着屋檐与矮墙之间透露进来的微弱光亮。犹如部落里徒有虚名的图腾祖鹰，着急的事情只能干瞪眼而无法亲力亲为。他让封子传令，但是许多的意愿，因为隔层授意还是难以准确落实。

在这期间，大家都抓紧时间为大雪和寒冻而忙碌，圪莒和衣松成天像个跟屁虫那样，昂首挺胸地跟在祁貙后面，居功自傲地到处游手好闲。

这就是丛滕，感到力不从心的原因之一。

第二个原因是他躺在巢床上，再也没有听到过部落里有高兴的事情发生。

虽然是与蚩尤的魖部有约在先，获得了暂时与名义上的安宁，但是有一句话叫作“阎王好送，小鬼难缠”。再加上这个魖部的“阎王”只是个一边倒的阎王，只要结果有益于魖部，粗鲁的蛮角都会睁一只眼闭一只眼睛，对手下放手偏袒与包庇纵容。

明明已经达成了友好的协议，事态的走势却滑向了衣松和圪莒的预言。接下来所发生的这么两件事情，其后果和影响就让丛滕在酋长的位置上忧心忡忡，夜不能寐。他伤心并且无奈，内心极度煎熬，致使他第二天醒来时头痛眼花，面部肿胀。

还是那个戴羚羊头壳的歪嘴渔猎队头领，这是一个胡搅蛮缠脑浆稀少的头领。他总是时不时带着部下，匍匐在对岸像老鼠一样地窥视。在宁邑不敢胡作非为，但他们清楚有巢氏不过是个好捏的软柿子，总想趁机捡一点固地的便宜，结果有一次就引发出双方隔河掷石的事件。那一回虽说两边的人都有血伤，但是受害最严重的仍然是有巢氏部落的成员。

且说这一天任僖捂着鲜血淋漓的太阳穴，被采集队的妇女们抬进议事大厅。人都昏死过去，鸟鹗用草灰按住伤口。另一个妇女被石头打瞎了一只眼睛，好端端一个性感的女人，后来跟独眼龙一样只能侧着脸看人。

原因说出来都很憋屈。在那天中午太阳高照的时候，魑部的喽啰们在对岸偷看采集队的女人们洗澡。满河的肉体终于致使他们按捺不住自己摸捏的欲望，他们就稀里哗啦跑下河想在水里奸淫任僖她们。不是省油灯的任僖，当然不肯示弱，逃上岸就捡河滩上的石头阻击他们。顿时双方的石头像飞鸟一样你来我往，结果当然是，对方渔猎队男人战斗力盖过了这边的女人。

请千万不要站在当代的立场，去耻笑远古的人像小孩子一样。近乎儿戏的掷石头战斗，其实在金属短缺的原始社会，也应该算是一场比较残酷凶险的战争。

本来这一天任僖率领的采集队，是在沙河里淘洗刚刚采来的菌菇、荠菜和山楂之类的菜果，她们当然想不到色鬼和灾难就潜伏在对岸草丛之中。可想而知，对于魑部的雄性动物，清一色的乳房乱抖，那是一场具有怎样诱惑与刺激的战斗。荷尔蒙不仅激发出机体像蘑菇一样地蓬勃，而且还导致掷石力度与精确度的超常发挥。

祁貙和圪莒又要去追赶报仇，被大家劝阻后才勉强作罢歇气，忍气吞声。

而更叫人咽不下这口闷气的事情还在后面。后面在委派昆吾前往宁邑交涉的时候，得到的魑部回答竟让丛滕一个晚上都合不上眼睛。人家魑部酋长蛮角轻描淡写地说："听说的情况正好相反，是你们娘们在上游故意搅浑河水，提醒你们注意反而先动手伤人。幸亏是我们的人还经得住女人的诱惑，更何况我们也不是没有人受伤。以后遇到这种事彼此都相让一些就是。"

蛮角暴露出来的是一副十足的野蛮嘴脸。

这样的状态，丛滕的处境就相当严峻。他不仅要忍让外来欺负，还要承受源自内部的羞辱。这就让酋长的权威像烂机器一样出现了故障，"咔嚓咔嚓”的杂乱声在损耗着系统。尽管丛滕足不出户，但是仍然隔墙可闻路过的冷言冷语。他听到族人最为冷酷的议论是：“一个酋长连任僖都保护不了，我们部落还有什么安全指望？”

这是一次。

第二次发生的事件，又给酋长丛滕的伤情雪上加霜。丛滕甚至郁闷得都想上吊自尽，但是已经由不得自己，他已经到了连翻个身都需要帮助的地步。他这时就像一个垂死的老人一样，既缺乏寻死的气力，又丧失了指挥的权威。他只有独自咬紧牙根，一个人缩在巢床上以泪洗面。

第二次，是由于两条豢养的狼狗跑到宁邑去了。

这两条狼狗是氏族圈养的第三代家犬。它们的嘴巴不再那么尖长，耳朵早已经耷拉，而且在生下来时就被砍掉了尾巴。然而就是这一公一母的畜生，却咬伤了魑部两个人的手指。接下来因为两个畜生惹下的祸根，却招来魑部一个上百人队伍的兴师动众。他们一伙人盛气凌人地闯过木桥，用刺矛高高地挑着狼狗的尸体，杀气腾腾地大声叫嚣着要报仇赔偿。

经过这一次事后，丛滕他常常是闭眼咬牙以头撞墙。“咚咚咚咚”，想起来就痛不欲生。鸟鹦温柔与宽阔的胸怀，抱都抱不住他的悲愤与绝望。

丛滕这一次，想死的心都已经初步形成。

话说那一公一母的两夫妻狼狗，它们是顺着气息去找自己的孩子。因为头一天有巢氏部落就按照约定，将它们的小狗送给了魑部当作养殖的教本。问题就出在被培训的魑部人员身上，他们当即想到的是“送肉上砧”。他们不仅不让狼狗的父母见到自己的小孩，而且还手拿棍棒和石头想致它们于死地，企图开一回意外的洋荤。

那一天带头叫阵的，依然是那个头戴羚牛头壳的家伙。

“是谁放的狼狗？出来让我削掉他两根指头！”气焰非常嚣张。

当时是阴天，沙河里的水干枯得就只剩下河滩。只是因为有一点地势的落差和阻挡的石头，所以河中间就有一股清清的细流在汩汩地发出坠落和冲击的响声。

“再就是赔偿我们。”那个家伙头壳上耸起的牛角，随着他脑袋的大幅度摆动在肆无忌惮地左右晃荡，“再不出来，我们就冲进村子抢了啊！”

有巢氏部落连同老弱病残算在一起，总共才一百五六十个人左右，而他们现在要面对的却是手握着金属兵器的上百号清一色身强力壮的对手。然而，血气方刚的祁貙和圪莒他们并不是孬种。尽管不过只有区区五十人的渔猎队伍，但是他们依然勇敢地聚集在一起，与护村队的“安保”们和采集队的任僖们一道，勇敢地打着赤膊，握紧石斧、木矛和石头，从村落中齐声吼叫着像旋风一样冲向河滩。

千钧一发。

我只能说“千钧一发”。

幸亏是酋长丛滕早一脚被刚刚抬到了阵前。在这千钧一发的时刻，丛滕他咬着牙拖着一条废腿，“呀——”了一声，猛力翻身单膝跪地，乌黑着脸色喘着粗气，两手支撑在地上。他满头汗珠滴滴答答。他断断续续地对着冲出村落的战士们说：

“求求、求求，你们了，求求你们、保护，有巢氏这些种子！”

然后他昂起头，拿一把骨刺对着自己的喉咙，命令封子和昆吾，“去！去把，所有的、驯圈里的，牲口都拿出来，给、魑部的人，赔礼，赔偿！”

“你们快去！”他喊，“否则、我死！！！”

不可能不被震动，包括魑部的所有人都一动不动。

当时的天空越来越暗，低垂翻滚的乌云严严实实地笼罩着固地，像是黑幕想提前遮盖住整个世界。乌黑的血犹如数条蠕动的蜈蚣，在顺着丛滕的大腿流到膝盖，再滴落到地上。气味作呕难闻。

那一天，丛滕最后昏死过去。

等他苏醒过来的时候，已经是第二天上午。因为伤口撕裂和流血过多，他的脸面犹如一张肿胀、干瘪并且泛白的经年柿饼，嘴唇苍白得基本上已经分不出与脸皮的界限，通明的皮肤被按下去就出现一个不肯复原的窝坑。有一个奇怪的前兆现象是，他的眼圈竟然跟熊猫一样是黑的，就像是两个黑色的空洞，猛然看上去他的头颅跟骷髅没有两样。

泥土被烧硬

宁封子这时候在干什么呢？

宁封子他在思谋锐利的兵器。这是他追寻到的根源。他痛恨这种近似于祸害，恶毒而又不可或缺的东西。那是一种质地密实锋利无比的家伙，削木如泥，剁骨如柴。凭什么让有巢氏传授驯养繁殖方式，而魖部保密金属的来源？这是一个相当于死结的恶性循环的问题。最终的根源就是因为他们坐拥金属。

他关起门日思夜想这些事关存亡的问题。他想到如果是有巢氏人人都拥有那种寒光闪闪的兵器，那么部落里一个人就可以抵上两个人使用。力量骤然加大，忍辱就不再存在，蛮横也不复畏惧，生存就有了空间，就是平时的渔猎，也可以增添更多更大的收获。

他甚至都已经费尽了脑汁，贿赂了魖部的一个交易人员，协商好交换的条件，从而好不容易打通了一个“走私”的渠道。条件就是封子必须用十条鱼干，以换取一柄铁质的矛头。三天以后就是在木桥头交易的时间，魖部和有巢部落的代表准时互通有无。

但这种绝密的冒着杀身之祸的大事，当然不能轻易地让第三者知晓。

这边宁封子通过再三观察知道，枯水季节的鱼都集中到沙河河床里的水窟里面。

那里有上游淙淙滋润的炅水，有深度孕育的温暖，有山沟里漂来的菌

虫鱼饵，所以很多鱼类都聚集在深水窟里，游来游去保存精力并等待着来年的雨季。用骨钩钓鱼的时候，他已经掌握了用饵的技术。于是宁封子这天下午，就偷偷地约上了粗枝大叶的任僖，在河滩上生起一堆篝火，用钓钩钩上鱼饵放进水窟，准备钓上一个就烤干一个，直到烤完十条为止。

就这样于一个偶然的秘密活动中，宁封子发现了陶。

就在那天下午钓鱼的时候，周边天高云淡，水波不惊。水窟就坐落在一条远离人烟的河边。他们两兄妹就像是小时候玩泥塑游戏一样盘坐在河滩之上。之前他们俩还看到了一只狐狸，棕色的狐狸在对岸用它的尖嘴像是铲土一样，在不断地嗅着河滩泥土里的腥味以寻觅食物。

下面我就来详详细细地说说，宁封子那天烧成陶器的具体经过。

这个非常之重要！

那天宁封子和任僖事先捡拢了很多很多，被秋冬之风吹落的，用以烤干十条鲜鱼的枝丫和干柴。在那熊熊的大火堆边上，枝丫和干柴堆起来就像是堆出了一座小丘。然而也算是命运所济，这时候事情来了。就在他们用一根木棍穿进鱼嘴，用火烘烤好第一条鱼的时候，突然就听到村里传来急促而恐慌的叫喊：“丛滕要死了，丛滕自杀了！”

敏捷的任僖跳起来就跑，那一天是她起步在前。

宁封子在站起身刚刚要迈腿的时候，突然就感觉到不对：一条烘干的鱼不能让禽兽给吃了。于是就急中生智，将身边泥巴涂抹在干鱼的身上，并把它连头带尾的像包汤圆一样密封起来，然后放进火堆，然后还嫌掩盖得不够，又把边上的所有枝丫和干柴全都堆进了火堆。

这就是天合地作，鬼使神差！

有巢氏部落酋长丛滕，在这一天身边没有人的时候，用骨刺偷偷地刺穿了手上的血管，然后一个人静静地躺在长方形大屋子里面，让身上剩余的鲜血慢慢地浸湿巢床。他只能这样于无声处，他已经没有了任何自尽的力气和条件。等族人们发觉之时他已经奄奄一息。随后，他还不忘记给鸟鹗他们留下了模糊不清的遗嘱。

他的遗嘱是说，“无论如何，一定要让封子接替酋长的位子。”

接下来就是整整三天。

三天时间的固地冰冷肃穆，好像是这个地方根本就没有人迹。荒野河滩，寒冬无声。没有一个人说话、啼哭，甚至咳嗽。人们都仿佛成了哑巴，都在用悲戚潮湿的眼神示意，或者以简单软弱的手势表态。因为冰冻让山野的禽兽悉数冬眠，而部落里圈养的鸡犬猪羊都被洗劫一空，所以有巢氏在这个时候的这个地方，以貌似种族灭绝的假象来寄托他们的伤心、痛苦、忏悔、思考和怀念。

三天之后，才忙完部落酋长的丧葬事宜。

宁封子甚至都已经忘记了河滩上烤鱼的事情。

河滩上只剩下一堆炭火灰烬。

那堆大火，也不知道燃烧了多久。那块鱼干和那根木棍，最终都被烧成了粉末。而捂在鱼干表面的泥巴，竟然被烧成了一个弹上去会“嘣嘣”作响的硬壳。这就是在三天以后，在封子和任僖扒开灰堆后看到的事实。

鱼干变成了粉末，致使任僖非常失望。

在那些天里，部落里有好几个人都不相信，有气无力的丛滕会留下那样明确的遗嘱。在埋葬酋长之后，那几个人不是在悲伤和怀念，而是暗暗在观察着鸟鹗和几个长辈的眼神和动静。他们没事的时候就在一起叽里咕噜地商议，或者无所事事地操练肌肉，或者阴阳怪气嘲笑那些为部落卖力的勇壮。

这几个人就是祁貙、衣松和圪莒。

现在，依然在悲愤中的任僖，甚至还有些烦恼与焦虑。她烦恼地随手抓起那个空洞的泥质硬壳，像丢废物一样丢到水里。而这时候那个硬壳在河水里并没有马上下沉，而是一晃一晃地浮在水面，让河水通过泥壳的口子汩汩地钻进壳里。不懂事的任僖还嫌不够解恨，又一把捞起泥质的空壳高高地举起，可能是试图奋力将它丢进更加幽深的水窟。

但是，在宁封子脑海里这时候火光一闪。

那个日思夜想的容器在想象中诞生。他想起了大火、泥巴和烧硬……想起了佶好、母亲和丛滕……想起了盘古山、沟谷和固地……更想起了干旱、取水和迁移……于是他猛然战栗一下，冲上去一把夺过空壳，他发疯似的“啊——”地大叫一声，他眼眶里的泪水就像泉源一样哗啦哗啦地流了出来。

中篇

器皿越来越硬

有巢氏的春天

这一年，于现在的河南北部地区是一个暖冬。

每一个居住在固地的人，都在内心事先做好了抵御严寒的准备，但是这年冬季，霜冻和雨雪像跟人们开玩笑一样一晃而过。头尾加拢都不到十天时间，之后就云开日出，冰消雪化，仿佛是大自然给刚刚逝世的丛滕举办了一场简短的祭奠仪式。

在没有人相信这个冬寒就这么敷衍了事地溜走的时候，大家看到接下来的光阴就一直都是南风吹拂、河水潺潺。沙河里的清水裹挟着鱼虾欢快地流淌。有巢氏部落里的人群也走出房屋，在阳光灿烂的河滩草地上像孩童一样欢蹦乱跳。按照农历还应该算作是陈年冬天，但是按现代公历计算，确切的时间应该为公元前 2692 年的第一个季度。

这种因天时而带来的欢快情绪，在固地一直延续到七月的雨季。依照民间的理解，都相信这是丛滕在天之灵的作用，他甚至远远胜过了祖鹰赋予的庇护与恩典。苦难的有巢氏族从比扳本似的浸淫于温饱的幸福与快乐之中。真的是时来运转，沙河的两岸在这个春天里苗青木秀，风调雨顺，禽兽云集，村泰民安。

“丛滕”已经不再是一个前任酋长的称呼，而是作为拯救有巢氏部落的英雄，他的亡灵牌位已经取代了祖鹰，被安放在长方形大屋的正堂墙上，永远地接受氏族人世世代代的祭奠和供奉。从字面上理解这也不错，有巢氏图腾从“鹰”转换到“丛滕”异常贴切。于是在这一年草木发芽原本要祭祀祖鹰的时候，也就是在春雨时节嫩芽初生之际，有巢氏族第一次打破了部落的传统惯例，忽略了对祖鹰的感恩，而是在丛滕的牌位下面举行另一场庄严的活动。

那场活动，就是封子接任部落酋长的仪式。

时年宁封子十七岁，个头已经超过了一般的成人。他挺拔俊秀，须发飘飘。明显与众不同的是他秀目深沉，他偏长的眼眶内眼珠子漆黑深邃，近似于微笑或思考。氏族部落持续的艰辛和磨难，让他迅速演变成一个敏锐干练、遇事沉稳和部落拥护的首领。

阳光正面照耀着固地，村落前有沙河流水，后靠山脉巍峨。仪式选定于一个花香鸟鸣的上午举行，就在长方形议事大屋门外的开阔地上，全程由鸟鹗主持，高地的前排站立的是一长溜上了年纪的氏族长辈与杂氏成员。除了祁貙他们借故出门渔猎之外，部落里的男男女女老老少少悉数聚集，庄严肃穆。

群众仰首以视。

公共的议事大厅肯定是容纳不下。自丛滕逝世之后，就再也没有人在其间设巢起居。丛滕的牌位被移至树上，用以祭拜的牺牲铺陈于高台。场面上人气烘烘，再也没有人关注一只从山头飞出来的鹰隼。鹰隼兀自飞翔。

在庄重地接过了鸟鹗传授过来的、丛滕用过的木杖以后，封子最大限度地张开双臂，分别对氏族的长辈和在场的亲人深深地俯首鞠躬。接着他亲手点燃柴薪，火苗于台前呼呼上扬飘摇。他双膝对丛滕的牌位一跪，再三以头抢地。最后他自信站立，高高地将权杖猛地一挥，示意有巢氏部落可以放飞家禽，欢快起舞。

“哦呵——呵——！”

在众多的锦鸡扑哧扑哧腾空四散之时，一时间原来盛水的竹筒被当作乐器，被人用木棍“咚咚咚”地敲击。大家唱和着跟随节奏，击掌跳跃，绕圈欢庆。

有巢氏族的容器，这时已经全部变更为陶器。竹筒敲过之后被视为不值钱的燃料，纷纷被丢进灶围以增添温度和气氛。在这个偏僻弱小的部落，因为户户都刚刚启用了盛水的陶器，而使得生活顺心、便捷、滋润与洁净。精神上高昂而自得，面貌焕然一新。

宁封子创造了陶器。

在一个交通闭塞与交流不畅的氏族部落，宁封子于五行山南麓发明了土质烧硬的器皿！

就在他上任之前，于固地沙河的河滩上，曾经经历过一场声势浩大、热火朝天、人流穿梭的运动，势如村落里又一次盛大的篝火庆典。同样是以木材或树枝架好的木堆，点燃起的火焰，也同样是有欢乐的人群围着它兴高采烈，但那次燃起的篝火不止一堆，而是能把夜空都能照亮的整整三堆；那次不是联欢的篝火，而是一堆堆不是联欢篝火而胜似联欢篝火的篝火。

那一晚全部落的人都高兴得疯了，口口相传，争相围观。

全部落的人，都在边上眼睁睁地眺望着熄火。

任僖、昆吾和垱月他们，从太阳下山开始就捡柴烧火。宁封子则如同野人一般，满脸乌七八糟地坐在河滩上的一块卵石上如法炮制，简单快捷地将河滩上的泥巴，涂抹抚平在用作模具的竹篮、木盒，甚至是泡桐木段上，然后放进熊熊燃烧的火堆，不断填柴助焰，让泥巴变硬。

通明的火光映照着汗淋淋的封子。

他像一个匠人。不，他实际上就是一个执着的匠人。宁封子的脸庞，从此就在围观烧陶的民众心目中刻下了光辉闪烁的古铜色烙印。可以想见得到，大家当时兴奋到什么程度，只要一领到陶器，马上就跑到河边上盛水，并昂起头张口“咕噜咕噜”大口大口饮用。然后跑上前亲热地摸一摸宁封子的脑袋，然后大声叫喊着跑回村落，然后捧着陶器和亲人们你一口我一口地分享畅饮。

这就是鸟鹗的长子祁貙，不声不响带着圪莒、衣松要求出门渔猎的缘由。

在河边柳树的叶芽刚刚泛绿，以及燕子在屋檐下筑巢的时候，护村队在村落壕沟边沿设置的陷阱里，生生地捕获到一只猛虎的事件，又成了有巢氏族夜不能寐、津津乐道的欣喜话题。这只身躯长达四米的猛虎，如果是闯入村庄棚屋，人们就可以想见出迁徙时在山沟的被恐怖侵袭的惨烈场面。

这么大的一只猛兽，壕沟是肯定挡不住它的纵身一跃。

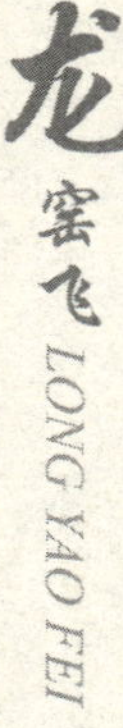

幸亏有酋长宁封子的先见之明，在村后通往山洞的那条小路口上，指示开挖了出这么一口深达五六米的插满竹箭的陷阱。一种由被动抗击猛兽的自然反应，被人类积极智慧的计划谋略所替代。人类，开始成了这个地球动物世界里最为强劲的主宰。

话说那一天清早，当听到村后突然传来号叫声的时候，草民们都躲在屋子里毛骨悚然瑟瑟缩缩。谁都在提心吊胆，谁都唯恐简陋的门扉挡不住它强有力的冲撞。当走近陷阱的人在伸头探望的时候，依然被在里面猛然“呼噜”一下挣扎的“嗷呜”声吓了一跳。它有浑身浅黄或微红的体毛，以及介于黑色与棕色之间的条纹，张嘴露出锋利的剑齿。尽管它腿脚和腹部已伤口累累、血迹斑斑，但是它的威风和吼声，仍然气吞山河，惊心动魄。

捕获猛虎的话题，在部落里被整整延续了半个月之久。人们一直都在激动地谈论着陷阱的设置、老虎的凶残、虎肉的滋味，以及新酋长封子的英明。

这个季节的素食已不成问题，漫山遍野随手可采的可口食物足以度日，诸如野菜、菌耳、嫩叶和早生浆果，等等。由喷香熟透的老虎肉作为主食，加上清凉新鲜的素食配搭调味，于是从火烤架上到每一张嘴里，餐餐都解馋地满足着大家幸福的味蕾。人人在大快朵颐后嘴巴一抹，咕嘟咕嘟灌一气泉水，然后开始打着饱嗝，一边开一些半荤半素的玩笑，一边起劲地做各自想做的事情。因此在这段喜笑颜开的时间里，于固地的上空，可以说几乎日夜都飘浮着一股醉人的油香。

但是，请不要被胜利冲昏了头脑。

细心或敏锐之人很快就会发现问题。在宁封子无障碍当政，以及执政后一帆风顺的时候，他们反而在祈祷、焦虑并沉默。诸如鸟鹗和一些氏族里的长辈，在饱餐虎肉之后会带着盛水的陶器，挑一个荒芜清净的地方，情绪低落地团坐在一起。好像是有一搭没一搭在议论晚辈，或者干脆就一声不吭地在虚度时光，但他们眉头紧锁，暗自叹息，他们心里面都憋闷着一股解脱不了的忧虑。

特别是我们的鸟鹗，在得知封子暗地里花了那么大的代价，费了那许多的周折，从魑部的地下渠道好不容易获得了三柄亮闪闪的稀罕宝贝——金属刺矛的时候，她都打不起精神，展不开笑脸。封子将一柄刺矛留给母亲，母亲也表示了拒绝。鸟鹗只淡淡地说了一句，“等渔猎队回来，等你兄长祁貙他们回来了再说吧”。

这就是症结。

这一次祁貙率队出门的时间，长达三十天之久。是挑在举行封子上任仪式前离开，一直到虎骨都被打磨成器具都没有返回。几乎是氏族内的全部勇壮。前所未有的离族时长，成了鸟鹗以及长辈们一直郁闷挂心的顽疾。

但是在第三十天的中午云开雾散。在村落里槐树刚刚散发出花香的时候，有一支久违的队伍突然满载而归让鸟鹗欣喜若狂，百感交集。鸟鹗独自躲在一个杳无人迹的荒草从中泪流不止。

然而让人奇怪的是，这一次渔猎队的祁貙他们并没有进山，返回的队伍是出现在东部平原的方向。在他们西渡沙河以后，每个人身上都散发出一股浓重的腥味。这叫山里人大开眼界，他们手提肩扛地带回来的大多数都是水产生物。他们喜形于色，在当时飞禽走兽难获的情况下，精明的渔猎队避开了危险的深山峡谷，有史以来第一次策略性地改变了他们获取的方位和对象。

当时凯旋的情形是祁貙、圪苣和衣松三个人昂首挺胸地走在前面，像是旅行团回家一样，执事祁貙居中，他张开双臂用手搭在圪莒和衣松的肩上，也不知道他们是用什么方法获得的成果。一条条鲜鱼统统被柔韧的藤条穿鳃连串，鱼尾巴随步伐一闪一闪地抖动。因为成串的“鱼链”，是在每个人胸前打斜式背挂。

随后就欢天喜地。固地的女人开始集中打歼灭战一样对付鱼鳖。她们用锐利的石片破肚、掏肠、洗净、翻晒，她们一下子把部落里三个贮藏的窖穴都塞得满满，她们还将鱼鳖肚子里掏出来的内脏，水煮成一顿喷香的晚餐。

这时鸟鹗站在边上高兴得合不拢嘴巴。

她高兴的原因不仅仅是因为丰收，更主要的还是源自长子祁貙回来以后所展示出来的精神状态。祁貙及返乡的人都容光焕发，兴致勃勃，逢人就炫

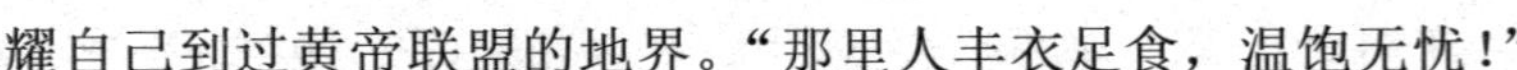

耀自己到过黄帝联盟的地界。“那里人丰衣足食，温饱无忧！”

“而且还非常强盛，有专门对付强蛮的军队。世上没有哪个部落可以打得过他。”他们说，“传说他们刚刚在冀州就收拾了一回蚩尤。”

他们还说：“你们真不知道那些部落，男女建立家庭，生育自己的孩子，种植粟米！”

尤其是那个祁貙，祁貙崇拜地说：“在那些地方，没有哪个不服帖轩辕黄帝！”

鸟鹗在边上脸上都笑起了眼角的皱纹。鸟鹗当然是高兴，她内心的一块石头终于落地。有巢氏部落稳定的格局业已形成，潜伏在长子脑海里的“嫉恨野心”也趋于平复。

然而这还不够。鸟鹗毕竟是从岗位上离退下来的“领导”，思考当然就比一般人要来得复杂和周全。要不怎么会有一句“生姜还是老的辣”的比喻？所以她想趁热打铁，她想搞事，她要在议事棚屋里策划一个简短的表彰仪式。

金属刺矛作为奖品。主持人是鸟鹗自己。观众是部落里那一小撮头面人物。受奖对象为执事祁貙和猛士圪莒。而颁发奖品的人就是新任酋长封子。

鸟鹗就是鸟鹗。这个晚上的仪式刚开始并不急于进入议程，而是去诱发出众人对金属的热情。于是共赏刺矛，成了大家深夜里聚集的由头。刺矛像新生婴儿一样被抚摸与传递。那真是一种了不起的家伙，沉甸甸亮闪闪的冰冷锋利！

半夜里由采集队执事任僖当众先试削木头，木屑被削得薄皮无声纷纷扬扬；接着祁貙就按捺不住，试着用石器狠狠地击打金属，“哐当哐当”，再强大的力气都几乎挫损不了它坚固的机体；然后猛子老哥圪莒跃跃欲试地挤上前，用手指轻轻擦拭锋刃，指尖上的皮肤就立马划痕开裂，血涌如注，弄得这个傻瓜像野牛一样“嗷嗷”地叫唤不止。

“哇！这么厉害，这么厉害！”情形立马就引来一片寒战与惊叹。

“哎呀呀，黄帝那里都很少有这种东西。”祁貙巴掌擦动，垂涎欲滴，说“如果是给我的话，不要说是蛮角他们休想蛮霸，就是有头豹子我也可以一个人对付”。

这时候就开始正儿八经地授予。

两柄刺矛就由封子当众赠赐给祁貙和圪莒。像是弥补那个酋长就职仪式，按鸟鹗的摆布，作为部落最高长官的封子，应该像是恩典一样站在上位，而接受赏赐的两个人站在下位，且需要俯首伸手，将两个巴掌托放在额头。

且说祁貙和圪莒这两个武夫，突然拥有了金属一下子就不知道怎么去打发自己的兴奋。所以这些天人们都看到他俩把刺矛稳固在一杆长棍的顶端，然后耀武扬威地扛在肩头，到处去当众尝试着刺矛的锋利。比如试杀家禽、树木钻洞、割断麻绳，等等。他们就像电影里的小兵张嘎刚获得一把驳壳枪那样，他们恨不能让固地的每个人都清楚他俩拥有了利器。

衣松这个瘦猴子孤零零地跟在后边。

金属，从此成了有巢氏里的一个伤痛的魔障。

黑市的交易已经到头，魑部的蛮角更换了出面交易的代表。要命的是有巢氏这边每一个男同胞都把拥有它当成了理想。许多人还傻乎乎地去河边山沟找啊找啊，山里的岩石和水沟的卵石都一一翻遍，而偏偏在固地的角角落落都找不到这种质地坚硬的东西。

再就是在榆树冒出一丁点榆钱的时节，固地上的人们又有了兴奋的新焦点。部落里的人，这时有事没事都愿意往沙河的河滩上遛遛。因为由南方番地而来的昆吾和垱月，在河滩开垦水田尝试着种植野生稻种的行为，一时间也成了有巢氏驻地的新鲜景观。植物生长就是这么个规律：种子在土地上成为根，然后发芽生长有了茎叶，最后就开花结果。这种显而易见的常识被一经提起，他们俩就开始成了氏族的“博士”，被恍然大悟的大家天天围观、关注，并咨询。

有道是禽兽不会“送肉上砧”，却偏偏有十几头山猪在某天的深夜，不知怎么竟然闯进了空旷的长方形棚屋，被一帮年轻人生生地堵住。那一夜号叫和冲撞的声音，响彻了整个亢奋的村落。

等等等等。

有巢氏部落的喜事，在这个春天里接二连三，举不胜举。

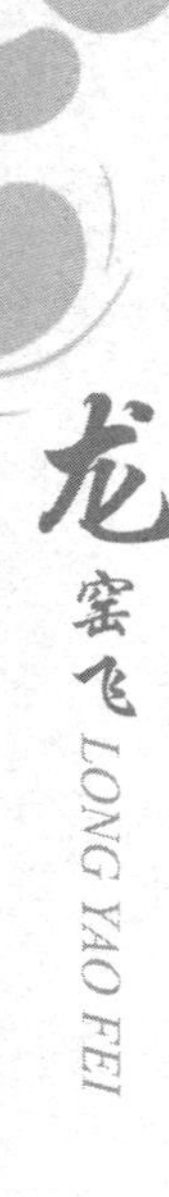

被山洪肆虐

一晃眼，七月的雨季来了，固地的天气开始时不时地阴沉。

宁封子终于赶在雨季到来之前，制作出一批革新过的陶器。

之前，宁封子在这个春天里也没有清闲，他还痴迷地沉浸在陶器制作这件事情上不能自拔。他已经对从软泥到硬陶的变换形式与过程感到新奇。除了在部落议事人数上做了下精简之外，其他时间他叫昆吾跟着，一心一意躲到那个偏僻的水窟岸边，潜下心来去进一步地探索陶器的烧制良方。

这当然是一项诱人的技艺操作。泥巴造型随意，过火变硬，定型就是所思所欲和所需。反正当时部落里的各位执事都已经到位，大家按部就班有条不紊，诸事都顺风顺水，重大问题也不再七嘴八舌，杂乱无章，议而不决。由氏族长老、鸟鹗和执事组成的议事团队，负责重大事项的讨论、商榷和拍板。

平时没什么事情，人就像放下了包袱一样轻松自如。

再加上春暖花开，蜂飞蝶舞，泉水潺潺、河风舒畅，宁封子就心旷神怡地想起更美好的事情。鉴于以往的陶器有脆弱易碎、吸水渗水、粗糙割手，以及站立不稳等反映出来的毛病，增加并影响到日常居家所用的负担，他就立即意识到，自己在前期制作过程中的过于仓促和草率。

于是在没有干扰的清净环境中，由昆吾捡柴烧火，他反复研究实验着泥质。

做陶的泥料，已不再专用河滩的稀泥，而是掺和山脚下天然的黏土，掺水极力碾碎反复搓匀，并剔出颗粒。再一个就是，他试着不再拘泥于内置竹筐与泡桐段之类的形状用作模具，而是按照自己的想象，改用泥条垒叠盘形，然后以补缺拍打抹平的方式。最后一个就是，火候的时间和温度的琢磨，用温火或者烈火的时机的把握，等等。

现在，他终于烧造出一批厚薄适宜、器面平整、质地相对密实的陶器。陶器坚硬稳固，整整齐齐地摆一排放在面前，逐一以指关节敲击发出迷人的“噗噗”之声。然后像是对待刚出生的婴儿一样，晚上趁着安静的时候，他与昆吾悄悄地搬到自己屋边的贮藏窖穴里面，以备族民的破损调换和未来的部族急需。

这时候乌云就组团而至。

原始社会最奈何不了的就是老天，后来有一句话叫作“天要下雨娘要嫁人”就是这个情绪的表现。厚重的阴云，如同承受不住水分的压力，在降至低空之后就像羊群一样，整块整块自东南向西北地飘移。这里的七月指的是我们现在的公历时间。雨水开始“沙沙沙”的像豆子一样下了。断断续续，时小时大。

人们这个时候只有收回出门的念头，窝在室内做一些手工方面的劳作。

话说在这平淡无奇的时候，有一次是细雨霏霏的交易时日。在沙河木桥头的河滩上，魑部派来的代表突然提出了一个令人吃惊的要求。问题扑面而来，没有人知道他们是怎么得到“固地有陶器”的信息。是不是又有人潜伏在对岸窥视有巢氏的一举一动？这个强制性的要求让我们想起了“隔墙有耳”“纸包不住火”之类的谚语。

这，就给部落里参与议事的头面人物带来了难题。

本来一直以来彼此相安无事，固地人循规蹈矩、谨慎小心、远离是非，珍惜着来之不易的生活。丰衣足食顺顺利利，这是英雄丛滕给部落带来的福分。但是有句“祸兮福所倚，福兮祸所伏”的名言，在辩证地说明，何时何地都不可能有一个持续不断的状态。所以麻烦就开始渡过沙河的木桥，如同雨季一样飘到有巢氏部落。

魑部的交易代表向这边派出的昆吾像下命令一样："下次交易，你们必须带上你们的陶器。"

"你如何不说，你们怎么就从来不拿金属交易？"有一位议事的长辈反问昆吾。

昆吾说："我怎么没说？可是人家理都不理，说完话转身就走。"

这就是人家的底气！

除非有瓢泼大雨，七天的时间转眼即至。这个棘手的议题像烫手的山芋一样，在议事厅里的嘴巴上被盘来盘去，一直商量到了半夜半都没有丝毫结果。他们是如何清楚固地有了陶器？难道是隔河有鬼在监视着我们的动态？这些无关痛痒的琐碎话题，扯起来离问题的解决方案越来越远。反反复复，仿佛击鼓的棒槌，总是敲不到鼓面的中心。

长方形大屋顶上"淅淅沙沙"有大雨滴降落的声音，中间灶围的火堆在一闪一闪地燎着光焰。总不能不要睡觉，又不可以没有结论。部落的议事团队刚成立不久，鹅一句鸭一句的琐碎状态，让宁封子不得不站起来作结。

宁封子最后板上钉钉地说："下次交易，我们就再次提出陶器换金属的建议。"

这相当于与虎谋皮。与这种凶蛮的部落为邻，弄不好恐怕就要开战遭殃。然而没有任何办法。也算是在这件事上老天有眼，或者真的是从滕庇护，这个凶险降临的可能，最终却被自然的因素所冲毁化解。

因为接下来雨水，像是天空破了许多洞眼一样越下越大，而且老天爷竟然不知道疲倦、夜以继日地连绵倾泻。如此这般的肆意决绝，就使得沙河里的洪水，在第三天头上变得奔腾咆哮，穷凶极恶。它们哗啦哗啦从山沟里像被追逐的野兽群一样，浑黄、跳跃、迅猛、不顾一切地冲将出来，而且还摧枯拉朽地夹带着泥石和树木。

一直穴居在盘古山上有巢氏部落，难得一见河水奔涌咆哮的气势，有相当一部分的年轻人甚至在雨中欢快地呼叫，裸着脑壳兴奋地相邀到沙河的岸边，兴致勃勃地惊叫地观赏着洪水滔滔而来、呼啸而去的阵势。

谁都没有经历洪涝的经验，连老人们都懵里懵懂。

他们拿山沟峡谷相比，很可能以为只要有溪沟与河床，山上的雨水就会顺着低洼沟河流淌。按照一般的思路也是这样，上面的雨水多了，自然会向下面更低的远方排泄。雨天里空气湿润舒适。可怜这些仅仅遭受过干旱灾难的老人们，怡然宽心地站在自家的屋檐下，只是就安全问题叮嘱着前去河边的晚辈。他们非常平静地伸出自己瘦骨嶙峋的巴掌，欣慰地尝试着屋檐滴下雨水的凉意。

住在高山上的人当然预计不到。在暴雨最猛烈的时候，下游像是被堵塞了一样，河床会变得排泄不畅，大水会拥挤不下，而沟谷里的山洪却仍然在不停地叠加灌涌。在水流量达到高峰的时候，于是河床内的洪水便迅速暴涨，并很快眼见得上岸漫溢到固地的村落。

急流掀起的水波一浪一浪，涌进房屋凹陷的地面，立即在固地引起一片惊慌失措的叫喊。于是有巢氏部落在这个正午过后的时间，近河低洼处的房屋终于浸水过膝，半地陷式的地面立马便形成了一个个加棚水塘，房架立柱的根基浸泡在水中，质量低劣的土质矮墙顷刻融化，整座草棚很快就像多米诺骨牌一样坍塌崩溃。

好在都是茅草屋顶。

正在抢救被棚屋压着的族人的时候，意料之外的恶事又再次发生。

这时突如其来的灾难就是，正对着村落背后那条曾经走出过老虎的山涧，不知道是哪段山谷里的积水像堰塞湖一样忽然缺口，突然也像新辟的河床一样，轰涌而出地冲出一股呼啸的山洪。洪峰正对着的村落正中间的房屋，就像被脱轨的火车一样一下子被冲垮了一路。沿路就像是一条水渠，建在低处的棚屋和窝在棚屋里少数人被卷进了急流。

连接东西两岸的木桥早已被冲毁，沙河两岸是一片汪洋。

幸好这是在白天，幸好有树木和山包，也幸好有的棚屋是建在高地。在宁封子、鸟鹗、任僖、昆吾、垱月、祁貐、圪莒和衣松等手忙脚乱的帮助和指挥下，有巢氏族的人连哭带喊拖儿带女。活着的人大多数蹚着齐膝的急流，死死拽紧树干和藤条，然后慢慢艰难地爬上就近的树杈和高地。

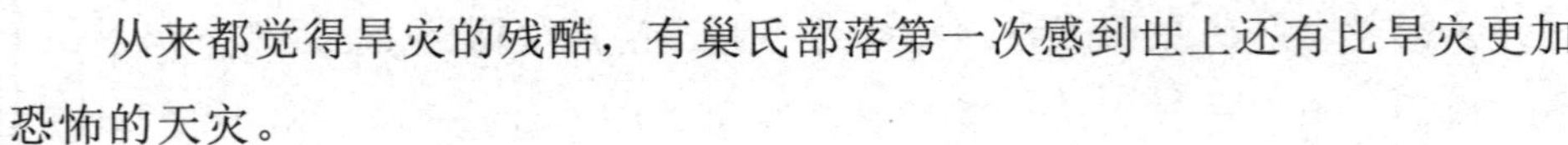

从来都觉得旱灾的残酷，有巢氏部落第一次感到世上还有比旱灾更加恐怖的天灾。

旱灾的慢性，对比出洪水的凶险与狂暴。干涸没有直接造成人员的死亡，但是面对滚滚的洪水人们束手无策，在急流中失踪的人员连尸体都不见踪影。大家都亲眼看见，有一个准备伸手抢救落水同胞的兄弟脚下一滑，身体就倾倒进急流之中，只在一瞬间，那个人就被汹涌的如同猛兽一般的漩涡像吞点心一样，一下子就按进了深不见底的洪流之中。有巢氏部落里没有一个人会在水里扑腾，即使是会游泳也无法对待转眼即逝的洪峰。

所谓的望洋兴叹，就是指这种无奈而揪心地面对死亡，眼睁睁地欲哭无泪。

返　　乡

幸好这又是夏季，固地的有巢氏族又像是原始猿人一样，面临着浑浊的泥水，在树杈和高地上心惊胆战地露宿了一个晚上。其实面对着“洪荒之力”带来的劫难，除了小孩在大人的怀抱里迷迷糊糊睡去，部落里绝大部分人都不可能睡得安稳。

第二天，天刚蒙蒙亮，就有人发现沙河依然浑水满满，浩浩荡荡，急流奔腾，但是两岸的洪水早已经退却，黄泥兮兮的衰草像哭丧一样倒伏低垂。《增广贤文》里所谓的“易涨易退山溪水”即此之谓。

然而让所有人感到害怕的是，满眼一片泥泞荒凉，部族村落是残墙剩片，泥石相间，废墟一片。除了极少数几间在高地的房屋，剩下的建筑荡然无存，仅剩的一些牢固的立柱在打斜地挺着、三只家养的锦鸡呆呆地站在立柱的顶端。幸亏储藏的窖穴没有动静，满满的黄泥覆盖在上面，仿佛那里是一个伪装的陷阱。

甚至有的人还吓了一跳，打开眼睛就发现身边躺着一头被浊浪推上坡的苍白的死猪。

族人们这时候都眼巴巴地望着自己的酋长。

怎么办？

雨缓风紧，湿淋淋的人们，眼睛里都充满着忧愁、迷茫、沮丧和渴望。

宁封子毅然决然地把手一挥，高声喊：“回盘古山！”

族人立刻豁然开朗，欣喜跳跃，并发出“哦哦”的叫声。

“回——盘古山啰！”有人振臂高呼。

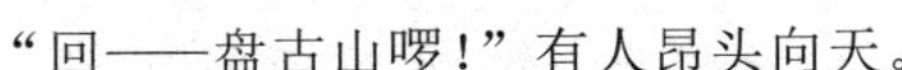

“回——盘古山啰！”有人昂头向天。

“回——盘古山啰！”有人和相好的紧紧相拥。

尽管头顶依然阴沉，牛毛细雨还在纷纷扬扬；尽管洪水又使得有巢氏失去了三位亲人；尽管人们都浑身透湿、疲惫不堪。但是，在遥远的东南方天空的云层上，大家已经看到了一块由太阳撕开的金色光亮，像朝阳一样喷薄而出。

中原的雨季云翳，像是一团又一团啃食草原的羊群，正被东南风这个无形的牧人挥鞭驱赶，在不断滚滚地向西北推进。

大家欢呼雀跃的原因，是因为很多老人和渔猎队的人都知道，沿着五行山脉的边沿往北边走过一段山林，就有一条蜿蜒上山的捷径。这不是干旱季节，需要紧贴着水资源行进。这个时候，行进的队伍完全可以放心地顺着另一座石山爬上一条长长的陡坡，再披荆斩棘地经过一大片原始森林，然后顺着山脊上上下下的陡壁悬崖之间的羊肠小路，攀山越岭只要几天就可以抵达盘古山山区。

然而在众人鱼跃欢腾的时候，有一个人却在痛哭流涕。

这个人搂抱着一棵潮湿的松树树干，身子如同没有骨头的糯米麻糍那样慢慢沿着树干向下滑去，然后埋着头蹲在地上，像是死去了亲人似的，再也抑制不住地发出“呜呜”哽咽的哭声。这个人就是自从离开山区以后，就一直像行尸走肉的母系酋长鸟鹗。

返山，触动了她僵死已久的神经。

她悲喜交加，翻江倒海的内心无以言表。

因为频繁地攀岩越涧和小心地环绕悬崖，返山的路途就肯定要比出山的时候漫长出许多。但是这次是天气晴好，步调一致、众望所归和心情舒畅，所以一路上背负着食物，扶持着老幼，肩挑背驮，齐心协力归心似箭。跋涉，本来就是原始人类赖以生存起码能力。盘古山这个久别的故地，一时间就犹如有巢氏族每一个成员心中的那一轮红日。

以前沿着山沟出来磕磕碰碰，几经磨难，拖拖拉拉一共花了七天的时间。这次部落的队伍正常扎营食宿，群策群力，干脆利落，只用了短短的五天，而且还提前一天在另一座山头的顶峰，远远地眺望到了久违的那一片洞穴崖壁。

世上没有比重返故里更激动人心的事情！

有巢氏人这次在下最后一道山梁时，就像是当时善于奔跑的巨人氏一样，个个精神抖擞，健步如飞。

下到了沟壑的底部，就是当初干旱时节取水的山路。但是他们根本没有想到的是，他们一下到沟底就被眼前的景象惊呆了。简直就不敢相信自己的眼睛，他们就像初来乍到的人一样狐疑地慢慢打量着攀爬上去。呈现在众人面前的新景象是：上山的口子上用木桩藤条已经扎扎实实地架起了一道相当于山门的门扉，原来陡峭的羊肠山路也平整出一个个平缓的阶梯，横长或蔓延于路上的杂草荆棘被清理干净，而且半路上有很长一段蓬松打滑的干土不知了去向，那段必须经过的碎石道又被结结实实地填上了一层细土。

宁封子的心脏“怦怦怦”直跳。

早在固地的时候他就有所预感，所以他“回盘古山”的倡议呼噜一下就溜出了嗓门。这由来已久的心结勒了他很久。仰头看到了山头上冒出的青烟，就进一步证实了预感。“她来了、她来了、她来了……”他突然加快了脚步，手就下意识攥紧了随身携带的那副狼牙珠串！

这仿佛就是他与另一个人之间约定的信号。下山之后他一直悬着一颗不踏实的心，在天天想、夜夜盼着的一件事情。他总是默默地在担心，万一佶好返回找不到自己怎么办？他能肯定佶好不可能就这么狠心地一走了之。这种特殊的心有灵犀的感应，就是爱情赋予人类的独特魔力。

远远地果真他看到，在水塘边石头护栏上静坐着一个女人。

队伍早已经被他甩在后面，但他仍然三步并作两步猫着腰像围猎一样冲了上去。真的是佶好！越来越近的宁封子，越来越真切地仰视到了那块崖壁下的台地上，那个集束着长发的鹅蛋形脸庞的少女。这时的封子立即连蹦带闯跟猛虎一样扑了上去，并且什么都不顾地一把将佶好紧紧抱住。

两个人的眼泪都喷涌而出。

他们就在那个水塘边上，紧紧地箍在一起，根本不顾忌团团围住的族人。

山泉又在淙淙地流淌。水塘子底部铺好一层碎石，还顺着边沿用大一点石头驳砌出一圈低矮的护栏。水塘里面清晰地倒映着一只正在盘旋翱翔的苍鹰。乡亲们心潮起伏，嘘唏不已。只有后上来的鸟鹗没有挤进围观的圈子，她背靠着一棵大树，她捂住自己的眼睛慢慢蹲了下去，控制不住自己的激动，散乱的长发盖住了她的脸颊，只见她的肩头在配合着抽泣的节奏不住地耸动。

这时阳光普照，山风和煦。

封子不断地嚷嚷地叫着“佶好，佶好，佶好”，佶好也趴在他怀里泪如泉涌。

“你终于回来了，佶好！”他用手指抹着佶好的泪水。

“我就是回来找你的！”佶好仰着脸说。

封子求她，“你不要再走了！”

“我不会再走了，我们从今往后就在这里定居下来！”

于是两个人再一次抱紧。抱得贴紧，好像有人要分开他们一样。

事实的真相是，佶好的父亲燧皇死了。

在燧人氏十八个人离别盘古山之后，他们背对着蚩尤的部落一直向西，想距离蛮横残暴越远越好，但是在他们翻越五行山和中条山到达河东地区，也就是今天的山西运城一带驻扎下来的时候，却又遭遇到了另一个“蛮横残暴”。

因为在那个地方的附近，有一个炎帝联盟的榆罔部落。

关于榆罔这个酋长，在史前的记载中也非常丰富。他也与炎帝一样同属于神农氏的后裔，自小习武，性情刚硬。但是他缺点就是骄横跋扈、不可一世、横行乡里。佶好的父亲，也就是燧人氏老酋长燧皇，在一次抵抗榆罔欺凌的时候自杀身亡。

随后，佶好被这十七个人推举为头领。

这是十七个人（实际上已经有十九个人，中途又生育了一男一女）听从了佶好，又由西向东重返温馨的盘古山区，准备与有巢氏部落联姻相处，永修和睦。

这就是佶好与封子得以重逢的大致经过。

巢燧联盟

但是，问题随风而至。

问题就像是一个在土壤中凸显的蘑菇，在温度、湿度、空气和光照都适宜的情况下自然萌发。两个部落的人都亲密无间。在两个部落举办融合的篝火晚会之后，在那串光洁的狼齿珠串又挂在佶好脖子上时，封子与佶好的恋爱同居生死相依的关系，已成为两个部落统一的牢固基石。

具体的问题，出就出在两个部落的联盟方式上面。

即使是两个头领彻夜尽情地缠绵交媾，也掩盖不了白天氏族问题的凸显。

“部落联盟”的另一种称呼又叫“联盟部落”。在当时这种增容扩大化的组织，并非只有盘古山在无事生非标新立异。在氏族制社会的后期，出于合作出征或自卫的目的，自发就近组成这一社会组织的行为比比皆是。

比如蚩尤，这个九黎部落的酋长，拥有魑、魅、魍、魉所谓“八十一个兄弟”，其实就是他的八十一个联盟部落；再比如轩辕黄帝，除了继承有熊氏部落之外，其他还有著名的实力“罴、貔、貅、貙、虎”等图腾的部落加盟麾下；那个神农氏族的酋长炎帝就更不得了，据说蚩尤都曾经是他的属下，后来由于自己及其部落年老力衰，蚩尤翅膀硬了不听使唤到处凶残暴虐，他又邀请黄帝组成华夏最大的军事组织“炎黄联盟”。

在盘古山并非是居所的问题。洞穴的居所尽管已整洁干净，安装了门扉，崖壁下的台地也被扩大平整，台地的四周还以巨石驳砌加固，然而这些燧人氏统统都答应完璧归赵。这都不是问题。燧人氏他们可以并愿意，重返对面山腰留下的棚屋。

然而原则上的问题，必须厘清。

这不是临时的做客或者借居。在有巢氏故里的盘古山中，燧人氏的人绝对不愿意充当寄人篱下的角色。这就是一个部落具体的文明程度与档次，属于智慧进化精神体现。但是与东道主的上百个人相比，燧人氏十九个人还抵不上有巢氏部落的一个零头，在这种状态下的平起平坐，就成了燧人氏有言在先的必须争取的地位与尊严。

燧人氏的人坚持氏族“不分大小、强弱、贫富，一律平等”的结盟原则。具体条件是：

一、统一后的称呼问题。燧人氏尽管人数呈绝对的弱势，但是他们坚持不能丢掉祖宗与根本，不可以带着燧人氏的血脉，泯灭于有巢氏的熔炉，不要让后代忘记和脱离氏族的源头和经历。

二、合并后的地位问题。解决了称呼问题之后，酋长由有巢氏的人担任这都合情合理，但是至少在合并的一段时期内，燧人氏的头领不可以仅仅是担任执事，而至少应该是协助酋长的高层角色。

三、在联盟以后两个氏族作为一个整体，燧人氏成员不能够永远居住在崖壁对面的背阳山腰，让沟壑相隔，脱离统一的家园与集体。联盟，就必须真正做到有福同享、有难同当。统一调整居所，便成了团结一体的最后一个手段。

头脑清晰的燧人氏不是担心现在，而是远虑将来。现在凭着两边的特殊关系，基本上表面与暂时的问题都不成问题。但是这个“百年大计”不是儿戏，绝对不可以稀里糊涂得过且过，遗留后患。

因为，有些燧人氏部落的人已经看出了问题潜在的蛛丝马迹。

他们在满腹怨气的祁貙身上，在头脑简单的圪莒身上，在心怀叵测的衣松身上……比如那个酋长的大哥祁貙，从来都不拿他忧郁的正眼看待佶好和她的族人，就算是迎面而遇，他都迅速地把脸面撇到一边；又比如圪莒，大大咧咧地把轻蔑的神态公然地写在脸上，经常微微一撇他的嘴角和鼻孔，喷出愚蠢的气息；衣松那张猴脸就更加阴险可疑，吧唧吧唧的眼珠子骨骨碌碌转悠，没有一个人能够看清楚他脑海里下一步的阴谋诡计。

这就是隐患！果然在两个氏族议事的时候，就冒出了强烈的情绪与严重的分歧。

这是一天上午，在鸟鹗原来居住的那个大洞穴里，阳光灌注在洞厅前半部分的地上。宁封子和鸟鹗一同并排坐在上位，各位长辈、执事和佶好依次分列两边。位置上下的分布在新石器时期逐渐明朗。在有巢氏部落里面，早先这样的议事座次都不十分严谨，但是这次是因为有了燧人氏佶好参与其中，就显得格外认真肃穆。

封子提议部落为"巢燧氏"的更改，都没有意见。

但是第二条就像是一块石头，"让佶好担任部落酋长"的建议一经丢进水面，立即水花四溅地遭到祁貙的猛烈反应。他冲动地站起身来，抬腿将脚下的一块羚牛腿骨的打磨材料"嘟噜"一声踢出洞外。"我不参加这议事可不可以？我走！"说完就朝洞口起脚迈步，他高大宽阔身躯的投影，当即就阴暗了一大片洞厅的地面。

"这盘古山，就你们俩说了算好不好？"他看都不看大家一眼。

然而他的鲁莽言行，被鸟鹗和长辈们当场喝住。

"这只不过是提议。"

"这不是在让大家议事吗？"

"你有必要这样冲动吗？"……随即任僖和昆吾连拖带拉地又把他按回了座位。祁貙既感到孤单，也感到理屈词穷。议事团队中没有一个人跟着起哄，因为圪莒和衣松早已经被封子排除在议事圈之外。

实际上在这里，是宁封子耍了个小小的心计。

他是多聪明的一个"神圣"！他提这个建议的初衷，确实是不想自己再做酋长。他在心里还一直惦记着怎么更多更好地制作陶器，所以他没有时间和精力，更没有这个心境与欲望。但是，他又早就料到了这么一着，所以他仍然要先试一试火力碰一碰钉子。如果他不先提议佶好担任酋长，佶好又怎么能如愿以偿地退而求其次，被轻而易举地通过为仅次于酋长的"头人"一职？

结果当然是宁封子如愿以偿，大家也认为这样安排才符合情理。

酋长下面设置了两个相当于副职的“头人”。这两个头人就是佶好和鸟鹗。

这一下就再也没有人踢骨头或者放屁，祁貙只好在那里低着头装作在看地上的蚂蚁。非常明显的事情，他就像是一块榆木疙瘩，他的脑瓜子根本就没有他弟弟封子的一半好使。因此散会的时候，大家站起身拍一拍屁股纷纷告辞，撇下他这个头大眼木的傻子，孤独地坐在那里一动不动。

接下来的第三个问题，就不是问题。

第三个问题，根本就没有任何的反对意见。燧人氏都搬到坐北朝南的这边来居住。在崖壁台地的侧面向后拐弯纵深两百米，也有一块平缓的山坡。那里长有一片野生的核桃大树，小时候宁封子他们一伙经常在其间玩耍。只不过现在要集体动手把上面的树木砍掉，把茅草、荆棘和藤条清除，再将土地稍事平整，就可以在上面做挖基架梁，搭建棚屋。

时间与劳力，这在当时只不过是部落里最“毛毛雨”的事情。

于是，台地上庆贺迁居的篝火，在若干天后的一个晚上又熠熠燃起。两边男女老少架火饱食了一顿兽肉，然后悉数留在崖壁下，载歌载舞地隆重庆祝“巢燧氏部落联盟”正式融合。庆祝晚会上呈现出来的，当然是继往开来的安居乐业、团结奋进的喜人局面。

历史的翅膀像火焰一样在凌空飞翔，羽翼在扑闪扑闪拍打出光阴的痕迹。

年复一年，代复一代。自新石器时期父系氏族部落的联盟开始，不同血缘的男女增加了性交择偶的机缘。气味、性征和微笑，都有可能引起路遇者体内激素的活跃。骚情无处不在，肉欲蠢蠢欲动，当时到处都是异性甜蜜缠绵的战场。在每一个隐蔽的灌木丛中，或者山涧的巨石之上，交配繁殖都成了异性激情接吻、搂抱、摸捏，以及纠缠的最终结果。这一团结、胜利、奋进，并且承前启后的大融合活动，安抚了多少忧伤的心灵，掩饰住多少隐匿的矛盾，又引发出人们多少对生活崭新而奇异的梦想。

分 裂 门

话说巢燧部落联盟的酋长封子，早就有了自己的私下打算。

在那次篝火庆典之后，他全心致力于业陶。他选中了燧人氏居所后山坳里一块相对平整开阔的溪沟盆地。有穿山风缓缓通过，夏秋两季都感觉非常舒服。正中间也有一条源自盘古山峦的溪水，水量不是很大，但是叮叮咚咚长年不断，异常清晰。

自从可以取火生活之后，人们自觉地就近将这里的树木灌丛砍去当作燃料。所以盆地及其周边的山坡植被就不再茂密丛生。宁封子就在这个二三十度的斜坡下面，那段靠近一股涓涓泉流的平地上，搭建了一个陶器作坊，再在坡底下开挖出一个窑坑。

这就是陶器烧炼方面的一次革新，由火堆走向窑炉。

他的作坊是隔着浅浅的溪沟，面对缓坡撑起的一个披敞式建筑。棚顶斜披，面水背山，已经具备了专业陶器工作室的雏形。为了节省燃料和聚集火力，烧炼已不再是露天火堆，而是紧紧依靠山体的立面挖进去做坑，做一个下面生火、中间搁置陶坯的半封闭式简易团状拱顶窑炉。

燃料与原料都尝试过就地取材，尤其制坯原料已拓展到利用山道边的黄褐色粘土，以及泥质灰岩间长年风化的灰白色晶体细土。宁封子一开始就着手在方便携带的功能上进行了探索性实验。他甚至把昆吾和垱月都调遣到后山盆地去管理、烧火和居住。

以前没有耳洞的简陋陶器，仅仅是一个有深度敞口的容器，居家盛水勉强可以使用，但是在行进携带的时候，却需要环抱或者手捧。这就严重占用了上肢和耗费了臂力。现在他尝试着在陶器上制作耳洞，例如上眼、腰耳和脚孔，或者在器型的腰身与底托上制作凹陷。这样一来就解决了穿挂或缠绑麻藤的着力部位，可以借助于缠腰和肩挂的方式，方便了陶器长途与重量的寄托。

从此就产生了容器之提梁、罐钵的托挂，以及瓮坛的把手等。

这一实验的结果，封子非常满意。至于陶器上花色装饰方面的进步，是宁封子在工作中与佶好亲热时偶然得到的启发。很顺便也很碰巧的一件事情，一次佶好忙里偷闲抽空进去看看封子，就在她亲密地缠坐在他身边时，她脖子上的挂珠因为接吻缘故掉到了陶坯之上，于是泥湿湿的坯胎上就印下了一串不很明显的浑圆的斑点。

这个审美开拓性的细节很值得一提。

本来佶好想把弄糟了的坯胎打碎丢掉，但是宁封子却由此得到了创作上的灵感。他干脆将齿珠套到未干的坯胎上去，再暗暗用劲按出环围的印迹，于是规整的凹点纹饰就一圈一圈漂亮地出现在陶坯之上。后来由此及彼，触类旁通，封子的创造性灵感致使他兴奋得眉开眼笑连连搓手。他接着用了各种各样的压印坯胎的物件，又产生了陶器上的方格、藤绳、旋涡，以及鱼眼等简单按纹与刻画的装饰。

在陶器纹饰被创造出来的那一天，封子猛然就嗅到了身旁佶好散发出来的肉体芳香。他转过脸直愣愣地看着佶好，然后就伸手摸捏了佶好的乳房，然后再也控制不住喜悦的冲动，随口就打发昆吾和垱月去山脚下采取泥土。

实际上他就是要支开旁人，给他俩空出一块尽情放肆的境地。在一个杳无人迹只有水声的后山盆地里，那一次他急切地将佶好抱到一个缓坡的草地之上，让佶好仰面平躺下去，并各自匆匆忙忙掀开对方身上的裹束与下围，让裸露在阳光下的每一块肌肤，都呈现在眼光、巴掌和嘴唇之下。接下来当然是由狂乱的抚摸和舔舐，引发出彼此体内性征部位的一阵阵痉挛，最后发展到掌控不了自己，将难以忍耐的硬邦邦对潮湿洞穴深深地挺进。

雄性之根这时候突然变得异常粗鲁暴虐，在猛烈地一下一下地抽搐，而放荡配合它使劲的女人，则贪婪地颤动着下体不住迎合着，并禁不住发出有节奏的呻吟。

但一心不能两用。

由于完全信得过佶好和鸟鹗在前台的管理能力，封子于这段时期内在部落的行政事务上，干脆缩在后山盆地里享受着“躲进小楼成一统”的安宁之感，直接堕落为一个甩手掌柜似的酋长。当然这一“懒政”的过程是一个循序渐进的过程。他平和超脱的心态是在逐步地发展与放开，刚刚开始，宁封子是偶尔抽空去一去后山作坊制作一两件坯胎，或烧一炉陶器；后来创造的灵感和业陶兴趣来了，就像上了瘾一样整个白天都痴迷在手工的技艺中；发展到最后就似乎于疯狂，他干脆就让昆吾和垱月在那个作坊里安置了一张巢床，于是他们三个人就躲在后山夜以继日地面对着泥与火，不能自拔，不理族事。

部落里的所有事情，当然全权交由“头人”佶好和鸟鹗打点处置。

但是鸟鹗这时候年岁已高。她昔日的雄心与棱角，在经历了挫折和磨难之后早已经淡化平缓，再加上确实喜欢这个能干体贴的佶好，她因此也就只采取坐在主洞内张张嘴巴，劳神些吃喝拉撒这些小事的方式，放手把大事都交由佶好单独做主。

当然，佶好偶尔在夜晚也认认真真跟酋长请示汇报过工作，而封子那时在巢床上一听到部落里那些“婆婆妈妈”“柴米油盐”的琐碎话题，却总是表现出疲于应付心不在焉的样子，总是怀抱着爱人跟她在做男人的事情，或者谈一些匠人的兴奋感受。

于是在这段时期，部落里的群众都看到鸟鹗这个头人，常常半躺在台地上晒一晒太阳、到巢房里逗一逗幼儿、坐在洞穴里磨一磨骨器，以及顶多在部落的周围转悠转悠，以防止驻地有不测的闪失。

所以这样，意料不到的事件就像塌方一样突然发生了。

犹如稀里哗啦地陡然崩掉了一块，巢燧部落联盟第一次被这突如其来的事件震撼到不知所措。那是一个雾气尚未散尽的清晨，鸟声啾啾，宁封子刚刚睁开眼睛，正准备到溪水边上去抹一抹惺忪的脸面，妹妹任僖就“的的笃笃”跑到后山盆地的陶器作坊里来告急：“哦，不好了、不好了，祁貙他们一伙要走了。”

“哦，祁貙和衣松正在吵吵闹闹。”任僖补充说。

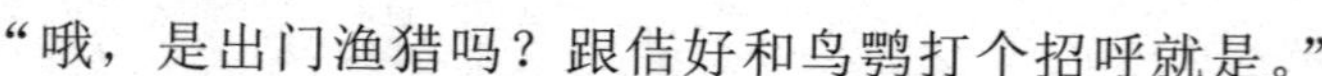

“哦，是出门渔猎吗？跟佶好和鸟鹗打个招呼就是。”

任僖急巴巴地说：“哦，不是，他们吵起来了。哦，他们不想在这里待了，他们要离开盘古山出去闯荡！”

部落里的裂隙自此产生。

结果是宁封子慌忙赶回崖壁的台地，也没能够挽回祁貙他们的坚决离去。

从未有过的事情，部落里平白无故一下子就少掉了二十多人。尽管人数不是很多，但是突然的空白和集体的沉默，感觉上这件事于公于私对盘古山的震动都非同小可。人们都站在那里皱着眉头一言不发。尤其是在每个人的内心深处，浓重的投影像块乌云，使得整个部落的情绪在大面积地迅速阴暗和低沉。

可以认为这仍然属于“天要下雨娘要嫁人”的事情，但是部落里的变故就像伸出来的巴掌，突然狠狠地给了宁封子这个酋长一记耳光。

“我都不想待了，你管得了我的屌毛！”

这就是他兄长祁貙最后丢给他的一句狠话。当时的祁貙，已经带着二十多个渔猎队的人从前面下山。对于孤注一掷者而言，毅然决然犹如断臂割袍，祖籍与族规就像风一样变得空洞虚无轻飘可笑，更遑论一个所谓挂名的酋长。

部落里的很多人，包括长老们都站在那里望着下山的路瞠目结舌。是那条往沟谷取水的有山门的道路。众人一筹莫展。鸟鹗和佶好冷静地立在崖壁上没有下来。只有任僖站在路口上，冲着队伍的尾巴使劲叫喊“祁貙、祁貙”。但是她大哥祁貙理都懒得理睬，妹妹任僖泪流满面。

就这样在衣松的唆使下，宁封子眼睁睁地看着祁貙带着圪莒一行共计二十三人，下山投奔有熊氏部落的黄帝去了。

宁封子当时就蒙了。

猴子头衣松一直就是有巢氏内的祸害。在这个时候有一个老人家才说，他后悔当初不该在树洞里捡回这个弃婴，但是衣松等三个被丢在山沟里哭泣的时候，时刻都有被野兽叼走的可能让他动了恻隐之心。在氏族社会里人口非常金贵，一个婴儿就相当于一个宝贝，多一个外来的血统就多了一个杂交配偶的良好机会。

有巢氏族的人从来就没把他当过外人。机灵的衣松长大以后，尽管也为部落出过不少良策，然而背后挑拨离间出招使坏的事情也屡见不鲜。为了讨好酋长封子，他曾经就私下有过将部落名称“有巢氏”改为“有陶氏”的提议。宁封子当时心里“咯噔”一下，从此以后，就再也不把这个贼眼溜溜的瘦猴子放在眼里。

但是兄长祁貙不同。祁貙不过是一个出外见过一些世面的武夫，自从东部渔猎归来后，他就一直崇拜有熊氏联盟部落及其黄帝。或许他就是想换一个环境。“但是他为什么早不走晚不走，偏偏今天发了疯要走呢？”感觉上挨了耳光的宁封子，当然是于心不甘。而鸟鹦和佶好又都沉默不语。

“缘由”这层薄纸，结果还是被妖妹任僖捅破。原来趁着清闲时间，佶好想把上山的路加宽并用石头铺成台阶，于是经与鸟鹦商定就指定渔猎队的男人们开始施工。清早作为部落“头人”的佶好布置任务，不曾想渔猎队的执事祁貙只冷冷地一笑，一声不吭转身就离开了议事的洞厅。

分离就这样开始了。没过多少时间，族人们就听到崖壁下的台地上人声鼎沸。渔猎队里有很多人在下面集结听训。

“为什么燧人氏的男人没有任务，而我们有巢氏渔猎队就累死累活？这不公平！”衣松站在人围中间跟大家演说，“原因就是这个女人已经掌控了封子，封子任由她在部落里横行霸道、指手画脚！”

圪莒叫道：“那我们走，我们不是傻瓜，我们不给她卖命，我们跟黄帝打仗去！”

“惹不起我们还躲不起吗？”祁貙挥一挥手说：“愿意去除暴安良的就站到我这边来，与其在这里被一个女人呼来唤去，不如我们出去做一番大事！”

当时，部落里另一个头人鸟鹦也曾站出来解释，但是作为早已失去威严的酋长与母亲，站出来就像适得其反的拦水挡板。鸟鹦刚一开口，祁貙就嗤之以鼻。他手下渔猎队的虾兵蟹将的嘲讽，就像奔流而下泉涌一样稀里哗啦，含沙射影。

鸟鹦甚至被愤青们谴责为 “幕后偏袒”“袖手旁观”“纵容包庇”，甚至是“吃里爬外”。

盘古山里的喧嚣

时间如梭，转眼又是秋天。

因为秋叶和果实的缤纷，盘古山的秋天漫山色彩，层林尽染。美丽的佶好站在秋色之中迎风而立，英姿妩媚。“妖娆”当然也是罪孽和祸根，历史上所指的“妖孽”和“祸水”，就相当于君主的婆姨揽权当政。史书上所著述的那些怀恨的心态，不乏源自由嫉恨和偏激出发的猜测或误解。当然在盘古山这个部落里，实事求是地说，也存在着酋长对于另类技艺的痴迷而出现的渎职。

封子你当酋长，你就应该尽心尽责当你的酋长。

这事来不得半点含糊。你为什么既要占着酋长这个茅坑，又要去痴迷制作陶器的技艺？这就犹如以后的南唐后主李煜癖好词学、宋徽宗赵佶醉心于书画、明熹宗朱由校痴心于木匠一样，结果“脚踏两只船”就肯定难以善终。

“我都不想待了，你管得了我的屌毛！”

宁封子就这样，好好的一下子就掉进了冰冷的水窟！

一个闲不住的人现在终于湿淋淋地丢下了制陶，独自登上一个没有嘈杂声的山峰。他眯缝起眼睛极目远眺，只见群山绵延，林海澎湃。他当然不是在观赏风景，他是在承受空旷、寂静，以及呼啦啦鼓吹的山风。一干人的毅然出走，让他这个酋长忽地联想起另一起类似出走的记忆。历史在不断重演。对于那件同样也属于出走的事情他曾疑虑重重，他一直耿耿于怀地搁在肚子里，搁了好久好久。

这一“疑虑”犹如一块沉甸甸的石头，总是到了关键的时候，就严重地堵塞他正常的情绪与思路。这件事情，就跟佶好和燧人氏十八个人密切相关。但是，当初和佶好仅仅相处了那么三天，三天的关系使得他宁封子不便于对别人的隐私刨根问底。

那么庞大的燧人氏部落，为什么会在故乡不得安宁？脱离燧人氏部落四处流落者，又怎么仅仅是十八个？在东方受到蚩尤魍部的欺凌，何以到了西部又遇到炎帝手下榆罔的羞辱？

最后一个问题是，老酋长率领人在盘古山好吃好住、视若亲人，三天后，又为什么要突然不辞而别？

时过境迁，回首往事。关于三天后突然不辞而别的原因，由于早已物是人非，佶好这时候的坦诚已经没有什么太大的关系。“是老酋长生怕在有巢氏再惹麻烦”。可怜一个善良的老人，他下半生的麻烦就像是陷入了一窝乱七八糟的刺蓬垄丛，想要突围逃离却被团团粘住，想砍伐清除却打不开手脚，最后他左冲右突被缠绕得近乎崩溃窒息。

女儿就是他的命根。刚刚逃离了魍部这个狼窝，又面临着祁貙和衣松这些虎口。祁貙、衣松显现出来的邪恶窥视、嫉妒仇恨，以及衣松的阴险跟踪，让他又一次诚惶诚恐，只好再次选择了远走高飞。

至于其他种种的问题，佶好心贴着心地一五一十，让宁封子茅塞顿开，久久不语。

“无论是在蚩尤的魍部，还是在炎帝的榆罔部落，利石和榆罔的欺凌，都是想霸占我这个女人的缘故。”佶好在深夜耳语说，“之所以只有十八个人跟随，是因为部落里大部分人甘愿接受强蛮势力近似于侮辱性的强迫婚姻，以换取庇护和安宁。而我父亲是一个最好的父亲，同时又是个生怕树叶掉下来会砸破脑袋的酋长。”

巢床中佶好依偎在宁封子宽阔的胸怀。

部落里最大的棚屋都装不下的伤感，弥漫夜空。

“感觉我们的人数确实是很少，部落迫切地需要新生力量！”封子自言自语感叹说。

佶好轻轻掐着他说：“这又不是难事，鼓励我们女人受孕就是。”

封子没有说话，骚动得像公马一般立起来，爬上佶好湿漉漉的躯体，然后做拼命驰骋一样的姿势，抓住她隆起的胸脯一耸一耸地痴迷地使劲。在泄过之后的这个晚上，在巢床上翻来覆去的他竟然很久没有瞌睡。认真总结起来，造成燧人氏十八个人东奔西逃的原因，几乎就跟有巢氏在固地面对魑部惶惶不可终日一模一样。选择“放弃”成了唯一的出路。

两件事的根源均极其类似，推导出来的道理也都是一个：因为弱小而胆怯，因为胆怯而退让，因为退让而被欺，因为被欺而最终选择了逃离。

所有动物概莫能外！

这其实就是一个铁定的生存规律。

在远古新石器时期宁封子所悟出的东西，实际上就是我们十九世纪才明确下来的，那个颠扑不破的所谓“弱肉强食，适者生存”的真理。后来它被写进了生物进化、历史教科、哲学政治等等方面的论著，成就了后世许许多多的学科和政界的名流，并在各个民族的每一个历史阶段，都在用“落后就要挨打”这种通俗易懂的说法，教育和警醒着自己的晚辈。

封子几乎是整整一个晚上都没有入眠，凌晨迷迷糊糊睡去，直到第二天中午他才醒来。醒来后并没有出门，而是一个人在巢床上又睁着眼睛思索了很久很久。截止到午后时分，佶好送进去的食物都一点都没有动静。

这样的酋长就有些不正常了。

很多人都下意识地集聚到他的门外，仰着头有些担忧地望着长方形大屋。这个时候在燧人氏聚居的地方，部落新的议事棚屋建立在一个舒缓的高坡之上。许多人早已从树杈上下来，棚屋一幢接着一幢。这个地方已成了部落的政治、经济和文化中心。甚至连氏族的长辈们用餐后也都来了，生怕他们的元首在精神上不能承受这么大的刺激。最后赶来的鸟鹗，站在门槛脚下焦急地向佶好盘问。

“没事没事。”佶好让大家解散。

这时候，酋长封子就推开了门扉。非常正常，他高高地站在门槛之上，将浓密的长发用手梳理到脑后，居高临下。他清如止水且炯炯有神的目光，就像是从没有耽误过瞌睡，神情自然与镇静，仿佛盘古山根本没发生过什么事情，他清了清嗓门给大家说话，条理清晰得相当于准备充分的演讲。

“我，想了很久，事先也没有经过长辈的意见。”他说。

这就是他长篇大论的一个开场，仿佛这才是他正式上任的就职演说，原因、道理和意义。接着他就声若洪钟地当众宣布，三个事关部落生存与发展的重大决定：

把巢燧部落联盟分解成三个具有现实功效的组成部分。

一个是大力精简渔猎队成员，成立制坯和烧陶两支队伍，到后面山坳盆地里扩大作坊和窑炉，专门从事批量性的陶器生产工作；第二个决定是，以女同胞，特别是以没有生育的女同胞为主，成立东进和西行两支交易队伍走出大山，广泛与其他氏族异性接触交好，以少量金贵的陶器制品，换回部落所需要的食品和用品；第三是组成一支融看家、采集、打杂和管事协调为一体的队伍，由他自己在盘古山亲自坐镇，专门调配管理部落里的所有事宜。

原话当然不止这些，这些只是工作的要点。

原话长篇大论，高屋建瓴，深入浅出。这不只是搞笑性的总结，它完全属于一篇事关全局性、战略性、前瞻性的行动纲领，事关盘古山部落的继往开来、巢燧联盟的前途命运，以及整个部落的根本利益，是一篇“意义深远、指导具体、发布及时，非常好的”工作计划与战略方针。

下面的内容先是如堕烟云洗耳恭听，后是恍然开悟“哦哦”一片，接下来场面立即就炸了锅似的七嘴八舌，疑虑纷纷。

“渔猎和采集都不做了吗？”鸟鹗当场就提出疑问，“那么我们大家都吃什么？”

封子大声说：“没说不做，只是说精简。渔猎和采集都根本用不着那么多人去一哄而上，大量勇壮和妇女就可以节省下来做更有实效的劳动。洞窟里现存至少半个月的肉食，我们先大胆尝试尝试。”

任僖问：“真的就可以换到食物吗？”

“没有陶器的苦难，我们还没有尝够吗？如果你们的交易带回不了食物，也说明我们的陶器是世人不需要的东西。但，这是绝对不可能的事情。”

任僖问：“哦，出去寻找部落，那得花多少时间？哦，花那么多时间划算吗？”

“外面的世界其实很大，外面的部落其实也很多，是因为我们从来没有敢去跟他们主动交往。”封子说，“渔猎和采集也需要时间，而且还不一定保证能够满载而归。”

……

现在我就想：当初盘古山这个重大举措及其积极意义，如果上升到当下理论的高度，概括起来就是这么几句：他们启用了大力发展特色手工业、主动组织走出去开辟商贸渠道，以及整个部落“一盘棋”之类的方式，统筹全族力量，发展工业生产，打开闭塞山门，为在短期内迅速实现巢燧部落的繁荣昌盛，把盘古山建设成一个富强、幸福、文明的家园而奋斗！

宁封子是不是历史上最早的改革家？

这次演讲又算不算世界上最早的一次“改革开放”动员？

而且最为关键的是，他能不能够取得成功？

原始社会

因为篇幅的缘故，下面我只简明扼要地介绍一下他们具体行动的步骤和成果：

后山坳里冷冷清清的溪沟盆地，突然就变得热闹起来。封子带领大家在山坳里扩大了陶器作坊的棚屋，在坡底下开挖和用石头砌了四口简易的团形窑炉，然后捡柴折枝，或者聚朽木槎草为燃料，由昆吾和垱月分别带领着二十多个人，学习制作陶器坯胎和负责陶窑的烧炼。

做陶器泥土原料的需求，一下子越来越多。为了方便快捷，每天所用原料都是由陶工自行随意挖取带去。只要能够搓捏成型并烧硬就行，不管你是用沟谷里的砂质淤泥，或者顺便挖道路边上的黄泥，还是就近在岩壁边岩石中兜来的细土。不多时来来往往，从崖壁到后山坳盆地慢慢就走出了一条山路。后山盆地上整天窑烟袅袅弥漫，盘古山每天都可以烧造出厚薄不一、粗细不等、色彩各异、优劣不均的一二十件陶器。

犹如当初的渔猎队一样，女人们组成的队伍负责出门交易。

实际上大家在前面已经不难看出部落的状态，盘古山上阴盛阳衰，渔猎队的勇壮又经常在外漂流。另一个叫人困惑的原因，就是大多数人都是有巢氏一个祖宗下来的血亲，繁衍的速度与质量令人担忧。现在那些一直没有生育，或者难得男人青睐的女人，她们都很乐意响应酋长的号召，借助“出公差”名义组团结群，带着刚刚出炉的陶器，兴奋地去山外换取山内所需。

这样，左一支右一支充斥雌性气味的队伍，开始怀着憧憬沿着峡谷朝

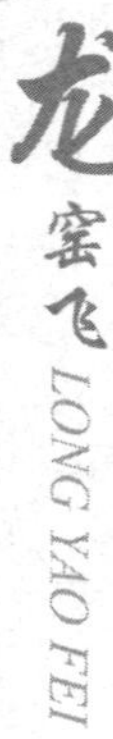

东西方向出发。

原始人最擅长，也最愿意远足。体力应该不是她们的问题，问题是她们要具备与外氏族打交道的胆识、对陶器应用价值的表述，以及应对各种艳遇的方式与能力。实践证明，原始社会的商品交易并不是一件难事，互通有无一直是强烈潜在的部落需求。陶器是最适用的生活物件，而各个氏族又都有其多产、易得或者富余的食用商品。

于是只要找到有人烟的地方，所带的陶器就必将脱销一空。

在那个时代，器皿并不需要反复宣传。只需要把陶器的功能当众演示一遍，稀罕金贵的作用马上就会引起场现强烈的反应。几千年以前的事情，我们完全可以想象出当时待人接物的单纯，一般那些部落的酋长都会出来接待，并十分大方地拿出他们的库存来换取盘古山带来的所有，还慷慨地给她们吃食，真心地留她们住宿。

商业，就是有组织地为顾客提供所需物品或服务的一种经营性行为。它又是以营利为目的的交换活动。所以像是变戏法一样，巢燧部落的女人返回时肩扛手提，喜笑颜开，就成了此后一段时期盘古山上十分正常的热闹景观。有时候是禽畜鱼鳖；有时会得到果实和干菜；有时候换回来的东西，是部落里的老者都没有见过的衣物、黍稷、草药、竹席和号角等等。

于是在短短的大半年时间内，盘古山上整整九个用作仓库的洞穴被分类塞满了。除了老年人习惯性地居住之外，许多不愿意穴居的年轻人只要是退出，部落就马上帮他搭建好棚屋。空出来洞穴就分别改作晾晒、驯养和贮藏之用。

于是盘古山上的人像暴发户一样，人人都满脸红光，喜气洋洋。他们腾出精力和时间，在封子的指挥下将山门进一步加高加宽、山道驳砌石阶、台地平整加固。这时连鸟鹗和任僖都控制不住好奇，向酋长申请要求带队下山。

于是，他们听到祁貙在黄帝那里已成气候，正率领着一支被称之为“貙部”的部队向蚩尤方位推进。

但是，这个消息对于盘古山来说已经无关紧要。这个地球缺谁都照样旋转。关键是部族现在井井有条，佶好和鸟鹗两个头人各负其责。磨制打造、抚育老幼、食用分配，乃至顺便的采集和驯养等事。昆吾和垱月实际上已经是陶器作坊和窑炉上的执事。一支由任僖执事的护村队，个个都拥有质地良好的石质武器，在把守着山门和护卫着盘古山山头。

话说有一天，一个交易返回的一个女队员羞答答地找到酋长，问盘古山可不可以让一个追求她的男人上山定居。这当然好笑，那个时候又没有户口，充实劳动力对于部落而言并非是一宗坏事。只要她的“粉丝”死心塌地到“铁杆”程度，而他所在的氏族又没有什么意见，总比自己的人因为一两次野合而弃族私奔要来得划算、实在。

由于这件事情，就让我想起来部落里又多出来的一个公共的项目遗漏了交代。

这个事项由鸟鹗分管。那就是曾下山参与过交易的八个女同胞，几乎在同一时间都有了或强或弱的妊娠反应。氏族长辈们高兴地看到，她们或多或少都显现出头晕、疲惫、恶心、呕吐、厌食，或嗜睡的症状，在活动过程中日渐鼓胀的乳房沉甸甸地晃动，乳晕的色泽越来越深，尤其是那些像秋瓜一样隆起的肚子，让乡亲们感觉上又多出了八个劳力与亲戚。

这当然是部落内的一件头等大事！

孕妇到了一定的时候会变得丰腴性感，充满诱惑。

封子听从了鸟鹗与佶好的建议，为了安全起见，部落空出了一个专门的洞穴集中居住，派两个有生育经验的中老年妇女专职护理，关键的时候不派重活，不让受寒，更不允许臊气烘烘的男人像寻找蘑菇那样在周边转来转去。

《礼记·礼运篇》说：“大道之行也，天下为公，选贤与能，讲信修睦。故人不独亲其亲，不独子其子，使老有所终，壮有所用，矜、寡、孤、独、废疾者皆有所养……”

这就是我们原始的共产主义社会

仿佛是有了一个可靠的家长，巢燧部落的人现在对封子这个酋长，已经是心服口服，五体投地，并暗生欣慰。这些由衷崇敬的具体表现是：譬如在迎面相遇的时候，族人们都会亲热地叫一声“酋长”，并主动停下来侧身恭敬地给他让道；又比如在碰到问题的时候，封子上门跟一些长辈们商量，得到的答复竟是“没事的，你做决定吧”；还比如，有时候他在作坊里研究陶器忘记了用餐的时间，就会有人特意跑来提醒，甚至是好些人都抢着送来食品。

时间一晃就到了世人脱单的时节，刺目的太阳也越来越显见出它的烈性，盘古山的气温正在随着春天的进展而渐渐攀升。

这下子，宁封子也感觉到季节带给自己的自如和轻松。他终于可以透口气在盘古山四处走走看看。就在这个时候，他在沟谷、山头或岩石之间，发现了不同地方的泥土具有不一样的特性和色泽，于是他分别采集去当做原料制作坯胎，以及将这些不同的泥土杂交糅合，这就开始有了红色、黑色、赭红色、黄色，甚至是白色等丰富多彩的陶器。

因为陶器这种泥制火烧出来的硬件，一不小心就会“咣当”一声被撞裂或打碎，后来在盘古山就出现了又一个奇怪的现象。交易队只要稍微隔了一段时间没有出动，山外有些知情的部落竟然不嫌路途的遥远，带上一些自以为比较贵重稀奇的物品，主动找上门来要求用陶器跟他们交易。

在这方面宁封子一向细心。

被宁封子藤绳记录在案的求购者，一共有五拨。大多数为氏族部落差遣过来的代表，两三个或三五个人的样子，都能够肩挑背扛。其中既有盘古山东边进来的黄帝联盟里的分支氏族；也有翻山过来沿着西部山谷找进来的，从属炎帝的细小部落；当然还有一些像有巢氏族一样，暂时还没有联盟归属的散居在大山角落里的隐居群体。

情形各种各样。有的人交易到了陶器转身就走，而更多的人会在盘古山上投宿一晚。有些人闷着头不愿意说话交流；有的人则像是刺探陶器制作秘密一样，跟封子问这问那没完没了；而有的人则很奇怪，像拉家常似的，不说陶事，偏喜欢东拉西扯地闲聊一些有巢氏的来历、人数，以及部落的经历等等。

记忆中最为蹊跷的是初冬时节进来一伙八九个人。封子印象最深。他们就像是一帮闲得无聊的游山玩水的人一样，领头人三十岁左右,长脸宽额，两眉上扬，颏须飘飘，气宇轩昂。人数也算是最多的一拨，但是带回去的陶器却寥寥无几。按理凭人手和力气他们还能够拿走更多的陶器。但是他们不贪婪、特豪爽，既正规、又随便，看样子是真的出于对器皿的热爱，他们每个样式都只是挑选了一件精品，却毫不计较地大大方方给盘古山带来大量的谷食物品。

因为宁封子他们都非常喜欢那个性情随随便便、说话不紧不慢、言行宽厚得体的领头，所以事后在藤条上记录里还特意重叠地打了三个结巴。

这一下，事情就又来了。

由于进进出出人越来越多，时间一长竟把盘古山下东西向的沟谷羊肠小路，慢慢走出了一条平坦宽阔的通途。这情形，似乎是应验了那句“酒香不怕巷子深”的谚语，但是，在我们民间还有一句“人怕出名猪怕壮”的俗语。

知道我的意思吧？

纷至沓来。

世上任何一条航船从来就没有永远的一帆风顺。更何况，在我们的新石器时代还有诸多强大的部落联盟，他们对待沸沸扬扬的新生事物，不可能没有欲望和想法，更不可能袖手旁观。就比如黄帝、炎帝，还有那所向披靡的蚩尤。

炎帝的使臣

最早得知有巢氏部落能够生产陶器消息的，应该是蚩尤的九黎联盟部落中的魑部。因为当有巢氏还在宁邑的固地驻扎的时候，魑部的酋长蛮角就曾以要挟的方式，强求过有巢氏的陶器交易。所幸的是因为那一年的那一场山洪暴发，促使有巢氏及时返回了盘古山中，躲避了魑部的强蛮行径。

这些我们在上述的章节里，都曾有过详细的描述交代。

但最终行动还是落在其他氏族的后面，只说明魑部蛮角的粗心与无知，以及蚩尤九黎部落不得善终的内在机制。

在这年夏季末期的盘古山，作为大型联盟部落的求贤举措，首先派员捷足先登似乎是我们的神农氏炎帝。这也在情理之中，因为《周易·系辞下》就记载：神农“日为中市，致天下之民，聚天下之货，交易而退，各得其所”。就是说神农氏首辟市场，以物易物，重视商贸。

陶之重器，他更不会忽视。还相传，他以德以义，不赏而民勤，不罚而邪正，不愤争而财足，无制令而民从，威厉而不杀，法醒而不烦，人民无不爱戴。等等。

炎帝在《史记·帝王世纪》中被记：“神农氏，姜姓也，母曰任姒，有蟜氏女，名女登；为少典妇，游于华阳，有神龙首，感生炎帝。”这就说明炎帝与黄帝同父为少典，异母分别为任姒和附宝。又有说神农氏为氏族总称而非炎帝个人。还有说炎帝的年岁几乎大了黄帝一辈等等。故此各种版本的上古说辞，我们只能姑且听之任之。

这时候正值当地雨季。大雨下下停停。下雨的时候稀里哗啦就像是热带雨林，雨打树叶和灌木，千万条纽小的山间径流奔向沟谷。大雨停止的时候云开日出，热能蒸腾着雨水，溷溼的森林里因而憋气、闷热和汗黏，总觉得压抑难耐。

当时封子的名声，已经在中原和西北沸沸扬扬，被民间广传为世外高人。

拜谒实际上就是尊重。

远古的帝王礼贤下士，神农氏的炎帝就是其中之一。炎帝闻讯陶器的发明者封子蛰伏于盘古山中，即刻派遣他的火官祝融和雨师赤松子前往打探和拜会。但是在这一次，他有点没按常规出牌的节奏。因为在史料和传言中透露，按照炎帝一贯亲尝百草、事必躬亲的性格，这么隆重的外事活动他应该亲力亲为才是。

当时，尽管炎帝所辖的地方已南抵五行山脉的西麓，但是他所驻扎的都城，却远在千山万水之外的古时陈仓，也就是现在的陕西关中平原的西部宝鸡地区。加之炎帝当时已年老力衰，不仅对各个部落之间的相互战争无力制止，而且连自己氏族内部的榆罔也掌控不了。所以于公于私他都不敢轻易离开陈仓半步。

在那么炎热的时节，时晴时雨，祝融和赤松子仍然能显示出炎帝部落的大家风范与诚意。冒着骄阳当顶和大雨淋漓的艰辛，他们率领着一干人肩挑背扛跋山涉水，慷慨地携带了大量的以农作物为主的黍稷粟粒，外加木制弓箭、桑麻布帛和仙草神果，前来拜谒早已名声在外的陶器发明人封子。

他们从西山坡底下出现。

当他们水淋淋地从西边树林里钻出来的时候，山上的人心都软了。这些人没有顺着沟谷山道，而是于荒山丛林中抵达，前面有两个人在噼里啪啦地挥刀开路。可想而知，大量且沉重的粮食让他们气喘吁吁。不知道是雨湿衣襟，还是汗流浃背，他们在抵达崖壁下公共台地的时候，已经是脸色苍白，浑身湿透。

礼物几乎占据了大半个台地。

火官祝融和雨师赤松子始终都抬头挺胸，精神抖擞。

《左传・昭公二十九年》记："火正曰祝融"。《墨子・非攻下》又说：

“天命融隆火干厘虾城之闲，西北之隅。”这是说火官祝融，而说雨师赤松子的记载有《列仙传》，“赤松子者，神农时雨师也，服水玉以教神农，能入火自烧。”

可见他俩都是身怀特技、见多识广之人。火与雨这两种天然现象又都与陶器的生成因素密切相关。所以他俩给人初始的印象是音容笑貌中夹带着天朝的样子和气派，穿戴打扮里透露出的高雅和整洁，言谈举止里显示出的渊博和大气，乃至他们肆无忌惮或爽朗开怀的笑声，都让山上的人产生由衷的敬仰与感动。

按照惯例，谈笑风生之后都进入村落的长方形大屋。

进屋后，宾主双方恭恭敬敬的客套气氛依然浓烈。大家依次落座，面前放置陶碗，碗里有解渴的山泉。这是盘古山上最好的礼遇。从眼神和动作上分析，炎帝派来的下人都对面前精美的陶碗爱不释手，唯独祝融和赤松子仍然端着一副“钦差”赏光的架势，都用手抹一抹座位上的灰尘，然后正襟危坐，浅笑不语。

接下来还有一个细节的出现，又叫人猝不及防和感觉不爽。因为还没等主人封子起言，雨师赤松子就站起身自作主张地拿出竹制箫管，就着嘴巴自我陶醉或略带炫耀地“咿咿呜呜”，吹奏出一曲让巢燧氏部落的人都感到莫名其妙的声音。

这是大部落赐送给小部落的声音。

聪明的宁封子当然可以意会这种表演，因此他和大家一起耐着性子，脸带微笑地听完他自得其乐的显摆。

之后宁封子想开口讲话，他要代表部落表示感谢，要谈一谈这两天的款待和安排，还要打探确定一下炎帝这次所需的陶器数量和品种。这是最起码的交接程序。他原本想等走完这个程序之后，就可以马上去按对方的要求，赶制出库存不足的数量或器型，让客人们回去圆满交差。

但是，心眼实在的封子依然失算。

他还是缺乏这方面的外交经验和洞察能力。他起身拱手作揖，甚至都不清楚对方一直端着的身份和心态。接下来他就恍然大悟，因为通过下面一个插曲，他已经完全看出了来人的不屑与傲慢。

火官祝融又在未经同意的情况下，箫声一结束就站起来微微一笑，将面前的一碗泉水轻飘飘地往地上一泼，然后扭转头朝室外高声吆喝："把我们酿的酒抬上来，让山上的人也尝一尝我们果酒的甘美！"

炎帝部落发明的果酒确实是甘美。

他被后世尊称为"五谷神农大帝"，他领导的部落联盟是一个农业高度发达的联盟。《神农之法》上就曾训男女曰："丈夫丁壮不耕，天下有受饥者。妇人当年不织，天下有受其寒者。"他们的果食已经富余到了可以任其变质发酵的地步。酒，从竹筒子里倒出来的那一瞬间，屋子里就飘逸着一股浓烈的浆果清香。这是由野生的葡萄、苹果、樱桃或者梨之类的果实，在不完全密封的条件下存贮发酵过滤而来的琼浆玉液。一喝下去就果香扑鼻，酒味醇厚，清凉爽口。

"我们带来了很多很多，炎帝嘱咐我们把这些都赐给你们！"

但是，封子已经听不进去了。

他摸一摸下巴上的胡须，故意眯缝起眼睛，然后看了看地上被泼掉的泉水，像是已经喝醉了一般仰头长啸一声。接着，他对两边似乎还哩哩啰啰地胡乱说了些什么。最后也不跟客人打一个招呼，随手将陶碗一丢，便似笑非笑、脸红耳赤，摇摇晃晃走出了棚屋。

被丢下的祝融、赤松子，都呆呆地愣在那里。

这其实也并不奇怪。炎帝，及其领导的神农氏部落联盟是繁荣的，但是一直以来对于弱小氏族的施舍和救助，就不可避免地造就了像祝融、赤松子等一大批昂首挺胸的臣子，甚至容忍出像榆罔这样骄横蛮霸的部落头领。他们应承了帝王慷慨、勤劳、豪气和德义的一面，但同时也会因为强盛而滋长出一副居高临下、舍我其谁的嘴脸。

昆吾和任僖就劝他俩喝酒。

宁封子满脸愁云高一脚低一脚地走出了大门。他一出门就独自来到一座悬崖边上发愣，接着就蹲下去"哇哇"地将喝进去的果酒与屈辱吐得一干二净。

封子最后是这么问他们的："你们这次来需要带走多少陶器？"

祝融说："我们不带走一个陶器，炎帝只是要求我们把你请下山就是。"

赤松子说：“你可以在山下跟我们做大家需要的陶器，你个人从此也可以过上幸福的生活，你甚至有可能被炎帝喜欢，任命你做他身边的官员。”

“我，不可能、跟你们下山。”那个时候封子嘴里边就开始哩哩啰啰，脚下边也开始摇摇晃晃。他一边出门，一边对他们说：“我现在，就过得非常幸福，而且我，这里还有、这么多的亲人！”

以上这些，就是炎帝的使者与宁封子打交道的全部过程。

了解了以上这些细节，我们就知道事情最后出现的结果，不能归罪到真心的炎帝身上。

魑部的浩浩荡荡

第二批冲着陶器与封子上山的，表面上好像就是蚩尤的联盟部落。

为什么说表面上是蚩尤的部落？这里面就有个细节上的周折。周折是因为在蚩尤联盟部落的代表到来之前，轩辕黄帝领着他的文相风后和武将力牧等八九个人，亲自来到了盘古山爬上了崖壁对面的那个山腰。

这只不过是一顿饭工夫的时差。

那个著名的战神蚩尤，当然不会像黄帝一样亲自光临山沟。他舞枪弄棒，目空一切，横行东夷，笑傲中原。他是有底气和身份的著名人物，他凭借领先的生产技能和能征善战的军事实力，很快就从神农氏麾下一跃而成一个纯粹的“法西斯强盗”。

再加上他确实又忙于对周边征战讨伐，他没有这个空闲。他只不过是在千里之外的涿鹿，耳闻到了封子的名气之后，才凭着对大事的敏感与贪婪，差遣文书传信，就近指令了魑部的蛮角作为九黎氏族联盟方面的代表，深入盘古山与宁封子进行交涉。

虽然经后世考证，现在的山东阳谷地区为蚩尤九黎部落联盟的政治、经济、文化和军事中心，且为蚩尤首级冢所在地，但是在当时，他已经兵发与炎帝交界的前沿阵地，驻扎在现今的河北涿鹿县附近。《水经注·卷十三》涿水条记：“涿水出涿鹿山，世谓张公泉，东北流经涿鹿县故城南……《魏土地记》称，涿鹿城东南六里有蚩尤城。”

蚩尤城距离盘古山的距离，也相当于炎帝的陈仓到盘古山的距离，然而他所统治的宁邑魑部却与盘古山近在咫尺，沿着沙河的流水上溯只需要

三五天时间即可。

按照常理，蚩尤应该是最先得到陶器的消息，并最早派员上盘古山找封子的。但是我已经说过，在这样一个武夫阵营里的魑部蛮角，就不可能会将这样的信息当作紧急情报呈报给四处征战的蚩尤。而且当制陶的部落离开固地以后，他也懒得麻烦，继续过着自己感觉良好的懵里懵懂的大老粗生活。

而有巢氏这边的群众，大家都已经领教过他们的自私与霸道，所以出山交易的人员都绕过沙河东岸的宁邑，像躲瘟神一样回避蚩尤所属的地盘。因此等到蚩尤拐弯抹角听到消息之后，指派魑部的蛮角动身，炎帝的官员早已经带着陶器在返回陈仓的路上，而黄帝一行却早他一脚迈进入了盘古山的沟谷。

雨季刚刚结束，沙河及其上游沟谷的流水依然有些浑浊和汹涌。

闷热的气温稍微有些缓解。

一路上都听得到哗啦哗啦轰响的水声。东边进山的道路与盘古山西行的道路相比，虽然曲折但并不荒芜。加上大段大段都处于并行于沟谷的左右，稠密的树冠就抵挡住了源自太阳的热力。但是艰难依然不可避免。低洼的路段泥浆湿滑，有的甚至还淹没于沟谷的水流之中，于是人员众多的他们就得“吧唧吧唧”踏着泥泞绕水而行。

魑部将士每个人的两只脚，几乎都是泥乎乎的陶俑颜色。

然而蛮角这次并没有亲自出马，他信心满满，所以指派了那个戴羚牛头壳的头领带队进山。杀鸡焉用牛刀？不就是讨要一些陶器和带一个人去面见蚩尤么？他对蚩尤指令的理解简单而随意。所以他没让带礼物和商品，他只让一个麻痹大意的小头目，空着手领走一支两百多人的全副武装的队伍。

魑部的队伍就这样无所顾忌大摇大摆地，摆着一副近似于抢劫的架势闯进了山沟。他把封子及其部落看作是小菜一碟的兔子。

但是那个带队进山的家伙昂首挺胸，踌躇满志。一个渔猎分队的执事，平时仅管理二十号人不到，一下子被任命为两百多人的头领，就好像一只刚刚钻进了粮仓的老鼠，兴奋得晃着羚牛头角，在队前队后跑来跑去招呼和吆喝。

然而一到山脚下他就吓了一跳。他意外地看到了气派并坚固的山门，接着又注意到了上山的台阶宽阔整齐，就猛地想起来在沙河被藤条埋伏的狼狈，于是满腔的热情突然被冰冷的山泉劈头盖脸淋湿了一样，他开始变得谨小慎微，缩头探脑。

在上山的途中，又打斜里从树丛中蹿出一彪盘古山上的护村队队员，而且都拿着弓箭和短剑威风凛凛。不知深浅的蛮角，生怕完不成这次任务，就放下了一些脸色和姿态，摆出一副拜访的样子，改变了他上山前准备耀武扬威的打算。望着陡峭的山路和复杂的地形，一贯具有“强龙”心态的头领，只好笑呵呵地双手一拱，把大部队留在山腰上待命，自己领着二三十个人爬得气喘吁吁。

山风吹拂着大家散乱的长发。

最后他与封子面对面，像是谈判一样地对峙在崖壁下的台地之上。

“蚩尤，这个名字你知道不？”

才一见面，“羚牛头壳”就翘起自己的大拇指，声音很大地询问封子。

宁封子回答：“耳闻过，据说是一个打仗名气很响的大酋长。”

“不错，算你识相，他所向披靡，他就是我们联盟的帝王！”他气吞山河地说，“我们就是受他的派遣，前来拜访你们盘古山山民的。”

“我们打过交道，拜访不敢当。”封子说，“有什么事就请你直接转达就是，只要我们可以做到的都会尽量做到。”

“我要告诉你们的就是，我们九黎联盟部落正在大量地赶制兵器，决心要剿灭炎帝和黄帝，踏平中原各地。到时候我们准备把那些不愿臣服的异族都斩尽杀绝。我是为了你们的将来着想，所以来劝你们盘古山尽早归附我们的蚩尤。”

他又说：“我们之所以没有采用武力攻打，就是看在我们曾经有过交情的份上，你也是一个识时务的聪明汉子，应该清楚我现在的诚心和好意。”

他接着还说：“很简单的事情，现在只要你答应在山头上插一面九黎部落联盟的旗纛，再跟着我去面见蛮角与蚩尤，你们盘古山从此就可以无忧无虑，风平浪静！”

崖壁上和树林里众志成城，到处都站着巢燧部落的血性汉子。

这边的任僖是一个急性子的女将。她在咬着下嘴唇捏紧金属刺矛，护村队的人也看着她的脸色在紧握拳头，蠢蠢欲动。也有很多部落的成员，都非常担心地呈弧形地站在封子的后边。但是封子还是用手将执事任僖的肩膀压住，他嘴角微微一翘，像是在沉着思考，又像是在轻蔑微笑。

封子从内心瞧不起这个“羚牛头壳”。

“真要感谢你的关心和提醒。”封子拿眼睛一直看着他，耐心地等他把话说完，才不紧不慢地将被风吹乱的头发用麻丝重新扎住。然后他回答说，“陶器剩下的不多，但是鉴于我们曾经驻扎过固地的关系，你们现在就可以带走一些；至于旗纛你们把它留下，我们部落议事的人到晚上就统一下意见；最后，我也可以跟你去面见蛮角和蚩尤，但是，必须允许我把部落里的事情交代安排好以后。”

“好，我等。”他将牛头壳一晃，说，“叫山腰上的弟兄们都上来休息。我们等你把所有的事情处理完再一起走。”

“我劝你们最好是不要等，免得最后你们都下不了盘古山。”封子依然慢条斯理地说，“你可能知道我有个哥哥叫作祁貙，他已经带领我们部分的勇壮投奔了黄帝，现在统领着一支五百多人的貙部在东征西战。据说，这两天就要跟着黄帝上山来拜访我们的部落。”

“这个、这个黄帝的手还真长，竟伸到你们这里来了。”

“盘古山，可能就是黄帝的地盘。”

“羚牛头壳”说：“不对，暂时还没有确定的边缘荒蛮之地，都应该归我们蛮角统领。”

“那，我这话信不信由你，你愿意等，我现在就安排你们的住宿。”

于是那个“牛头”就这样，带着他们两百号人马和一些陶器灰溜溜返回到他的宁邑。“蚩尤是服软不服硬的知道不？”临走时嘴上他还比较幼稚地威胁说，“盘古山毕竟紧靠我们九黎部落的范畴，我隔一段时间还会回来，我甚至会带蚩尤他们去灭掉黄帝！”

最后当然是打了一场恶仗。这是后话。

他并不知道黄帝他们就在对面山上。

最后如果不是打一场恶仗，宁封子急中生智的缓兵之计不可能持久生效。一个只剩下一百多人的部落，而且壮实的劳动力已经所剩无几，面对两百号手持金属武器的魑部。他实际上是将心脏握在手里，如履薄冰，忧心忡忡。

拜　　谒

我们再来看一看轩辕黄帝的姿态和诚意。

那一天，黄帝率领一行人拜谒宁封子没有直接上山，而是轻车熟路地爬上了崖壁对面燧人氏曾经驻扎过的山腰。因为他对盘古山有巢氏的情况已经了如指掌，他唯独不了解的就是对面为什么还有几间棚屋。历史上就有很多这样的巧合。错过了与魑部两百多人的一次危险遭遇，并非是黄帝有什么先见之明，而是由黄帝这个人周全稳重的性格所决定。

据皇甫谧的《帝王世纪》说："黄帝，有熊氏少典之子，姬姓也。母曰附宝。"

说到轩辕黄帝的周全稳重，史书上都有很多记载，否则他最终也不可以诛杀蚩尤，打败榆罔，降服炎帝，统一华夏部落，被后世尊敬为中华"人文初祖"。《黄帝内经·素问》上说：黄帝"神灵，弱而能言，幼而徇齐，长而敦敏，成而聪明"，以及《史记》云："轩辕乃修德振兵，治五气，艺五种，抚万民，度四方……"

那天黄帝一行依然是八九个人的样子。在黄帝率部拐上对面山上之前，听觉灵敏的他实际上在沟谷就已经感觉到了后面峡谷里传来窸窸窣窣的动静。于是他在脑海里迟疑了片刻，就阻止了风后和力牧的孟浪，随后竟南辕北辙地登上了相反方向的山路。

"我们先到这边山上看看那几间茅棚。"

像是一群习惯跟在领头羊屁股后面的羊群那样，跟随黄帝的文相武将们也没有人表示质疑。他们非常信任和臣服这个帝王了，遇事并不急于直奔主题，这是轩辕黄帝的性格体现，也是他的这次正式拜谒比炎帝人晚来一步的原因。

晋人司马彪的《续汉书·郡国志》记载："河南尹新郑县，古有熊国，黄帝之所都。"

按理盘古山距离黄帝的都城"有熊"最近，就算是远古山水阻隔交通曲折，满打满算也不过两百多公里的路程。实际上对于武力足够、轻车简从的帝王而言，这两百多公里顶多也要不了他十来天的工夫。但是黄帝周全稳重的性格决定了，他不把陶器、宁封子及其盘古山等大致的情况了解清楚，他是不会轻易、公开和正式亲自上门的。

结果那次攀爬不久，就听到沟谷下有杂七杂八的声音，于是大家屏声静气地趴在对面山腰的隐蔽处，将这边魑部与宁封子的对话听得一清二楚。

黄帝比封子年长八岁的样子。一见面他并没有直接就要巢燧部落归附，或者，想请封子出山跟着自己做官的意思。

这，就是黄帝与其他人的根本区别。

黄帝抵达巢燧氏族时，对出迎的宁封子，他率先将两手在胸前相合，然后恭谦地将头低俯、弯腰、额触双手，行那种温文尔雅的揖拜之式。这一有礼在先的谦逊，一下子让作为地主而又没有思想准备的宁封子，感到诚惶诚恐。

因为这时候还没有走上崖壁下的台地，黄帝还在上山的台阶之上。

但是黄帝一仰见封子就止步行礼。

略慢半拍的宁封子就赶紧跑下台地，在步道上对面作揖还礼。

及至两个人抬头对视时，彼此都眼睛一亮。由于时值正午，阳光透过树冠洒下了金灿灿的光辉。光芒正好打在他们的脸上。双方无不神采奕奕。

"你、你去年……？啊哈，原来是老兄你啊！"这下子轮到宁封子大吃一惊。

一见面宁封子瞠目结舌，又欣喜若狂。他真的是万万没有想到，这个前来拜访的黄帝他早已经见过，就是上山交易陶器的那五拨人中气宇轩昂的那位。他兴奋地说："你隐姓埋名微服私访过啊！"

"就是就是，我当时只是怕打搅你们的部落而已。"

他俩紧紧地相拥在一起。

“从那次见面后，我就一直盼望着你再次光顾。”

“我这不是又来了么？”黄帝笑呵呵地说，“你名气越来越大了，在山下很多地方我都看到你做的陶器，听到你在盘古山的事情。我倒是希望经常来和你聊聊天，可是我手头总有许许多多的事情要做。忙，是一个方面，更主要的就是我怕左一次右一次，来了会影响你们正常的生活。”

部落里很多人，都见证了这个英雄相惜的感人过程。

尤其是经历丰富的头人佶好，更加深有感触，心潮起伏。

轩辕黄帝，虽然主宰联盟有“诸侯宾从”之气，虽然目光如炬有君临天下之态，虽然身材高大有压倒一切之势，但是其面目宽厚、神情温润、举止谦逊、气度宏伟。佶好她也是一个见过世面的人物，曾见过蚩尤的魍部利石和炎帝手下的榆罔。这些人都不过是大联盟部落里的分支酋长，但是其盛气凌人的骄横之气好像天下唯我独尊，目光淫荡的贪婪之色仿佛世间为我所有，指东打西的蛮霸之心似乎华夏尽可纵横。

就像是亲戚朋友之间的拜会那样，这次见面不谈别的。黄帝跟宁封子有言在先，只坦率地约定两天时间的参观交流、喝酒交心和互通有无。

“我们就是朋友！”黄帝拍拍封子的肩膀，说“我上山来就是为了交你这个朋友。”

宁封子感到亲切，听着话语和看到礼物就觉得，来人真是名不虚传。

轩辕黄帝带给盘古山的见面礼，以及随机答应的事情是以下这些：一是赠予从神农氏炎帝部落传入的粟、稷、黍、麦种子，并由相随的一个农正官员负责传教开荒、播种和种植之道；二是留下黄帝的史官仓颉传授文字，直到盘古山有人可以简单记事为止；三是鉴于鸟鹗在迁移中患下的慢性型咳嗽等情况，事后他将派遣岐伯进山送药诊治；四是带来了蚕子和桑种，将自己元妃嫘祖养蚕及以蚕丝纺织的技术面授鸟鹗和佶好；五是送黄帝部落奔熊旗纛一面、号角一个、小鼙一只、箫管两根、衣裳五件，以及床席四卷。

都不是可以现吃现用的食物，但均属当时顶尖的技艺和种物，这种毫无保留的诚意就非常了得！宁封子不是傻瓜：谷种，神农以传，可解饥荒之苦；仓颉，制字先圣，能革结绳记事之陋；岐伯，“岐黄之术”之岐伯，化身躯之灾病；嫘祖，蚕丝编绢之祖，实御寒先驱。宁封子心潮澎湃。

“我们只顾及最珍贵的礼物，所以难免忽视你们急需的东西。”当晚，黄帝抚着封子的手臂道，“现在你只管说，你们还缺少什么东西？我们随后派人送来就是。”

像坐在观礼台上一样，黄帝和封子并排端坐在崖壁上最大的洞穴口，两边分坐着巢燧氏头领执事和黄帝随行。下面火光熠熠映照着欢乐的人群。这是大喜的日子，台地上又生篝火以欢庆黄帝一行的莅临。

宁封子拿出炎帝部落送来的果酒，一竹筒一竹筒地撬开，用陶碗满盛双手恭敬给来宾。酒香当即似飘絮一样缓缓四溢。环绕着篝火的舞蹈越跳越加热烈。

黄帝一句诚恳的问话触动了宁封子的神经。

封子神情低沉，以手抵着额头愁苦地说：“生活上我们都可以很好地对付，就是有一件解决不了的事情令人头痛，在我们出山的口子上住着一个蚩尤的魑部，不仅人多势众，兵器锐利，而且还仗势凌人，蛮横无道。这个世上就是怕不讲道理的强人，我们现在觉得最难办的就是，就是对他们气势汹汹的凌辱感到窝囊憋屈，束手无策！”

“蚩尤带领的九黎部落，这确实是大家都面临的一个麻烦。我一直是想以德服人，避免伤害无辜，否则今天的中原何至于战火不绝，民遭暴虐？”

然后黄帝又鼓励他说：“但是你不要怕他。怕他们什么？不过是匹夫之勇而已。到现在为止，他九黎部落敢于冒犯渐衰的炎帝、欺凌弱势部落，但还不曾敢触犯我黄帝的疆土和黎民。他们对你们伤害过没有？”

“曾多次气势汹汹来过。”封子说，“现在我唯一担心的是，万一我们不能委曲求全，发生了冲突，凭我们现有的人数与武力，那是要遭血光之灾的！这就是我唯一惶惶不安的心头之痛！”

“这如何是难事？现在你哥哥祁貙都归附于我，你们巢燧部落至少算是我们黄帝部落的亲戚。”黄帝满脸通红地笑着说，“如果你们愿意的话，你将我们的奔熊旗纛悬挂在山门之上，凭借我黄帝部落联盟的实力和气势，谅他蚩尤等其他部落也会敬让三分。当然，你们愿不愿意挂这面旗帜，这

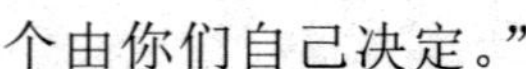

个由你们自己决定。”

封子赶紧起身给黄帝作揖。“早就听说过冀州之战，你们给了蚩尤一个下马之威。我们这里诚谢你给予我们熊旗的庇护！”

封子说：“久闻轩辕帝圣明，一向修德振兵，礼贤下士，诸侯归附，部落繁盛，百姓富盈。我们盘古山上不过是散兵游勇，势单力薄，正欲背靠大树求之不得，哪里还有不愿悬挂熊旗之说。”

“好！就交你这个朋友！”黄帝端起陶碗站起。

“诸位，与黄帝一起，今晚乃盘古山之幸。”封子举起陶碗，对全体族人高喊，“请愿意加入黄帝部落联盟者，一起同饮！”

“同饮！”大家都齐崭崭地应答。

这个时候正是初秋气爽时节，月明星稀，风静雾逸。集体“同饮”的声音，像闷雷咣咣咣地震荡盘古山的深山峡谷，一瞬间惊醒附近夜眠的禽兽。树林上面“扑哧扑哧”飞起一帮鹰鹊，远山甚至还回应出虎狼“呜呜”“嗷嗷”的号叫之声。是年为公元前二六九一年，封子一十八岁，黄帝二十六岁。

轩辕的重托

封子对与黄帝的结缘无怨无悔，他认定了这个有正气、干大事、讲情义的帝王，从此他和他的部落在敞开山门之后又连横社会，融入江湖。这就意味着他和他的巢燧部落，既有了安全上的联盟保障，同时也产生了归附与合作后应有的情义和义务。

这不，黄帝一行还没有下山，也就是在山上的最后一天，封子他开始又感觉到出于“情义”的挤兑与压迫，一股非常纠结的情绪涌上脑门。江湖，一切由情义而来，又奔情义而去。因为在第二天清早，在一起去后山盆地参观陶器作坊和窑炉的时候，出于礼节与情义，宁封子接受了黄帝一个既不便推辞又难以完成的重大托付。

这就是轩辕黄帝。

这也是巢燧氏联盟的酋长封子。

事后想想权利与义务相辅相成，封子咬咬牙默认了这一左右为难的托付。在这之前的前两天都没有什么嘱托，也都没说彼此的事业追求，更不谈求贤下山的俗套话题。但是在最后的一天，宁封子带领黄帝一帮人去参观，黄帝才顺便自然而然地谈及了他一个需要帮忙的要求。

且说这一天的具体经过。

起先是去作坊里参观制作陶坯。

像接待境外来宾的礼节一样，特色成果的参观安排必不可少。但是我突然发现现在这种表述的方式肯定不对——这个时候的关系不再是“荤不荤素不素”，与结盟之前相比，彼此的关系已经起了根本性改变。既然喝了联盟之酒，答应了悬挂有熊的旗纛，这种联合其实就含有归附或依附的意思，就应该开始承认自己就是黄帝联盟里的一个分支部落。

所以这一天的参观应该不叫作“参观”，准确地表述就是，“上级领导在百忙之中深入基层的优秀企业指导和视察”，而封子他这时的角色就是“汇报”和“陪同”。

话说刚一进制陶的作坊，里面是一片“吧唧吧唧”搓捏泥巴的声音，让来宾们新鲜得好像是看到了女人洗澡，一律都张着好奇的嘴巴色眼眯眯。他们全神贯注，并不时情不自禁地发出“啧啧”的赞叹。前所未见的规模性的轻工业生产，真正是神气啊！一排制陶的人仿佛是变魔术一样，一团团湿润的泥巴通过一双双灵巧的手指搓、捏、按、拍，形成粗糙的容器初生状态，接着三下两下就抹实内外的接缝，再捏耳、修口、平底、成足，成型出一个大致平整光滑的器皿雏形。

“这个还要等干燥成坯后，还要再行修整。”执事挡月介绍说。

接着，是去对面视察窑炉出陶的景观。

这个窑的窑火，是头天上半夜就熄灭的，但是在低矮的团形窑炉内的温度，依然热烘烘地扑面而出。窑工正从窑门里掏出一个个烧好的陶器成品。那些锃亮的酱黄色、赭红色、灰白色，或者棕黑色的陶碗或者陶罐，托在巴掌上看上去一般都沉甸甸地扎实硬朗，用指头去拍打或敲击会发出“嗡嗡”或者“嘟嘟”的声响。

昆吾还当众炫耀似的表演一下。

好像是抱着可爱的婴儿，风后和力牧他们个个都爱不释手地拿着陶器反复面亲与抚摸。

都以为黄帝会露出欣慰的微笑，但是他与众不同地在以手叩击之后，仔细聆听着声音，不由得拧起眉头盯着手里的陶罐沉思。这个勤于思考的帝王，这时的怪异表情让大家吃惊地静下来。大家都在等待黄帝的评价或夸赞。

然而黄帝没有点赞。

他反而出乎意料地指着另几个正在燃烧的窑炉，很严肃地询问昆吾：“为什么不再加大一些火候猛烈燃烧？”

"温度过高，有的陶坯会被烧裂。"昆吾解释。

"嗯，这就是泥土耐不耐烧的问题。你们的用土肯定还没有选好。"黄帝说，"你们现在统一用哪种土做泥巴原料？"

垱月插嘴说："没有固定的原料，只要可以黏捏、烧不裂就行。前山和后山，沟谷里、山腰上、岩石之间，大概有五六种泥土。"

"这就是问题所在。只要加大火力就可以烧裂你们有些坯胎。你们现在用的是温火，为什么不专门选用耐火的泥土呢？"

批评非常地尖锐和到位。就因为黄帝的这一句简单的责问，后面的业陶就开始重视原料的挑剔选用，后世便形成了所谓的越烧越硬的"硬陶"，并一直被千秋万代所沿袭。像冶炼一样的效果，猛火，硬如钢的烧硬。烧硬，从此开始成为器皿炼成的一种最佳标准。盘古山上此后就依照黄帝的提示，不再是随随便便用土，而是试着将若干种泥土摆在一起，采用反复试烧比对的方式，不断淘汰经不住高温煨炼、烧不密实的泥土原料。

这种可以烧成硬陶的泥土，现在我们都知道：一般成型的原料大多为含铁量较高的黏土，颜彩大多呈胎色较深的紫、黄、红或者灰褐色，烧成热温可高达千摄氏度左右，成品的质地比一般泥质或夹砂陶器更为细腻、紧密和耐抗击。

宁封子当然没有想到。

因为随后，黄帝还从地上捡起一块石头，先是轻轻试探着叩击出一种"啵啵啵"沙哑的声音，最后手上就猛地加大了一点力气，完好的陶罐"噗噜"一下就四马分尸。他再拿起其中的一块碎片让大家仔细观看，就可以发现碎片的横截面上有很多细小的沙眼针孔。

其实他真不是内行。黄帝透露出他曾经亲自做过研究。

"自从封子发明的陶器，我曾经在有熊也一个人细细琢磨过。我有意打破过好几个陶钵，也用柴火反复试着烧炼过泥土。"黄帝说，"现在这个陶器为什么声音沉闷沙哑？为什么盛水后容易慢慢吸水渗漏？为什么稍加力气敲击就会破裂？最根本的原因就是它的质地酥松脆弱。"

众人击掌点头，五体投地。

黄帝说完还善意望着宁封子不动，意思是"我是不是在班门弄斧"。

但是，当事人宁封子和昆吾等人脸红耳赤。他既由衷地折服，又深深地内疚。所有巢燧部落的人都清楚根源，但因为陶器的供不应求，他们都忽视了原料带来的欠缺。尤其是封子，他哭笑不得地拿着那块陶器的碎片，然后暗暗在下面用指头使劲将它“噗噜”掰成两半。

“以前，我确实是只想到要多烧一些成品。”封子有些不好意思，说：“就像黄帝所说的那样，土质不细腻，泥料不揉熟，过火温度不高等，都会直接影响到陶坯过火之后的板结程度，决定了它最后的坚硬效果。这是烧造的品质问题，也是给我们的教训，随随便便马马虎虎，则很难成就担当重任的器物。”话已经说到了这个份上，这时候要求和任务就接踵而至。

黄帝就不再说话，但是已经放心地露出了满意的微笑。

黄帝这时候终于出击了。他最最重大的委托要求，就是在最后的时间里和盘托出。托出的时机，是在跟着宁封子去参观巢燧部落陶器仓库的时候。像是刚刚冒出念头，黄帝不过就是尾随着宁封子的话题，随口来了那么几句。

那个时候封子将大家引领到了一间用作仓库的棚屋，慷慨大方地对身边的文相风后说：“我们的库存全部都在这里，你们这次想要多少就拿多少回去。”

风后回首望望黄帝。

黄帝说：“我们一个都不带回去。”

黄帝又伸出手指示意说：“限你三十天的时间，我只拜托你们烧造一千个质地坚硬的，可以经得起大火炖煮的陶罐。”

“是那种方便士兵可以随身携带的陶罐。”黄帝说，“力牧大将等着上前线急用。你们放心好了，三十天以后，我们就派人带一批食物上山来跟你交易。”

黄帝就是黄帝，他委托的语言里，竟然没有一丁点商量的意思。

但字里行间也没有一丝一毫上司对下属下达命令的口吻。彼此现在都已经结盟了，对方就可以叫作盟友了，相互之间已经上升到了没有顾忌的兄弟友情关系。虽然摆在表面上这是一宗公平的商品交易，甚至是不计成本的高价位出手，就好比现在的客户下达了一个急需的订单。黄帝连“拜托”这个词都用上了。难道对待同盟或者朋友，还需要用扭扭捏捏或讨价还价的口气吗？明摆着这是一宗延误不起的军事大事，又是铁哥们的第一次帮忙的请求。

这就像江湖中的兄弟，逼得你无法不“两肋插刀”。

有条件要上，没有条件创造条件也要上。

这成了关系上的定式！

而盘古山上当时的手工业所面临的问题是：一个小型团形窑炉，顶多也只能容纳烧炼六七个陶器。面对巨大的塌方似的任务，封子脑袋当即就“嗡”的一声有些发蒙，像是被闷棍突然打了一下那样。这基本上就是一个时间紧急、数量庞大、质量高标，绝对算是一个打死都不可能答应下来的制作要求。

风后和力牧他们都看着封子。

昆吾和垱月急了，在身后用手指拉扯和推搡着封子开口回绝。封子表情尴尬，支支吾吾地还想表示出“容我再考虑考虑”的托词。可是，轩辕黄帝根本没等他开口，就抓住他的手臂，说：“我相信你，你一定可以帮我这个忙的。”

事情的进展水到渠成。

从井水不犯河水的互不相识，到上一次的微服私访，以及到这回仅仅三天时间的进一步相交相处，其间，宁封子及其部落受益匪浅，受教良多，心服口服，感激备至。而我们的黄帝也没有半点虚假、使命，或者套路深深的成分，这就是黄帝做大事的风范。

黄帝从骨子里相信，封子是不可能被吓倒的。

龙 窑 飞

三十天以内，一千只陶罐。下面我们来看看宁封子是怎么去完成，这种在当时简直就属于天方夜谭的事情。

但是三十天之内必须做出一千个便携式军用陶罐。这个艰巨的任务，催生了龙窑。

龙，这种“角似鹿、头似驼、眼似兔、项似蛇、腹似蜃、鳞似鱼、爪似鹰、掌似虎、耳似牛”的动物，是一种神话传说中的祥瑞寄寓，在新石器时期的盘古山中还远没有在民间成形，西周时期及先秦拟为祖龙，出现有大量身负羽翼龙纹器皿与纹饰。直至封建社会才被广泛认定为皇权象征。如果按当时氏族部落的“象形式”称谓习惯，那么这种长长的窑炉，应该被盘古山上的人称作蛇窑，或者蜈蚣窑。

盘古山上的蜈蚣和毒蛇多如牛毛。

人类陶瓷烧造的历史过程，就是从最初原始的地面堆烧，到后来宁封子的挖坑筑烧。后面发展成了窑形，就开始有了馒头状的升焰式圆窑、马蹄形的半倒焰式窑，以及鸭蛋形、葫芦形、隧洞形窑等的进步，其中之一就包括后山盆地的龙窑在内。

那个由黄帝交给的貌似帮忙的任务，从此就像一头老虎一样一直追逼在宁封子的屁股后头。这时的秋季天气正好，不冷不热，天晴少雨，泥胎的制作可以发动部族成员加班加点，这都是伸手挠痒的小事。在黄帝离开后的两三天，盘古山上就蚂蚁一样举族而动，在各条山道上就像当初取水的情形一样，男女老少挖泥的挖泥、运土的运土、备柴的备柴……人流穿梭似的上上下下忙碌着准备原料与燃料，在做烧造陶罐的前期工作。

但是，在龙窑还没有形成概念之前，上千只陶器的烧炼就像一座横亘在面前的陡峭绝壁，成了一个行者难以翻越的最大障碍。这简直就是想逼死封子的节奏。

为此，在崖壁后面三里多路的后山盆地，封子和昆吾、垱月是寝食不安，绞尽脑汁。后山盆地上现有的四个团形小窑，一天下来满打满算只能烧炼出二十几个陶器，十天下来也就两百多个。目前三十天期限已经过去了三天，如果跳起脚来连续作战窑火不歇，那就是死，也一下子死不出一千多个陶罐出来。

“他还不如把我杀了！”封子捧着脑壳对昆吾和垱月说。

封子险些就要被逼成疯子。首次接受这个紧急的求援任务或者说大单业务，无论从部落的利益而言，还是从与黄帝的关系出发，都是不容回避的重任。封子这些天更像是热锅上的蚂蚁，拧着眉头在坡上走来走去。他眼睛都想红了，脑壳都想破了，嘴边上都急起了两三个燎泡。因此每当想蒙了的时候，他就走到溪流边上以山泉冲脸洗头，熄火降温。可是他始终都没有办法，将自己沸腾的脑浆冷却平静下来。

他抬起头来问自己：“当时，我怎么就那么黏黏糊糊呢？”

假设是把四个团形窑炉连通起来，甚至是连通更多的一些窑炉一并烧炼，他不是没有大胆地产生过这个规模性设想。但是，自始至终呈升腾状态的火焰怎么去贯通？热能如果是不能一并共有，那就等同于各个团形的窑炉，火温还是分别在起到独自的作用。

头昏脑涨了，他只有不停地捧着冰冷的泉水扑打着自己额头和面颊。

泉水真是舒服啊！

这时候他看到了鱼。洗脸的时候他侧脸向上游看到了一条长长的溪沟，溪水里有鱼。

他脑海里掀起了一个浪花。

因为宁封子瞪着眼睛突然看到：在长长的自上而下的溪流中，有成串的小鱼在其间相对平缓的水洼里游弋。这个水窟一群，那个水洼一团。这是那种似乎长不大的高山冷水小鱼，细细小小的永远如同鱼苗，很早很早封子在泉流边玩耍的时候，就没少捞它们直接丢进嘴巴。

“如果是游鱼好比陶器，溪沟犹如窑室的话……”这种想象，像雷电一样在脑海里一闪。这猛地忽闪一下，就给了他建造一座长长的隧道状窑炉的启示。正如盆地边渐次隆起的后山坡脊，他完全可以就地势建成一条二十多米长的大窑炉。

对！就这么自下而上，就这样充分利用山坡的倾斜角度。柴火从最下端的窑头门口的火膛烧起，再由前向后依次向上往窑上面的各个孔口投柴；窑身弧形拱顶所笼罩的隧道式窑室，等同于是吸引火焰的通道；最后在最高处的窑尾开一个很矮的抽风烟囱。

那个坡地真是天造地设的窑口地势！

窑门正前方所对的方位，恰巧就对着两山夹峙的一个通风的山谷。大自然的风顺着山谷徐徐奔来，可以持续不断地对窑火增势助威。风灌进窑弄，燃料产生的火焰热能就会呼啦啦地上走。如此这般，整个窑身之内可以接受烈火的高温，而在那个隧道一样长的窑室里，就完全可以一次性容纳上千件陶坯的烧成。

啊哈！

他跳了起来。

啊哈！

他顿时就云开雾散，一片光明。

啊哈！！！

后山盆地上的龙窑，当即于第四天的头上，就按宁封子的思路开始建造。

那些日子就在这个山坡的工地上，部落里的人就只听到封子大声吼叫指挥的声音。他就像是一个服了兴奋剂的人那样，经常是独自站在高高的坡顶上指手画脚，厉声吆喝。当然有的时候，他更像是一个匠人，亲自跑下来拌泥或挑选石头。昆吾和任僖都配合着独当一面分工负责。创造的快感，促使垱月拿着一陶壶的泉水，紧随在酋长身后跑上跑下提供随时的服务。

汗水滴滴落落。他时不时就伸手跟垱月喊，“水，给我水喝。”

真正是举全族之力。有搅拌黄泥的、有挖窑基隧道的、有递石头的、有砌窑墙的……佶好和鸟鹗负责饮食的配送。就连老弱病残都被鼓动起来，跟着众人打下手送水、除周边杂草和清余土填坑。由于对隧道上弧形拱顶的建筑业务不熟，初始时曾建了拆、拆了又建，仅仅窑头火膛部分的卷棚构造，就反反复复推倒了多次。

最后还是封子和大家一起琢磨到了，采用弧形木架托底与梯形石一块块倒压式贴实的方式，解决了它的弧顶稳固的性能。

最终，一座含火膛、窑门、窑床、窑尾和烟囱等在内的像蜈蚣模样的龙窑，在第十五天的样子就呈现在盘古山中。它以俯冲起势的架势和大方动感的姿态，结结实实地趴在盆地边的坡脊之上。活脱脱一条长龙，还昂扬地翘起尾巴，悠长并且活泛。所以后来的人们，又把它看作一条匍匐在那里的、跃跃欲试即将腾飞的长龙。

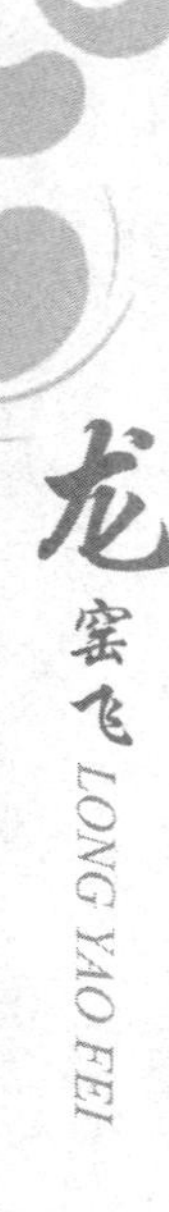

有关烧炼

接下来的工作，就是烧炼。

对于这座宏伟工程的竣工，我一想象起来都深感敬佩与激动，就像面对我们国家的万里长城、京杭运河，以及跨海大桥一样，耕耘出来的巨大成果就像看到自己呱呱落地的婴儿。

现在，请允许我表达一下，对宁封子及其原始部落无比崇敬之心情。我表达崇敬心情的笨拙方式，就是将宁封子及其巢燧部落龙窑的烧炼过程原原本本概述如下：

在军用陶罐的坯胎一只一只被整整齐齐满进窑室之后，宁封子指挥着烧陶队的执事昆吾及其下属，于第二十天的傍晚时分开始加柴点火。火焰噼里啪啦，这种用于点火的窑柴叫作槎柴。槎柴就是那种由易燃的灌木、巴茅草、稂蕨草、松树枝叶等混合在一起的，芜杂并干爽的植物。

点火之后就是烘烧阶段。其目的是以这类燃料引火后，适度控制着的温不吞水的细火，以保证对整个窑弄的烘烤排湿。

在第二十一天的半上午时间，宁封子又吆喝昆吾他们将弧形卷棚顶上的各个漏气火眼统统关闭，再给最前面的进火口投放干透的松木和杂木。他们以这种松木与杂木混烧的方式，一直延续到当天傍晚的前半夜时分。这大半天的时间，整座窑内都在加大燃料的剂量，用致命疯狂的大火呼呼啦啦地猛烈地发起围攻。之后就再明白不过：窑头火不再燃烧，接下来的一个多时辰即从窑身的各个火眼，由下往上谨慎地不断地投入细小的松木。松木内含丰富的油脂，燃烧出来会爆出红蓝色的烈焰。

到四五个小时后或者更多一点时间的当口，火眼就立即停止添加燃料，疲惫地瘫倒在那里，等待着慢慢熄火密封。直至降温两天后，再开窑，将烧熟的陶器一一搬出。

在这期间，强烈的高温焰火像蛇信子一般，在窑室内呼呼啦啦妖娆起舞，不断地舔舐着陶器坯胎里的水分，致使陶坯骨质收紧、密实，直到坚硬似铁。

这就是在新石器时期的华夏大地，开始升腾出的第一缕袅袅的工业青烟。

这就是有一位叫作宁封子的远古圣贤，以他非凡的勇气，在大刀阔斧地进行着规模性陶器生产。

所有的经验，都建立在他长期小窑炉烧造的基础之上。他是凭着超常的智慧，推导出泥坯烧熟的合理热力，并适时适度地琢磨着掌控。他一会儿观察烟囱，一会儿注视窑孔。在烧炼的过程中，宁封子连续一天两夜没有合眼。他跑上跑下，奔前往后。空前地兴奋，而又神经紧绷。加火应急的时候，他狂吼着昆吾他们快速往炉口里使劲添柴。而在龙窑歇火的时候，他一闭眼倒下去就像是一头死猪，直到开窑时他又精神抖擞、双目炯炯。

确实是硬扎漂亮！

这完全是凭借着个人的智力。那些被开窑出炉的一只只军用陶罐，有着清一色紫褐色的着装，被摆在后山盆地坡底窑口前的平地上，就像是一排排站立整齐的军人，在阳光下泛着朴质而素净的亚光。

所有军用陶罐的设计，为近似小腰鼓的花瓶形状：底平、腹鼓、口收、体态略微扁平，腰有对耳洞可供穿绳以系，环有类似波浪的绳纹圈是为装饰。

醒来后宁封子轻轻拿起边上的一只，小心翼翼以手托底。平整铿亮的深色陶罐，就慢慢随着他手臂的抬高而渐渐从地上升起。他就像是第一次对待佶好裸体那样，观看着它起伏的体态，抚摸着它平整的肌肤，甚至用指头弹着它结实的胎体，听到了有些清脆的似金属撞击般的声响。然后他泪眼模糊，一下子就将陶罐紧紧地贴在脸上。泪水哗哗地涌了出来。

他仰头望天。

“啊哈——！”他长叹一口气。

封子透过眼眶堆积的泪水，甚至看到那座龙窑在慢慢向空中腾飞。

盘古山上的人，有很多都禁不住哭了。

这时昆吾他们都慢慢拥上来，然后抑制不住激动的情绪，用那无数双带有老茧的粗手，高高地把酋长的躯体托起来，并有节奏大声“哦呵、哦呵”地欢呼着，把他拼命地、反反复复地抛向空中。

力牧与任僖联袂

现在我不能说“花开两朵，各表一枝”，因为我这就要说到宁邑魑部的反应。

在那些天里，盘古山上的青烟如龙似凤地持续升腾，至高高的天空弥漫飘散。景象似云翳一样绵延肆意，遮挡住原始天空的湛蓝，蔚为壮观。后山盆地当然也人声鼎沸，热气腾腾，致使周边生活与出没的禽兽惶恐不安，四散逃离。三十多个小时的云烟，在盘古山的上空不绝如缕，形成了空前绝后的规模，完全可以被远远的一个叫宁邑的地方发现。

宁邑的魑部不属于花朵。

所以，他们的部落酋长蛮角就感觉到不可思议，如堕烟云。

无论是从天火焚烧的角度，还是盘古山出现意象的推测，蛮角他都没有理由再无动于衷。于是他决定亲自带队，再次出发。他又启用了两百号全副金属武装的队伍，志在必得，浩浩荡荡。进山的沟谷，一路被惊吓得鸡飞兔奔、水浑鱼闪。

蛮角一直都未能完成蚩尤交办的任务，迟迟无以回禀，正心有不安，但木瓜似的脑袋左思右虑，却又始终不得其果。所以这回决意已定：这次无论如何，就是舍命捆绑也要将封子逮到防城涿鹿，面见统帅蚩尤。

闲话不表。

蛮角不过是一介武夫，进山自然也不管不顾。猛然见到山门上飘摇着的是黄帝奔熊旗纛，让他一下子血冲脑门，怒火中烧。想都不想，他就贸然举刀朝旗纛“咔嚓”一声连杆劈断。“这回，我让你遭受灭顶之灾！”突

突突就一连串杂沓的脚步声，他手下的喽啰顺着他的指挥刀刀尖，踩踏着熊旗，呼喊着直奔崖壁台地。

半道上当然遭遇了巢燧部落的护村队员。

这是进攻过程中细小的梗阻。一语不合，性子刚硬的执事任僖在自己的家门口，哪里受得了蛮角的放肆，端起刺矛就气势凶猛地向下杀去。这一次，幸亏是巢燧部落的人马位处于上风，居高临下。狭窄的山道上一时间短兵相接，难分胜负。但是毕竟敌众我寡。在坡度平缓的地方，魑部的将士从两边包抄上去，迫使任僖他们只好且战且退，最后就处境危险至极，被魑部的两百人逼上了崖壁下面的台地。

也算是盘古山上的人命该不绝，这天的时间，正好为黄帝三十天限期中的第二十七天。

轩辕黄帝派来取货的大将，名叫力牧。

力牧是远古畜牧氏族的酋长，为黄帝梦中所示后千辛万苦才访得的将才。这一天，他正好率领着黄帝联盟的罴部三百名将士抵达山脚，肩扛手提带来了许多用以交易的麻布和食物。罴部总共有五六百号人马，但是黄帝这次故意只给派一半，让力牧带领着先行出发。

如果陶罐按人均三个围捆在腰间，罴部的三百多将士顶多只能带回九百。

剩下一百只陶罐的运送，就需要盘古山派人增援。

这就是轩辕黄帝聪明之处。

力牧与另一位文相风后，都是黄帝驾下著名的左膀右臂。历史典籍上表明，他们一个是武将一个是文相。关于力牧将军的史料，在《史记·五帝本纪》中可以找到，说“黄帝……梦人执千钧之弩，驱羊万群。帝寤而叹曰：‘……夫千钧之弩，异力者也；驱羊数万群，能牧民为善者也。天下岂有姓力名牧者哉？’”等等。

力牧这次率领取陶的罴部，乃黄帝著名嫡系部队熊、罴、貔、貅、貙、虎六部中一部的一大部分。因而三百多将士抵达盘古山脚下时，沟谷里已经是脚步杂沓，声势浩大。

武将力牧在行程中心痒如麻，只恨不得生双翅膀。

黄帝这次的指令他求之不得。他一路上心花怒放，喜形于色，不停地大声驱使着长长的队伍加速前进。因为急于上山见一个他心爱的女人，他按捺不住自己的情绪。这个女人就是封子的妹妹任僖，借公差之便行私欲之实，这就是他当时心花怒放的原因。力牧对任僖的英姿和柔软念念不忘，记忆犹新。

那是上回随同黄帝上山时的一次艳遇，力牧瞄上了一个矛不离手的飒爽任僖。十五岁的任僖明眸皓齿、直腰挺胸，总是雄赳赳地跟随在膀大肩宽的力牧身后，以突出的乳峰不断挑逗顶撞着他肩背，且浑身还不住地散发出野果与雌性的芬芳。

这天，是山门口一面被踩烂了的熊旗，让力牧当即感觉到大事不妙。

我们完全可以想象得出他当时的急切样子，于是他瞪圆了眼睛大声一吼，“赶紧冲上去”，大手朝上一挥。罴部的将士当时就犹如一群凶猛的放归山林的熊罴，在力牧的叫喊声中个个拿出一副争夺山头吃人的架势，大跨步高喊着举起武器潮水般涌向崖壁。

这一天，趾高气扬的魑部两百人几乎是全军覆没。

这一仗可以说是里应外合，前后夹击，局势非常明了。因为在山坳里面，远在三里之外的后山盆地陶工也闻声而出。魑部两百人基本上就像是饺子的馅心，被前后左右地包裹在中间慌乱成一团，任凭蛮角怎么竭尽全力地指挥都失去了作用。

山林坡地上搏击的喊杀声一片，魑部人丢盔弃甲，血肉飞溅。

有的人像土猪一样钻进茅草丛，有的人丢下武器跟猴子似的爬上树梢，有的人突出包围连滚带爬地掉下悬崖……当然蚩尤九黎氏族部落的魑部，也不是没有舍命抵抗的将士。他们有许多勇敢的军兵，但是他们的嘶喊是空洞的，抵抗是无效的，挣扎是徒劳的。他们不是遭到乱石的袭击，就是被石斧砍破了脑瓜。

宁封子在现场看到，力牧和任僖就像是憋屈了很久的野兽一样，终于被放出笼子找到一个可以显露身手的机会。他们四目放光，如鱼戏水。在战场的中间，他俩背靠背兴奋地嘶喊着，指东打西，枪矛飞舞。在他俩身边的坡地上，像是割草一样，流血挣扎的伤残士兵被杀得横七竖八，相继倒伏。许多惊恐至极的、被刺矛刺断手臂的魑部人，痛苦地拖着吊摆的手

脚，哀号着向山下翻滚。

联袂作战的力牧和任僖，差不多像是携手多年亲密无间的战友。世界上恋爱的方式多种多样，他们俩就属于其中最为奇异的一种，在每杀倒一个敌人的间隙，他们还迅速地蛮有成就感地相视一笑，劲头更足。在血雨腥风中，他们相互依偎又各自独立，协调默契一招一式，彰显出他们是那么欢喜，那么默契，那么甜蜜。

盘古山上腥臭扑鼻，天昏地暗。

蚩尤魑部两百人的灭亡已成定局。

几十分钟的搏击声后，场面立马就被凌厉的追杀声所代替。宁封子再也看不到抵抗，看到是远处稀疏的逃跑者，以及许多跪地痛哭求饶的人。但是身上脸上都溅满了鲜血的力牧、任僖都已经像虎狼一样杀红了眼睛，对跪在面前的人依然“扑哧”一下用枪矛刺穿了胸膛。躺在地上不断呻吟的人，也被护村队的人举起石头“咕噜”一下砸扁了脑壳。

其实就是为了解恨，或者终于报一箭之仇的那种心境。有巢氏人在固地的屈辱被一朝洗刷！有时候甚至就像三五个猎人围着一头浑身是伤的困兽，都在不断地用锐利的武器刺杀一只奄奄一息的动物。或者人都死了还飞起一脚，把尸体踢下悬崖。

“停下，大家都别打了，停下！”

宁封子心头一颤，再也忍不住地站在制高点挥舞着双臂高声呼喊。

“大家都别打了，人都杀得差不多了，请停下来！停下！”

但是，在战场上巨大而嘈杂的声音里，宁封子微弱的呼喊被掩盖、分解和抵消，并混杂在嘶叫与呐喊之中近似于推波助澜。没有人因此而善罢甘休。

蛮角及其部落消亡

战斗结束打扫战场，忽然都感觉大事不好。近似的历史又在重演，就像早先有巢氏在固地捕获了魑部渔猎队成员一样，有一个关键的人物生不见人，死不见尸。这个人就是蛮角。这让我们很容易就想到以前落入俗套的电影，最后总是要设计着留下一条漏网的大鱼。

好像又面临着另一场灾难。盘古山上的人在清点尸体和俘虏之后，个个都一声不吭，表情严肃。青天白日之下几乎发动了所有人员，在密林草丛和悬崖沟谷的旮旮旯旯地毯似的搜寻。第二天山上山下又忙乎了半天，直到中午时分将尸首堆积汇总。尽管巢燧部落和力牧罴部仅仅只伤了三个死了两人，但是除了三十二名俘虏之外，将所有的尸体都翻面辨认，唯独缺少魑部的酋长蛮角。

只有久经沙场的力牧不当回事。

“这有什么？杀向宁邑！”力牧轻飘飘地咕哝了一句。

面对着一面贴挂在崖壁之上的破烂熊旗，以及崖壁下摆放的将士尸体，集体只沉默了片刻，愤怒之火旋即被力牧的一句咕哝熊熊燃起。这时候的宁封子，突然又听到力牧和任嘻在异口同声地振臂高喊，“杀死蛮角！”

其实，这就是小两口在煽动！

他们两个涨红着脸将武器高高地举在头顶，随后现场就听到一片响应的声音：“杀死蛮角，踏平宁邑！”清一色都是黄帝罴部的士兵和巢燧部落血气方刚的勇壮。特别是那些在固地一直忍气吞声的族人，他们仿佛是积压已久的怨恨，需要用声嘶竭力的形式进行宣泄。一刹那，情绪传染给了集体。盘古山上顿时喊声震天，回荡山谷。

“杀死蛮角，踏平宁邑！杀死蛮角，踏平宁邑！杀死蛮角，踏平宁邑！”

宁封子料不到会群情激奋。尽管还有些犹豫，但是到了最后表态，慎重的宁封子还是顺应了这种席卷而来的声势。没有人能够阻挡或压制得住集体的愤怒，就好比轰涌而至的洪水和风暴。

尽管佶好和鸟鹗在坐下来商议的时候，都不主张出兵杀戮，这叫作“冤冤相报”。但是，在部落议事的棚屋里面摆理，头头是道的力牧和任僖都情绪激昂，狂躁不已。他俩形似演讲者一样瞪圆了眼睛，涨红了脸颊，口若悬河般地滔滔不绝。

他俩要求出击的理由均无懈可击。

一是胆敢砍断旗杆，肆意践踏熊旗，视堂堂的轩辕黄帝如草芥，狂妄至此，是可忍孰不可忍？二是凭蛮角的残暴习性，如果放虎归山，必定会卷土重来，鱼死网破，盘古山迟早面对的是一场疯狂的报复。三是家禽家畜被掠取，采集队的妇女被伤残，酋长丛滕最终屈死了……固地深仇此时不报，更待何时？四是与其被动挨打，坐以待毙，不如借我们人多势众万众一心之时，主动乘胜追击，根除后患。

在表述的时候，力牧和任僖都没有坐着，而是像行将出场的角斗士一样，热血沸腾地在议事屋里的中央走来走去。

“那就打吧！”封子最后站起身说。

于是，就在这天午后太阳稍微偏西的时候，任僖走出去对护村队的人作了简短的部署。等宁封子和力牧一走出棚屋迈下山道时，呼啦啦一片拿着武器的人兴奋地尾随。除了佶好和鸟鹗带领着老弱妇幼和少数护村人守家外，这次出发的队伍将近有四百之众。主力当然是力牧带来的全体罴部将士，他们整装待发。巢燧部落站出来的有近百号勇壮。

“我也去随军观战。”此刻有一个声音在山道上喊。

喊声引起队伍里一片骚动。轩辕黄帝竟出现在上山的路上。随行人数还是八九个人的样子，黄帝走在一行人的最前面。他不紧不慢，昂首健步，声音老远就传到了崖壁下的台地。

宁封子上前迎接，说：“怎么又麻烦你亲自上山？”

黄帝说："想了想我还是来了。我放心不下，随后就跟着力牧的队伍来了。"

"黄帝不是放心不下一千只陶罐，黄帝是怕我完不成邀请你下山的任务。"力牧将军站在边上，笑着向封子解释，"我临出发的时候，他千叮咛万嘱咐，要我借这次帮助运输的机会，一定要把你接到有熊城去做客。"

黄帝也补充理由说："我都到这里打搅老弟你好几回了，天天被好酒好菜招待，所以也就想做一回东道主，回敬回敬你这位天下闻名的贤能。"

黄帝还开玩笑说："我确实是怕力牧请不动你，更怕力牧上山一心只为了自己的事情，把我委托的事丢到九霄云外。哈哈哈哈……"

黄帝抓着封子的手，说："我可是真心请你，请你去一起共商天下大事！"

以上这些，就是封子下山之前黄帝的全部表白。

宁封子的心，当时就被他一席话所触动，他通过黄帝的手掌，感受到一股诚意像流水一样传导到自己周身，宁封子浑身温热了一下。黄帝的性格与为人，他已经一清二楚。就是纷纷扬扬传言这个人所统领的联盟部落，是如何如何地繁荣与祥和，他倒真是想去开一开眼界。

宁封子最后就握紧黄帝的手抖了几抖，掏心窝地回答说："说心里话，这回真的不是你请不请的问题，而是我确实已经打算，准备借这次机会去你的有熊城长长见识。"

就这样一拍即合，两只手握得更紧。

当即，在这年秋高气爽的季节，长长的队伍由力牧及其罴部为先锋，任僖的护村队断后。中间宁封子带着昆吾和垱月，佩上短剑，与黄帝肩并肩一起，率领着自己的人马，帮着运送着上千只陶罐。于是在远古五行山的南部，一支腰缠陶罐、满怀信心的部队，就这样沿着沟谷出山的道路，像一把利剑一样飞速刺向宁邑。

宁邑成了死穴。

这应该算是打有把握之仗。

第三天傍晚这些人就越过了沙河。趁着将黑未黑的朦胧天色，有着丰富战争经验的力牧指挥着大家，悄悄地驻扎在宁邑西边一个树林繁茂的高地。迎着风向东俯瞰，前面是一望无际的平原和平原上的一丛丛魑部的村落房屋。一个曾拥有五百多人的宁邑，现在连同居家的黎民百姓一起，满打满算，只剩下三百号没有任何准备的弱势群体。

奇袭，是在第四天天亮的时候发起的。

黄帝一行，陶罐一千，以及宁封子带着昆吾、珰月数人，在那血腥四溅的时候留在了这个瞭望台似的高地。在那个秋末时节的清晨，天气微微有些寒意，哈出的气息可以看得见白色的湿雾。战斗的经过，完全出乎宁封子意料。

这出乎意料的事情，就是时间。

从太阳刚刚冒出地平线时算起，到最后把蛮角碎尸万段时结束，前前后后的战斗所花的时间，还不过从崖壁走到沟谷的工夫。这根本就算不上是一场战斗。确切地说，这只能叫作杀戮。

“这事你放心让力牧干去，我们只负责观阵。”黄帝笑着跟封子说。

以下就是黄帝和宁封子在那天清晨，俯视血洗宁邑的全部经过：

在太阳刚刚露脸的时候，趁着蛮角和他的魑部还在做梦，力牧和任僖就撒网一样将一批盘古山护村队员分配在宁邑的各条道路出口。然后指挥着罴部的将士，一个个就像是拿着凶器的屠夫，挨家挨户去搜寻还在睡觉的居家男人。只要见到有抵抗能力的人就可以宰杀，这是罴部历来的剿杀规矩。而力牧和任僖自己却带着另一部分主力队员，像猫一样弓着腰去偷袭魑部军营的总部。

从未经历过大场面的宁封子感到惨不忍睹。

只见兵刃所过之处，村寨军营令人心惊胆战的杀猪似的惨叫一阵接一阵。有人举着利器追赶，衣不护体的魑部人惊恐哀号着奔突出屋。男人滚地倒伏，鲜血喷涌。妇孺们紧跟在后面号啕不止。

无论是哭喊还是求饶，军营里肯定是一个不剩的。

最后是任僖在营中柴房堆里发现了蛮角的屁股。一个平时凶神恶煞的酋长，这时候就像是一只被惊恐的鸵鸟，都顾不上柴草还没有完全遮盖住自己的屁股。突然从天而降的神兵，吓得他不要说衣冠和装饰，连遮体的皮裙都来不及系上。猛然听到叫喊的力牧，拿着一杆像剑一样长的铁质硬鞭跳进柴房，然后没头没脑地往死里“啪啪啪”地狠狠抽击。三两下蛮角就晕死过去。后来再打就是皮开肉绽和骨头断裂的声音。

结果是任僖“扑哧”一刺矛，由背脊心长驱直入，了结了蛮角的生命。

除了带走金属兵器和肉食之外。战斗结束后，长长的队伍开始奔向有熊这座都城。

在路上，宁封子看到被俘的魑部妇女和男人，清一色都晃荡着他们的双乳与命根。他们跟牲口一样被藤绳串绑着被牵走。一路上过沟爬坡，只听到将士们凶狠的吆喝和鞭打催促。沿路不时有嶙峋的老者倒伏，有伤残者被杀死，甚至有光着脚丫瑟瑟缩缩的妇女，怀抱哇哇哭号的婴儿而哭泣。

而在队伍的后面，经常出现远远尾随着等候分享尸体的豺狼。

男女俘虏被带到都城有熊后，即刻被分赐给权贵被当作苦力和性奴。

从此，在这个世界上，蚩尤九黎部落的魑部彻底丧失。

有熊城的熊

有熊城没有熊。

黄帝联盟部落的都城有熊果真很大！但见田畴粟稷，城墙高耸，房屋接踵，阡陌规整，人来人往，一派熙熙攘攘的景象。相比于所见的宁邑村镇，在一个刚刚从盘古山上下来的宁封子眼里，它其实就像是现在山沟里的人到了大上海，感觉就是一个眼花缭乱、不可名状的人海世界。

大概有多少人呢？三五千人的样子。

所以这个时候大家不要好笑。以上对于一个都城的描述，都应该是在我们现在想象中的一个低调和缩水。比如田畴，不过是农业集体化时的边边角角自留地的规模；城墙，无非像高过人头的近似土豪家的土筑围栏；房屋，就是现在偏远村落里零星分布的草棚式的猪圈牛栏；阡陌，正如荒野里被鲁迅说“走的人多了”的名言所示。

这里三五千人的样子，其中包括黄帝本身的有熊氏族部落，近郊的已经被联盟的小型氏族，以及驻守有熊的嫡系军队之中的熊罴二部。每个兵部在五六百人左右。

在这个地方再往前一点的远古，就是居住着少典部落的一个叫作“有熊”的小国。《汉书·地理志》上说，“河南郡有大隗山，盖禹、密、新三县也。”《水经注》里解释“大隗即具茨山也”。具茨山，也就是现在的河南新郑市西南姬水河一带。

这个部落联盟，当然不像是小打小闹的巢燧部落联盟。

原始社会后期形成的这种规模性部落联合的组织，就是以某个强势部落为领导核心，联合周边至少三个及三个以上的自愿部落，以增强军事力量，一致对外，固守疆土，以及加速发展。实际上就类似于现在抱团取暖的联邦。

有熊城最早是作为有熊氏族单一部落的所在地，到了黄帝日渐强盛的时代，“诸侯咸来宾从”。因此这里不仅圈进了周边一些中小型氏族，还源源不断地会聚了众多的闲散流民，也自然而然就成了中原南部部落联盟的政治中心。

有容乃大，这就是黄帝成功的秘诀之一。

看看宁封子新来乍到的待遇，就能知道黄帝这个人招贤纳士的本事。反义词叫“收买”或“笼络”人心。宁封子作为黄帝亲自引进的高级人才，一落地就被轩辕黄帝赐予了高堂茅舍与居家小院，而且是坐落在有熊城中央帝室的旁边，与文相风后、大鸿和武将力牧等权贵相邻。如果不是他主动拒绝，黄帝甚至还通知他可以去挑选男女奴婢若干。

这种优厚的待遇，就让宁封子心领神会，暗生感动。

而且不仅仅是对待封子，对盘古山上下来的所有勇壮都做到居有巢屋、食有鱼果、日有所事。崭新的生活阳光灿烂。

来到有熊的时间，宁封子感觉过得既慢又快。

除了偶尔会想到山上的佶好、鸟鹗和部落之外，一个冬天他过得新鲜舒适，不知不觉。雪花飞舞之后又是杨柳新绿。交割陶罐之后他意欲返回，但是诚挚的黄帝热情有加，像是对待自己的亲兄弟那样，几乎是天天邀请封子去灯火通明的王室共享晚宴。有时是他们俩闲情逸致，把酒言欢，有时让黄帝擅长烹饪的三妃丽娱伺候，有时竟叫上次妃方雷氏女节陪同畅饮，有时候又隆重地召集文相武将一起东南西北，高谈阔论。

但千万不要把“晚宴”想象成灯红酒绿。

不过是火堆上放几个蒸煮的陶罐，以及搭几根烧烤的架子，散乱的人们像野炊一样喝一点清水或果酒，拿细小棍子小板子到架子上或陶罐里去夹去捞。无非有鱼有肉，汤汤水水的罐子里可以尽情地捞出一些粟米和果叶，顶多的秩序是三妃丽娱等人在边上做一些切碎、夹送，或者搭配的服务性工作。嘿嘿，在这里我就不再破坏大家的想象，继续去还原他们所谓

宴席的档次或规模。

再就是有三宗私情，也让封子这个山里人有些迟疑缠绵。

他父亲从滕的血液里，就流淌着这种柔和温顺的原始因子。

第一，妹妹任僖与力牧恩爱同居。只有十五岁的任僖为情所困，懵里懵懂，作为她在有熊的唯一亲人，她从小到大一直跟着做哥哥的，总是觉得突然丢下她一个人放心不下。暂缺“家天下”与“冷酷”的雄风，这就是他“涉世之初”与文职人员感性优柔的一个方面。

第二，从盘古山上下来的那一帮护村队勇壮乐不思蜀，并经受不住城市的诱惑，接二连三地在有熊城索亲结缘，追逐异性。正是生机勃勃的季节。宁封子幼稚地认为，迟早是要带这些人返回盘古山驻地，但是在这段时期，他必须静下心来祝福与等待他们度过一段人生甜蜜的时光。

第三，聪明的黄帝像是宁封子心里的蛔虫一样，在冬天冰雪融化的时候，在封子的新鲜感行将耗尽的时候，及时拨给他西郊洧水河畔一大片丘陵和五十名能工巧匠给他统领指挥，让他建造作坊窑炉，使得他沉湎于陶艺制作和技艺传授之中。因此他的日子开始变得丰富而踏实。

再有一点致命的软肋就是，他这个善良仁义有济世心胸的“鸿儒”，往往经不住专业政治家的激励和鼓动。说白了，这事业的本身，其实就是他自己一直潜伏在内心的雄性愿望。比如有一次在邀请文相武将喝酒的时候，黄帝竟然站起来指着宁封子大声跟大家说：“诸位可能不知道，老天让我们两个出生，就是要我们两个在这个世上分别做两宗大事。”

大家静下来放下觥盏。

黄帝用指头指点着说：“我，负责除暴安良，统一华夏；他，负责帮助黎民，改善生活！”

群臣点头附和，“说得是，说得是。”

“这只能算是黄帝的抬举。”宁封子诚惶诚恐，生怕受妒于在座各位，等黄帝坐下来就起立说，“我不过是盘古山上巢燧部落的小小头目，我既有幸跟诸位共进晚宴，更不可以跟黄帝相提并论。”

“错误！你要有这个信心和雄心，等我们一起统一了华夏，消灭了像蚩尤这样的蛮霸势力，到时候大家就可以居而无忧、安心生活，你也可以与你们的部落和亲人在一起过幸福的日子。”

黄帝接着又趴在他耳朵边说：“我能够跟你保证，我只需要两三年的时间。”

“我请封子下山就是这个意思。”黄帝接着当众发问，“封子，你能不能跟我保证，共同为天下人创造幸福呢？”

宁封子激动地站起来双手举觥，大声对黄帝说：“我们有巢氏受尽了强势的凌辱，有幸遇到了造福于天下的黄帝，怎么能够不愿意同心同德？”说完他自己热泪盈眶，当众一饮而尽。

因为第三宗事情应对了宁封子的心意。从此他带领五十位能工巧匠，仿照后山盆地的工作模式，在有熊城西郊建起了宽敞的作坊、众多的团窑和连绵的龙窑，并委派垱月和昆吾分别做坯坊和窑炉的执事，开始了他充实的制作和烧炼生活。

这个陶器厂就相当于现在有权有势的大型国营独资企业。他就是这个御用和军工企业的“执行总裁”。他从此以后在这个企业谋篇布局，发号施令，统领着众人用泥土和大火创造出各式各样的精美陶器，完成一批又一批黄帝下达的王室、外交、赏赐和军用器皿的生产任务，并普遍受到观赏者的由衷赞叹与崇敬。

但是，在工作中他很快就感受到了一个困惑。

任谁干谁都会产生这样一个困惑。因为陶器厂的这些工匠均源自民间的木匠、篾匠或泥匠，几乎都是制造陶坯的生手。用一双惯于干粗活的手慢慢去学着捏巴捏巴泥料，其工作速度与质量，不要说宁封子怀有“以陶惠民”之心，就是仅仅做军用陶器也不知要做到什么时候才能有个尽头。

经历过缺失生活器皿苦难的封子，紧跟着黄帝最大的心愿，就是最广大的人民群众在生活中都可以用得上陶器。然而现实的情况却是，黄帝除了联盟内部那些归附的诸侯需要赏赐之外，仅嫡系熊、罴、狼、貅、貙、虎等六部，就有近四千将士。因为陶罐是一个极其容易破损的器皿。而且还可以肯定的是，就算是永不停歇也满足不了部队的需求。

由于这一困惑，在这段时间里，宁封子在作坊里又琢磨出一种快速高效的制坯方式——轮制。也就是将一坨泥料，放在一个像水平转盘的木制陶轮正中，利用固定在底部中轴上支点的惯性旋转，以杠杆搅动起陶车，然后用双手将泥料拉扯成想要陶器坯胎形状。

这一先进省时省力的制坯方式，彻底解决了制作陶坯时搓、捏、盘、打等慢工细活的效率。陶人只要掌握双手固泥的稳定与力度，三两分钟就能拉扯出一个比以前更为浑圆光滑的陶泥坯胎。

封子，真是一个神一样的圣匠！

这种人工陶瓷坯胎轮制的方式，一直在中国沿用了四千多年才宣告结束！

常先参本前后

另一个面临陶器出世的后续状况，是需求与供给的矛盾，在有熊这座作为资本主义社会远远没有产生的城市里，已经在短时间内迅速成了一对不可调和的尖锐矛盾。

稀缺的陶器作为时髦的用具和摆设，在有熊城的家庭里一时间成了尊贵的象征。作为黄帝王室和外交的专用器具，除非文相武将偶尔受到的赏赐外，市面上一般都杳无踪迹，千金难求。普通的民众都知道有一种精美实用的器皿，但一般的家庭根本无法拥有。胆子大一点的人会跑到权贵的家里，去求着见识见识这样一种稀罕的宝贝。

那就像是翡翠和钻石。

它与稀有金属器皿一样，在当时，只要是家里的案头上摆有陶壶陶罐，他们家人的地位和权势就受人敬仰和羡慕。即使在那些个有来头的家庭厅堂里面，虽然早就把过时的木器竹器和石器放到了后室，平时也只是在小心翼翼地使用陶壶陶罐，而且也一定会将那些陶器摆在厅堂的显著位置，甚至特意设置案几或台架，像供奉藏品一样，将那些精致的陶觥、陶鬲或陶簋等稀罕的物品显摆在上，以炫耀自己与王室的密切关系。

打个比方说，那个时代拥有了陶器，就相当于我们普通的家庭在二十世纪五六十年代拥有手表、自行车，七八十年代拥有电视机、冰箱，九十年代拥有手机、汽车一模一样。

造成这种“有熊陶贵”局面的原因非常简单。

宁封子主持的黄帝作坊和窑厂根本就没有机会，也不可能惠及芸芸众

生、黎民百姓。

甚至不要说一般的百姓黎民，就连居住在他房前屋后的文相大鸿和幕僚常先们都眼馋心痒，爱心难耐，萌生贪念。他们之中终于有人忍耐不住强烈的欲望，或者在半道上偷偷地拦着封子，并附着他耳朵讨要过陶觥；或者悄悄地把他拉到前院的角落，求他帮忙私下里烧制一个陶簋。

“出窑后淘汰下来的陶觥次品，可以不可以带给我一个？”这是常先拱着手跟封子耳语的原话。

“我确实是喜欢陶簋那个样子，我以耒耜一套与你换取如何？”文相大鸿讨要的方式略显得斯文。

他们用的都是这样谦逊和蔼的语气。

宁封子当然不能够答应。

他确实是忙不过来，军用、王室和外交用陶的任务接二连三，且细心而有创意的黄帝在功用和造型上都有苛刻的要求，颇有时不我待的迫切感。另一个是王室规矩，陶器都应该由黄帝亲自赏赐。一般诚信严正之人都懂得遵守规矩。假公济私僭越的行为很可能会遭到“监正”的参本。

为了完成黄帝所交代的历史使命，宁封子在这段时期每天清早就从城区中心出发，步行抵达洧水河畔的作坊窑场。一到陶器厂先是向作坊的执事垱月布置一天的陶坯任务，然后到分管窑炉的昆吾那里看看烧炼的火候，或者开窑出陶的品质。接着剩下来的时间，他就一个人关进一间独立的轮制拉坯工作室，坐在陶轮车边上面对着泥巴，尽心尽力地研究开发新型的陶器装饰和品种。

这个陶器厂的办公室兼工作室，一般人是不能够擅自进去打搅的。除非有特殊情况，当然也除非是昆吾和垱月。这段时期，宁封子专业性的研究工作成效突飞猛进。不但在陶制功用上由容器拓展到了食器、饮器、灶具以及汲水器等类型，而且还开始由双耳装饰延伸到三足、兽脚、流嘴、腰把等造型，以及突破了鱼龙花鸟图案等饰纹。

请记住就是在这样的条件下，成就了一个技术人员一生的鼎盛时期。

陶器厂的龙窑也由一座增加到三座，窑炉烟火不绝。即便是这样加班加点，关于“陶惠于民”的建议，宁封子在晚宴上向黄帝提起过多次，但是结果都被一拖再拖，迟迟得不到下文。宁封子这种固执己见的再三建言，一时间成了文相武将之间谈论的笑柄。

后来出现的事情就完全像挨了一记冷枪，冷枪的伤害完全出乎封子的意料。洧水河畔有一条荒芜的支流天然冲沟，里面杂草丛生，虫鼠穿梭。那是一条溪流改道后被废弃的深沟。陶器厂的昆吾就因地制宜顺势而为，做主把那条窟沟当作倾倒工业垃圾，也就是破陶废品和碎渣土屑的地方。

不知什么时候，这个垃圾场竟成了定期的闹市。

每当有窑工挑出废渣出厂倾倒，就有很多的城民像苍蝇一样，纷纷在废渣里争抢着扒拉出破沿与裂纹较小，或者是质地尚未烧熟的残次器皿。来垃圾场的人越来越多，人们呼朋唤友，热闹的阵势赛过了围猎。因此发展到后来，在有熊城的民间餐桌上，竟然流行起弥补了残缺或打磨掉结渣的陶器。

终于有一天，封子在殿堂上遭到了参本。

参本者为黄帝的幕僚常先。常先乃一矮胖之异人，在《史记·五帝本纪》上有，黄帝"举风后、力牧、常先、大鸿以治民"之说。常先当众向黄帝揭发封子指使窑工内外勾结，将成品当作废品倒进窟沟，致使王室专用器皿大量出现于民宅与黑市交易之中，如果不加以严禁，甚至很有可能会被流失到炎帝和蚩尤的部落。

宁封子当时看到有三缕胡须的常先单膝跪在地上，两手向黄帝举起一个貌似正品的普通陶碗为证。而这时候文相大鸿也向前迈进一步，拱手添油加醋，说也曾耳闻到民间有此传闻，望黄帝明察严惩。

殿堂上的臣子们议论纷纷。

封子站在殿堂后面的角落，自始至终在殿堂上他都属于"潜水"一类的角色。他当时只不过是黄帝陶器厂的主持，在黄帝属下职务仅仅相当于部落里的一个专业执事。而能够在王室殿堂上议事的那些人物，都是些联盟内狮子老虎一样厉害的猛兽，或者像猿猴那样精明的家伙，跺跺脚就可能发生地震，吐口痰就能够铁板钉钉。所以轮上轮下，都轮不到他这个苍蝇蚊子跨步上前进言。

黄帝拿眼角瞥一瞥封子。

封子接过被举证的陶碗，摸一摸碗底的疤疤癞癞的陶渣，就心知肚明也痛心疾首。

但他还是斗胆辩驳："各位认真看一下碗底就清楚，这其实是一个出窑结了泥渣的废品，被人捡回去后打磨平整使用，只不过是打磨得仔细，丑相在底部不易察觉，就被人拿出来冒充正品作为参本的证据。"

他继续说："陶器厂出窑的所有废品，均为龙窑执事昆吾检验把关。昆吾是南蛮流民，早几年被我们有巢氏部落收留，一直跟着我兢兢业业无有闪失。而且我和盘古山上下来的人都可以证实，根本谈不上内外勾结，他和垱月在有熊城没有任何亲戚朋友。"

但是黄帝脸色阴沉。

宁封子说，"如果要说是陶器厂的错误，那就是结渣和半生的陶器废品在倒掉之前没有彻底地粉碎，以致打磨修复后仍然被市井享用和市场流通。但我认为这样做不仅破坏了物尽所用的善心，而且还违背了我们惠及民生的本意。"

"不对，结渣何以能够修复得如此平整？我参本的意思是有人吃里爬外，以正充次，假公肥私。"常先说。

武将力牧听不下去，插嘴责问常先："除了这个渣碗，你是不是还可以拿出一些罪名的依据？"

……

文相风后也站出来说："我不赞成将残次品彻底打碎，本来惠陶于民就缺乏条件，让我们的城民享用废品那不是罪过。"

但是大鸿针锋相对："不是怕城民享用，而是担心流失到联盟之外。"

殿堂上又七嘴八舌响起，声音杂沓纷乱。

黄帝一声不发，最后拂袖散席。

他不是面对有无例证的争执感到烦心，而是为自己的将相臣子开始各怀心机离心离德而感到痛心。当时正是实施天下统一的关键年月。黄帝不希望这些鸡毛蒜皮的琐事充斥殿堂，因此他闭门思索，检点律法，三天三夜不上殿堂。他从此再也不大规模私设晚宴招待这些形形色色的文相武将，也难得轻易亲善个人和随意赏赐御品。

这期间因不清楚黄帝所想，陶器厂工人们也觉得憋屈，上上下下或心怀愤慨，或心有忐忑地等待处置。大家沉默失声，并每言每行如履薄冰。

时值春夏之交，又逢有熊城阴云密布时节，在宁封子和陶工们都担惊受怕的时候，突然城内外纷纷传言西北神农氏部落有人来会。因与蚩尤的九黎部落争夺黄河下游失败，年迈的炎帝派来巨人族的大将夸父和刑天，前来向黄帝祈求联盟，共商灭杀蚩尤事宜。

目击者描述：夸父和刑天双膝跪在王室大门之外。两个都是巨人，跪在王室之外就像是两座硬邦邦的巨石雕像。

《逸周书·尝麦解》上说，“蚩尤乃逐帝，争于涿鹿之阿，九隅无遗，赤帝（炎帝）大慑，乃说于黄帝。”

东夷九黎部落联盟的酋长蚩尤，素以傲慢凶残闻名于中原。在北方与炎帝争池掠地，在南部又纵容其属下部落经常骚扰黄帝边界。又有张守节撰《史记正义》，引《龙鱼图》曰：“黄帝摄政，有蚩尤兄弟八十一人，……造立兵仗刀戟大弩，威震天下，诛杀无道，不慈仁。万民欲令黄帝行天子事。黄帝以仁义不能禁止蚩尤，乃仰天而叹。”

夸父与刑天代炎帝来求的这天夜晚，黄帝密召封子到王室候事。

宁封子还以为是接受参本一事的处分，赶忙宽衣正襟，摸黑出门疾行，到殿堂毕恭毕敬静候。等到黄帝微笑着走出内室，在灯火下随意就坐把盏促膝，宁封子才明白黄帝是想听听他“是否出兵”的见解。

黄帝和颜悦色地询问：“你们在图地受尽了蚩尤部落的欺凌，据说丛滕酋长也死于魑部的刺矛，现在正巧有个上好的机会，可以与炎帝一起联合出兵替有巢氏报仇雪恨，不知你意下如何？”

封子低头略思片刻，对皇帝说：“我就说说我内心所想，希望黄帝不要怪罪。”

“哎呀!”黄帝捋了下胡须，将屁股底下的蒲团拉近宁封子，说，“我请你过来，就是想听听你的真实想法．你就不要有所顾忌。”

封子就立身拱手，诚恳地说：“我期待黄帝统一天下，造福于民。但是我看到过在宁邑的肆意剿杀，所以尽管有巢氏与残暴的蚩尤和蛮角不共戴天，但是罪恶与九黎部落的黎民无干，滥杀无辜真不是我封子想看

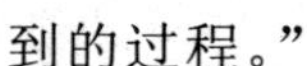

到的过程。”

说完宁封子躬身作揖。

黄帝说：“不斩草除根会留有后患，大概力牧在宁邑的想法就是这个意思。”

封子说：“黄帝啊，你是做大事的帝王，以后普天之下莫非王土，率土之滨莫非王臣，所以我私下以为，以暴制暴株连九族，可能更会后患无穷！”

这时有一股夜风穿进门洞，并挨着殿堂的屋柱子旋转一圈经过灯火。于是就有好几个火苗忽闪忽闪，一时影响到室内的光线。沉吟了须臾片刻，黄帝突然发出“哈哈”大笑的声音。

“仁义啊！”黄帝起身拍拍他的肩膀，“封子真是我难得的仁义臂膀！”

“你说哪一个会相信，像你这种人会内外勾结以陶谋私？”黄帝感慨地述说，“我治五气，艺五种，抚万民，度四方，为的就是以德振兵，除暴安良，统筹华夏，造福于民。所以放纵剿杀并非我黄帝本意。现在有封子你这样的人与我同德，让我统而有度、击而慎行，实在是天下苍生之幸，又给我添股弘之力！”

于是第二天，在有熊北门城外隆重点兵。

下篇

陶正已经成仙

陶正随征

却说在有熊都城的北门之外，这天东方欲晓，晨风吹拂。擂鼓声声，号角连营，熊旗猎猎，且有高贵的轩驾数辆两厢伺候。轩驾，这种据说由黄帝亲自发明的代步交通工具，也就是一种仅仅能够在平原上使用的，有帷幕的原始木制车辆。

而驻扎在有熊都城的熊罴二部一千二百多位将士，正中列队立定于城下方阵排开。两边外加昆吾、挡月所属的陶器厂工匠和任僖率领的巢燧部落的勇壮。我们也不清楚当时有哪些兵器，但是类似于石质、木质和骨质武器林立可以笃定，列队的喝令声威风凛凛也毋庸置疑。这次黄帝率队亲征，都城将士倾巢而出。同期兵符火速飞散，调遣外驻嫡系貔、貅、貙、虎四部向涿鹿进发。

此情此景，让夸父和刑天耳目一新，叹为观止。

点将台上息鼓耸纛，鼓号旗手呈八字形排开于后。在台前中央，气势轩昂的黄帝目光炯炯，峨冠披敞。两边分别站立着一同远征的文武相将，他们是风后、力牧、嫫母、仓颉、岐伯、封子和广成子等人。

这次的点将发兵仪式，一共有三个重要的议程。

第一就此借机，正式任命封子为黄帝联盟部落的陶正，协助帝王主政陶器等生活与军用器皿开发、制造、分配、推广诸多事宜，为帝室重要文相官员序列。这个官职具体管辖由黄帝新设的陶部，拥有陶器厂工匠和陶部护卫。

关于“陶正”这个官职的称呼，《左传·襄公二十五年》曾记：“昔虞阏父为周陶正，以服事我先王。”杨伯峻注：“陶正，主掌陶器之官。”

这天清晨，文相风后高声宣读王令之后，有一洁净的司仪官配合着呈上物品，由黄帝当众亲自加授羽冠。封子跨进一步上前，台下在司仪启示下欢呼顿足，一时间管乐适时响起，顿时天高地阔。然后陶正封子鞠躬朝拜黄帝和奔熊旗纛，最后再面众躬身、低头、摊手以致诚挚的谢意。

这一年，宁封子十九岁。

议程的第二项就是，颁发熊罴二部和巢燧联部大型特制陶罐，近似于后来铜鼎的陶罐，硕大沉重，一个人抱起来显得吃力。但是黄帝似乎功力不浅，他随便抱起来授予两支队伍的领头力牧和任僖。台下又是一阵阵欢呼顿足，尘灰雾起。

这仪式相当于对正式认定的单位或部门授旗，起到当众赋权之功效。黄帝真不愧为人文初祖！封子这才清楚地发现，在帝王授罐的同时，有节奏的箫管声是在乐官伶伦的指挥下，由竹管乐队吹奏出奋进激昂的调子。这不是对远古的想象，是史记的实景场面。

远征的每一位将士都腰系着小型军用陶罐，事毕振臂高举武器，齐刷刷地发出“哦哦哦”的喊声以壮军威。管乐、欢呼和授罐，这是一种可有可无的形式，但是做足了它就成了不可或缺的内容。

那时陶罐的功能，远远超出现代军用水壶的效用。它不仅可以盛水，而且还等同于锅鼎随时做食物蒸煮之用。这种硬陶在冷兵器时代，于肉搏关键时还可以当作砸人脑壳的重磅武器。黄帝真是一个绝无仅有的将帅之才！

最后一下，就是队伍的“开拔”。

发号施令的权力自古就是留给现场的最高领袖，但是当初这个议程并非是黄帝一声令下而敷衍了事。组织千军万马去干一件杀人放火的正事，这种叫作“战争”的行为，还得要有凛然的正气与饱满的情绪去支撑精神。所以千万不要低估了古代的智者，否则黄帝在氏族纷呈和强劲纵横的华夏也成不了一统天下的气候。

这实际上就是远古战事的战前动员。

喝酒成了征战之初的礼仪，竟然是出现原始社会部落联盟之间的讨伐之时。果酒是那个时候一切激动人心的针剂。山多林密，果树遍野，果实多得往往在百姓储藏窖的陶器里变酸发酵。因此，最后是饯行的百姓蜂拥进队伍和台上，将果酒的香甜作结城北的仪式，并且能催生出黎民拥戴的盛况和豪情万丈的决心。

其实他们都是战士的亲朋，或者是由“里”“邑”这些基层组织鼓舞过来的城民。

这时黄帝“除暴安良”的吼声响起。随之鼓声“咚咚”地擂起，号角声声，回肠荡气。

宏伟的城北门外，声势浩大！这时我们完全可以设身处地联想到，作为首次融汇于庞大集体的巢燧氏人，以及第一次肩负重大历史使命的封子和任僖，他们是怀揣怎样一颗跳跃的心脏，浑身变得燥热和亢奋。

于是在公元前2690年有熊城的黎民百姓，看到浩浩荡荡的上千雄狮踏起遮天蔽日的尘灰，随着帷幕轩驾和弃熊旗纛的移动，而像一条长龙一样杀气腾腾地向北扑去。

话说蚩尤城在今天河北省张家口市涿鹿县矾山镇南三公里的龙王塘一带，有三米城墙夯筑于高处台地，方围不过数里，环境条件都很不错。有《魏土地记》证实：“涿鹿城东南六里有蚩尤城。泉水渊而不留，霖雨并侧流注坂泉。”

对于蚩尤这个有争议的人物评价，太史公的《史记》原文说，“诸侯相侵伐，蚩尤最为暴”。前面也介绍过他“诛杀无辜，不慈仁”。但是性情的残暴不仁，并不等于说蚩尤在智慧上是一个像蛮角那样的粗俗傻瓜，否则他也成不了“战神”“威震天下”，他所辖的区域也不至于会生产力发达，能“制五兵之器”。乃至于南朝的史学家裴骃，在撰写《史记集解》时还情

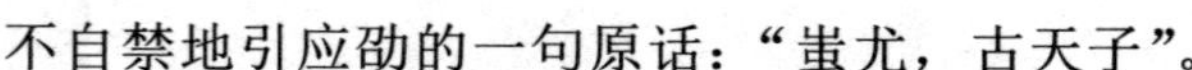
不自禁地引应劭的一句原话："蚩尤，古天子"。

炎黄联军去围剿蚩尤部队的时候，正值天干气燥的夏季。天上万里无云，骄阳连日如火。在干旱缺水的中原大地上，向北蜂拥而至的黄帝大军扬起的灰土，像沙尘暴一样滚滚席卷、遮天蔽日。他们沿着五行山山脉的东麓邺城（今安阳）—邯郸—井地（今邢台）—获鹿（石家庄）—保定一线，途经易地的紫荆关，然后到蟒石口。前锋抵达大流水沟之南安营扎寨。

蚩尤城就在它的东北面十几二十里路以远。

引　蛇

部队一抵近前沿，炎黄联军面对的问题凸显出来：

如果是蚩尤及其部属面临兵临城下城门紧闭，水食充足而据城以抗的话，那么在人类冷兵器的初始阶段，尽管炎帝和黄帝外加羌兵大军压境，也仍然是以“千里远疲”之兵相向，无异于以卵击石。

那就只能用“调虎离山”或“引蛇出洞”的招数。文相风后与陶正封子，几乎是同时提出了这一建议。

这一次宁封子随军参议，而文相大鸿和幕僚常先却被破例搁在有熊留守都城。作为一名远离军事上任伊始的陶正，黄帝这一回点将的思路有违常理。但他是帝王，帝王愿携宠幸之臣同行，其他人屁都不敢乱放一个。况且黄帝毕竟是黄帝，他早有预感，想有所作为的封子莅临前线，绝不会只是一个花瓶摆设。

“引蛇出洞”这一招的意义在于既可以不伤及城内无辜黎民，又可以截断其部队水源的补给。

北征的队伍抵达桑干河南边、矾山以西十多里之外的地方驻扎下来，是因为大流水沟以南的植被繁茂，隐蔽性良好。当晚在军帐内议事，黄帝异常高兴地与炎帝的代表夸父、刑天之意见达成了一致。天时、地利和人和，三针一线无不对位。最巧合的是大家突然发现了在蚩尤城北有一块适合围歼的战场，实际上那就是一块叫作“涿鹿”的原野高地。

此地在《史记·五帝本纪》里确载：“黄帝于蚩尤战于涿鹿之野。”

所谓史书上记载的“涿鹿之野”，就是指当时这块地处蚩尤城北郊荒

无人烟的野外台地。现如今的这块高地已经是张家口市涿鹿县的县城所在。我们如果查看现今涿鹿县的地理介绍，就可以看出当时黄帝异常高兴的原因。

“全县地势南北低，中间高。”在网络“涿鹿县”百科词条中就有这样的一句。什么意思呢？凸出的高地无水。当时这里地处桑干河以北的高地为草甸地貌，稍大一点的植物是为灌木，勉强地东一簇西一簇那是稀疏的桦树丛群。

在作战计划中，“涿鹿之野”就像是一只冲着蚩尤城西门张开口子的麻布袋一样。袋子的底部也就是西边有巍巍五行山作为天然屏障；北部有炎帝所领的弱势兵力，以及炎帝请来的友军羌兵设阵扼守；南边就是声势浩大的黄帝的熊、罴、貔、貅、貙、虎的嫡系六部。

前往麻布袋口上的蚩尤城引蛇出洞，当然就由蚩尤曾经的手下败将炎帝的部属完成。第二天天不亮，按捺不住激动心情的夸父和刑天，就迫不及待带领着他们几百号兄弟，来到西城门下像撼树的蚍蜉一般大喊大叫。

这就是冷兵器时代所谓的“叫阵”。

对于东夷的九黎部落，挑战者将各种各样极尽侮辱的语言都派上了用场，蚩尤的嫡系魑、魅、魍、魉部属的形象被贬得连畜生都不如，至于另外他八十个兄弟（魑部蛮角死了除外）及其部落，均被歪曲为“八肱八趾”“人身牛蹄四目六首”，也就是世俗所说的牛头马面一样丑陋的妖魔。

这是激将法之一。

之二就是开始用石头像孩童一样，远远地“嘭咚嘭咚”胡乱甩砸城门。但是都不起作用。城门厚如铁砧，石头碰到城门近似于强弩之末。

最后就是夸父和刑天这两个巨人，面对在城上前来观阵的蚩尤，不断高举着斧与钺，百般轻蔑和嘲笑地挑衅。天刚刚朦胧见亮，还有晨雾尚未散尽，但是讥讽之声清晰可辨。可以设身处地替蚩尤想一下，一个素来战无不胜并拥有强大兵力的残暴之人，看到的是寥寥无几的数百号残兵逼近家门，面对着已经是败军之将的夸父和刑天，听到的是一片叫骂和砸门之声，哪里就可以忍耐得住心头之火。

他绝对不是一只缩头乌龟。

蚩尤甚至已经咬牙切齿地想好了，这次抓到了两个傻大个一定亲自剐骨碎尸。于是蚩尤杀气腾腾地大开城门，率领手执铜兵铁器的将士出来应战。

按理这一天守候在稍远的黄帝他们，本来都备有陶制水罐，让蚩尤钻进麻布袋后就可以迅速截断其退路，就可以胜算在握地赶狼群一样将他们赶过桑干河界，包围在涿鹿之野慢慢尽情地剿杀就是。但是人算不如天算，矾山这一天早上的雾气不仅没有散去，反而越来越浓，弥漫到三五步之外，就到了相对不辨、寸步难行的地步。

而且更为奇怪的是，在随后的时间又忽然相继乌云陡暗，狂风大作，天降暴雨。

这当时的一切异象在史书上都有详细记载。

黄帝虽然有指南车辨别方位，渐次后退。但是，夸父刑天所属的将士只好停滞不前，或者落汤鸡一样挤挤攘攘全身湿透，并遭到对方一些零星弓箭的胡乱射击。黄帝的手下，因为这却拥挤也出现了少许的伤亡。直到蚩尤将士缩回城内，风雨渐渐停息，那些“狗没有咬到，反惹得一嘴毛”的诱敌之兵才拖枪悻悻而回。

现在大家都已经知道：如果地面上的热量散失温度下降，空气中又相当潮湿，那么当它冷却到一定程度的时候，空气中的一部分水汽就会凝结出来，变成很多细小的水滴，悬浮在接近地面的空气层里，这样就形成了阻隔视线的雾气。

俗话说“谋事在人，成事在天”。

第一天的战斗计划，就这样被大雾和风雨化为了泡影。

虽然那边蚩尤部落并未发觉包围圈的存在，这边的阵脚也没有太大的损失，但是不利的因素在于：炎黄联军庞大的队伍像泛滥的蝗虫一样，白白耗费了一天的粮草，延时对于远征之兵是一种致命的伤害。

对于这一天失利的原因，长年生活在盘古山里的宁封子感到内疚，并主动跟黄帝做了分析和检讨。熟知大雾规律的他，忽视了头一天和下半夜的气象。然而像是哑巴子吃了黄连一样，所有人都没有半句怪话与怨言，因为在干燥的夏天平原上很少出现这种奇异的天象。更何况后来又狂风大

作，天降大雨。风后和广成子都是黄帝手下的高超异人，事后也只有灰溜溜缩到一边，出帐仰望苍天。

《山海经·大荒北经》里曾记叙过这样一个史前战斗故事，与这次“引蛇出洞”后的战争非常相似。它说：“有人衣青衣，名曰黄帝女魃。蚩尤作兵伐黄帝，黄帝乃令应龙攻之冀州之野。应龙蓄水，蚩尤请风伯雨师，纵大风雨。黄帝乃下天女曰魃，雨止，遂杀蚩尤。”

大致意思是说黄帝呼唤有翼的应龙蓄水，以便淹没蚩尤军队，蚩尤也请风伯、雨师，一时风雨大作，黄帝军队再次陷入困境。危急中黄帝只得请下天女旱魃阻止风雨，天气突然晴好，蚩尤惊恐万分，黄帝这才乘机指挥大军掩杀过去，杀死了蚩尤。

我估计这就是古人无法解释那次战争中的奇异天象，说在战斗中双方凭借巫师或者神怪的力量作法，运用神话的想象来弥补对大自然理解的不足。

涿鹿之战的陶器

第二天天亮，将军力牧又要夸父和刑天发兵。

但是遭到了封子的阻止。虽然不像第一天那么朦朦胧胧，然而在空中还是看得出有一些湿气，稀薄的雾像是蚕丝一样在低空游弋。风后和广成子也赞同地点了点头。而这一天万里无云，夏天的太阳将头天湿透的草地泥土又暴晒得干硬板结。

第三天夸父和刑天已经不月提醒。在凌晨星光尚未完全褪尽的时候，就赶紧披甲执器，传唤兵丁。帐篷外叽叽喳喳和丁零当啷的声音，吵醒了黄帝等一批文相武将。是应该去调虎离山了，凌晨的气象就显现出良好的战机。

但是，这个傻乎乎的宁封子又自作聪明，他坚决认真地挡在夸父和刑天锐利的斧钺前面。夸父和刑天虽然人高马大，但都不好埋怨起火，只有拿眼睛无可奈何地回望着黄帝的文相武将。广成子和风后都看不惯了，撇撇嘴角，鼻孔里喷喷气表示出一丝讥讽意思，然后心平气和地扭头瞅着黄帝以静制动。甚至连封子妹妹的相好力牧也控制不住自己，走上前用肩膀的力气把封子挤到一边，给夸父和刑天让出一条开拔的道路。

“听陶正的。”黄帝开口说。

广成子说：“这都快没有粮草了，这么多人在这里消耗了几天。”

封子说：“要等到涿鹿之野晒出灰尘。”

黄帝坚持说：“这一回，大家都听陶正的。”

于是早起的人们，又乖乖地缩回帐篷继续回笼各自的瞌睡。然而这一天确实是热得起炕！太阳才刚刚爬出地平线，在帐篷里的人就闷热得待不住了，脸上身上都油老鼠一样淌着臭汗，跑到树荫底下低洼的潮湿泥草地上躺下。有的人后来还欣喜地找到了有一丝丝积水的洼地，去浇脸和湿润身体。风，只能源自不断用手扇动着板块或兽皮。

光着身子的奴隶们，在穿梭着给黄帝将相们的陶罐里加水。

很多人甚至都在埋怨着“贻误战机”或“坐以待毙”。

第四天再不出击粮草就没了。这边熊、罴、貔、貅、貙、虎六部的传令兵都报告，队伍所带的食物消耗将尽。但是，黄帝还是看了看封子的意思，然而才点头发兵去引蛇出洞。

这一天在太阳爬上树梢的时候，这个诱敌深入的计划方显端倪。

这个时候，宁封子远远地看到蚩尤的大队人马，狂飙一般地追赶着拼命逃跑的夸父和刑天及其部属，从东南的蚩尤城方向朝西北奔去。身材高大、腿脚老长的夸父和刑天最擅长奔跑，但是他手下一些非巨人氏的士兵却连滚带爬，叫苦不迭，羸弱者或沦为“刀俎”下的“鱼肉”。引诱和追逐，就这样如同席卷一般笼罩着涿鹿之野。他们身后溅起的漫天灰土如雾似烟，喧嚣尘上。

由于身处高地和阳光照耀，黄帝和封子一帮“肉食者”在很远很远就看到了蚩尤这个蛇头，紧紧咬住夸父、刑天的队伍，摆动着稀里哗啦的一长溜蛇身蛇尾，风驰电掣般地离自己的洞穴越来越远。

这个时候黄帝就高高地站在轩驾辕档之上，左手一指，命令力牧和任僖率领熊、罴、貔、貅四部和陶部勇士，呈一字排开尾随着灰尘将麻布袋口迅速收拢。黄帝再右手一挥，命传令兵即刻狼烟发令，使貙、虎二部火速截断蚩尤的回城退路，并冲进蚩尤城剿杀守城的所有残余。

我已经介绍过涿鹿之野，是一个缺乏水分的荒野高地。

但我还是要强调高地上没有水源，流水又上不了高地。加上经受到火炉一样的太阳整整两天的烘烤暴晒，那些存留在地面的灌木和草丛中的一点点湿润，片刻就化作肉眼看不见的蒸气，都被太空消化吸收得无影无踪。

草萎地旱，平整无挡，正好是一个涿鹿围猎的战场。扼守于北面的炎帝和羌兵向南压逼，汇合着返身回击的夸父和刑天一帮将士，呼啸着像浪潮一般冲上去报仇雪恨。等到黄帝的熊、罴、貔、貅四部北向合拢，一只勒紧的麻布袋就将蚩尤及其部下紧紧包裹起来。

“丁零当啷”。

涿鹿之野上金石相砍，短兵相接。

这时候只见这块高地上人如乱麻，吼声震天，尘土飞扬。在骄阳下情绪紧张的长时间搏击，特别容易消耗士兵体内的水分。尤其是已经追赶了二十多里路程的魅、魍、魉等部落的将士，都气喘吁吁、腿脚发软、嗓门冒烟。但是，蚩尤的部下确实是名副其实的不要命的凶猛，就是到了炎黄联军包围圈不断缩小收拢的时候，都没有一个人惊恐萎缩、返身逃窜，或者跪地求饶。

所以，就好比屠宰没有捆绑的牲口，一个个要在追逐拼搏中被杀死。

炎黄联军需要的就是杀戮的时间。

嘶喊吼叫声一片，剁、砍、刺、绞……从大上午一直杀到下午，彼此的武器都折了、断了、丢了，眼睛都红了，然后就相扑肉搏，撕咬踢打，拳脚相加。

面对“四面楚歌”的围剿，绝望的蚩尤兵就在精神上先落一筹。

在战斗高潮的时候，黄帝这边的优势再一次明显上升，战斗力一下子猛然加强，一个将士的力量甚至可以抵得上对方两三个，甚至更多。他们腰上的陶罐和泉水帮了他们的大忙，那都是由黄帝策划出来的，由封子制作烧造的硬性军用装备。

将士们各自把陶罐里的水一饮而尽，有多余的就浇在头上，这时候浑身就像吃了人参喝了鹿血一样，顿时劲头倍增，精神饱满。这种一大半必胜的心理优势，支撑着大家英勇豪迈地一头扑向敌阵，对准那些早已经干渴难忍、软不拉几的蚩尤士兵，然后果断地将手里铁硬的陶罐狠狠砸向对方的脑壳。

蚩尤兵脑浆迸裂，鲜血如注。

仿佛是发现了新式武器一样，黄帝和羌族的士兵都站在旁边瞠目结舌。而九黎部落的士兵一见高高举起的陶罐，就吓得丢下兵器，像碰到法宝一样转身哇哇地逃窜。

到了临近黄昏的时候，黄帝和宁封子等人都亲临涿鹿高地的边缘，看到蚩尤部落死伤大半，头颅开花，而逃窜者零星跌窜，血流挂面。涿鹿之野这才声浪渐稀，求饶声起。炎黄两军打扫战场，收缴到大量的金属兵器，也串绑了一大批用作奴隶和炮灰的俘虏。

这就是史前著名的涿鹿之战！

黄帝的意图

封子又见兄长祁貙，是在涿鹿之战后的第二天上午。

分手转眼就将近一年。作为骨肉至亲的兄弟，按理会寻求一切可能的机会去久别重逢，但是祁貙不然，祁貙是因为嫉恨弟弟而愤然下山出走。当然也确实是没有机会，尽管同为黄帝的肱股之臣，然而一个是王室的文相内臣，另一个是驻边的守军外将，又都日夜在为黄帝的统一大业忙于职守，所以平时的关系几乎是“不相及”的“风马牛”相处。

其实，真要是都急于相逢，那根本不要等到涿鹿之战的第二天上午。

在大获全胜的头一天晚上，他们两兄弟就有很好的交集时间和机会。因为在这一天晚上，黄帝手下的三千多人都聚集在蚩尤城内外宿营过夜，而他们两个临时下榻的地方，就被分配在九黎部落酋长蚩尤的行宫里面——他们住所，两厢隔壁。

很显然的事情，蚩尤的行宫现已人去楼空。至于蚩尤本人，他也没有能够逃脱“恶有恶报”的下场。

黄帝亲自验收过送来的首级。据呈验的传递官禀报，蚩尤最后是被守候在蚩尤城内的祁貙杀死。蚩尤凭借高超的武功逃出了炎黄的包围，于严丝合缝的麻布袋缝隙间钻出。但当他精疲力竭地企图返回蚩尤城的时候，被埋伏在城门背后的祁貙一刀杀中要害。

随后貙部的士兵蜂拥而上，乱刀乱枪相向，碎尸万段。

《皇览・冢墓记》云：“传言黄帝于蚩尤战于涿鹿之野，黄帝杀之。身体异处，故别葬之。”民间又传蚩尤有不死之身，需身首分离，躯体八块，

并分葬于九处不得完尸才不复再生。之前，黄帝也曾与蚩尤断断续续交手，现在终于去掉了这个“九战九不胜”“三年城不下”的心头大患。

在涿鹿大捷那天晚餐的时候，宁封子很高兴听到了兄长祁貙被黄帝记大功一次。

拿下固若金汤的蚩尤城，让祁貙统领的貙部折兵损将花了不少的代价，而一举斩掉蚩尤之首又使得涿鹿之战锦上添花。随后不出几天的工夫，周边所剩九黎部落联盟内的部分氏族纷纷归附黄帝。而另一部分于心不甘，或者想远离是非的部落，只好不远千里举族向南背井离乡，最后大多数都逃亡到华夏西南荒无人烟的山区隐身埋名。

从此以后，除长江之阴的南蛮地带外，中原大地仅剩下炎黄两个较大的对手联盟。

在黄帝和将相们晚餐的时候，唯独大将祁貙还在忠于职守地领着貙部的士兵，在城内外继续搜索残余和加强警戒。所以黄帝在命令史官仓颉记功的时候，兢兢业业的祁貙将军还在黑咕隆咚的蚩尤城外，忙于布兵设岗和带队巡视。

这就是宁封子和他，在头一天晚上没有会面的原因之一。

当时天色已黑，蚩尤城内外的道路上大多是举火行走的人们。那些不会移动的光亮，一般都是驻扎在开阔地面的军营，也就是营帐与营帐之间的篝火。其实在这种天气炎热的晚上，疲惫不堪的士兵更多的是愿意躺倒在许多空出来的民房和院落里面做梦酣睡。这时候那些依然在漆黑的巷道上走动的人，就有可能是巡逻、换岗，以及传令的将士，或者是连夜领取奴隶返回住所的权贵及其下人。蚩尤城内的“亡国奴”急于发放遣散。

晚宴上，封子就坐在黄帝的右边。

黄帝想了想还是低声问封子：“此战你功不可没，你说说你意欲何求？”也就是说，轩辕黄帝一时高兴想奖赏封子，但又不知道奖励什么才好。

而封子想都没想，就笑着回答：“我无所求。我只愿协助黄帝尽早扫平天下，换取黎民生无所忧，活有所适，国泰民安。”

“好！”

黄帝又问："那你愿意接管蚩尤城，为我们部落联盟承接冶金之术吗？"

"不是我不愿意接管。冶金之术，仅带数十匠奴去有熊即可承接。"封子起身作揖，说，"至于驻守城防之事，我建议当用有功之臣。"

以上就是第一天晚餐时，宁封子与黄帝的全部对话。

且说骨肉重逢一事，问题不是出在晚餐的时候。封子与祁貙两兄弟没有能够当晚见面的问题，是出在晚餐之后的事情。这都是不应该发生的事情。我已经说过他俩下榻的地方同在蚩尤的行宫，而且还是一壁之隔的相邻两厢。

这又是轩辕黄帝的意思。

据说那些行宫以前的用场，大部分成了蚩尤"藏娇"的"金屋"。相传只要是俘虏到好看一点的女奴，就被收押关养在里面。在蚩尤城正中心的行宫一共并排有三套，每套有好几间内室和一个宽敞的前院。而当晚被临时分配下榻的位置分别就是：宁封子带着昆吾和垱月住在东边，祁貙带着衣松和圪莒住在中间，任僖和力牧大将住在行宫的西边。

这真是一个周全细心的黄帝，如果他要是不能一统天下，那就真的没有人可以统一得了天下。当幕僚广成子征求黄帝意见的时候，黄帝低声在广成子耳边叨咕叨咕了几句，就形成了一个兄妹三人并排下榻的格局。

这样分配居所的用意非常明显。轩辕黄帝他是一个胸怀大志的帝王。他还有更加宏大更为长远的谋略有待于实施。他总是在顺势而为一步一步地兑现着自己的心思。当时的建筑条件就是那么个样子，那一排行宫与行宫之间的厢房仅板壁之隔，两边的声音彼此都能够隔板相闻。

这就是原始社会。

但是心胸狭窄的兄长祁貙，并没有顺应这次黄帝给予的机会。

这就是封子与兄长祁貙，有机会却不曾谋面的原因之二。

兄长祁貙

以下就是在第一天晚上，兄弟俩错过交集的具体经过：

开始，昆吾和垱月还在外面替主人处理一些零星的公事杂务。宁封子在晚餐散席之后，天已经黑得不能再黑。当他一个人进驻行宫最东边那套的时候，他就惊讶地听到内室里好像是圪莒和衣松讲话的声音。

是他摸进内室才发现，圪莒和衣松并不在自己的内室。

原来是内室的隔板缝隙间，清晰地透露出一些忽明忽暗的火光和忽大忽小的声音。隔壁有两个人在喝酒和作乐，以及女奴们被折磨时发出尖叫的声音。宁封子听上去非常耳熟，因为圪莒和衣松的发音都有些与众不同。圪莒声音的特点像是破嗓门的鸭子一样粗麻、浑厚和有些沙哑，而衣松则更像是被阉割了的男人，始终如女人一样尖锐、细软，让人肉麻刺耳。

就着缝隙观看隔壁，宁封子还发现在圪莒和衣松的身旁，围坐着五六个还没有松绑的赤身裸体的女奴。有两个年轻一点的蚩尤部落的女性，被他们当作牲口一样骑压在胯下。雄性的东西都可能挺放在人家的生殖器里面。他们两个像是变态一样在一边喝酒作乐，一边用手打掐着女奴的脸面、乳房或屁股。

女奴尖叫不已，身上伤痕屡屡。

但是宁封子无能为力。

这是开始。后来，也不知道过了多久的时间，宁封子突然听到了祁貙在隔壁进门的声音。

他一下子就感到亲切和高兴，血液突然就沸腾起来。他甚至站起身仔细拿耳朵确认。这时又听到妹妹任僖随着祁貙一同进屋的声音，宁封子就再也抑制不住内心的激动，大跨步地走出内室，想立即出门越过前院拐到隔壁去与兄妹见面。

然而就在这个时候，就像树冠上蹿出了一只游隼，他还没有走出厅堂，就猛然被尖嘴“咕噜”一声啄了一下，这一啄便叼走了他亲情的灵魂。他踉跄了一步刹住了脚，他觉得双脚异常沉重，他被任僖与祁貙的对话内容捆住了出门的脚步。

任僖在说：“哦，我去把封子一起叫来。”

祁貙说：“要去你自己去，你不要把他带到我这里来。”

“哦，为什么？”任僖说话依然是喜欢夹杂着“哦”字。

“不为什么，自从离开以后我就不想见他。”

任僖问：“哦，封子做了什么对不起你的事吗？”

“没有吗？难道没有吗？”祁貙反问任僖，“衣松说得很对，部落里的好事全都被他一个人霸占了。如果佶好这个女人和酋长的位子随便让给我一个，我至于现在东征西突，用命来换尊严和地位？”

“哦，追随黄帝除暴安良，不是你当初的想法吗？”任僖说。

“是除暴安良，可是容易吗？这几年弄得我浑身是伤。”祁貙掀开对襟。

“哦，那言行不一，我现在才发现你原来是一个懦夫。你不要掀开给我看了，那我也走，我现在也不屑于跟你在一起说话。”

这个晚上宁封子就是这样，一直到妹妹的“哦”声不再出现，任僖的脚步声远去很久以后，他仍然独自坐在漆黑的屋子里一动不动。他痛苦地用双手捂着脑袋，眼含着泪水就像是一个被遗弃的孤儿那样，坐在那里想念分别已久的母亲鸟鹗和亲人佶好。他年纪轻轻就开始像一个久经世故的长者一样眯起眼皮，样子变得有点近似于当年陷入困境的鸟鹗。

他在痛苦的时候，想念遥远的亲人。

盘古山上的巢燧部落可好？失去了勇壮的几十个老弱妇孺又怎么生活？

后山盆地的龙窑是不是已经烟火不再？

……

当然不只是一记闷棍可以形容。

宁封子的眼泪终于滴落下来。紧闭的眼睑像是在屏蔽外面的世界。可以说这是他在离开盘古山以后，最深重最孤独的一次黯然神伤。他在念惜兄弟血缘之情，现实却让他料所未及。反过来说，他这是在“以君子之腹度小人之心”。他前脚刚刚向黄帝推荐了兄长，后脚在就寝之前才感觉到了这位兄长的恨心似山，薄情寡义。

但是这个晚上糟心的事情依然没有完结，还有最后。

最后，是在这一天夜深人静的时候，另一个令人惊奇的消息，让他从低落的情绪里自拔出来。他大吃一惊。他这天晚上在快要睡着的时候，昆吾和垱月的回来使得他一下子回到了现实。昆吾和垱月一进门就在封子面前“扑通”一下跪了下来。他俩跟随着封子多年，还从来没有过下跪的经历。

垱月举着一个火把。

“请酋长治罪……”

昆吾小声说：“我在被分配的奴隶中看到了我失散多年的叔伯兄弟。他们不是蚩尤部落的人，他只是跟我们一样属于南蛮番地的流民，一直被蚩尤当作奴隶使用，现在又让黄帝当作奴隶正待发配。”

宁封子赶紧蒙住昆吾的嘴巴，指指隔壁。

然后，都关进最东边的内室。

宁封子轻声问，“那你叫我治你什么罪？”

“我们没经过你同意，就已经以你的名义，把他们当奴隶解救领受出来了。一共有七个男女。”

“你就是请示，我也会叫你这么做的。”封子关心地问他俩，“听到了你们番地什么消息吗？”

“听到了，我父亲又重新当上了酋长，我叔伯兄弟就是在我父亲重新即位后逃出来的。”

“那你为什么要去救这些叔伯兄弟？你父亲现在很可能也在到处找你们，你们现在完全可以返回去协助你父亲管理部落。”

昆吾和垱月说：“我们不愿意再离开你，我们愿意就这样跟着你继续过一辈子，我们让那七个人都投奔盘古山去了，我们希望他们以后也跟着你一起过。”

“唉，真苦了你们一片情义！”宁封子长叹一声，感慨万分，过了很久很久才说：“就凭你们这样宽宏大量的气度，你昆吾和珰月跟着我做下人，真的是委屈了你们崇高的品性和才能！”

至此，宁封子就再也没有说话。

宁封子这个晚上一夜未眠。宁封子在不知不觉中，就这样为自己埋下了一条致命的祸根。

差不多都忘记了叙说关键的人物，就是得势猖狂的“兄长”祁貙，这个愚不可及的家伙一直回避着与兄弟的重逢。他早已经在内心对盘古山这个闭塞的故乡、有巢氏这个落后的部落，以及自己的过去与骨肉乡亲视如敝屣，付之一笑。

然而山不转水转，一个槽里混饭的牲口总归有对面相逢的时刻。

话说在涿鹿大战后的第二天上午，雷厉风行的轩辕黄帝聚集文相武将和广大士兵，在城门外颁布王令。文相风后当众宣布：一是遣回大将力牧率罴部和任僖率陶部迅速班师有熊都城；二是貔、貅、虎三部仍然返回到各自原先的驻防之地；三是黄帝直系的熊部留下来保驾护航，以及文相武将等在蚩尤城处理战后事宜。

这天上午艳阳高照，在城西门外的点将台上，黄帝为表彰貙部的元帅祁貙，还特意亲自发布了另一道命令，“祁貙将军和他的貙部因为夺城有功，剿杀了蚩尤，所以我命令他从今天开始，率部全权接管蚩尤城城防和一切政务”。就是在这个时候，与黄帝并排站在奔熊旗纛下面的宁封子，在台上看到分别已久的兄长祁貙。

祁貙就站在台下。

因为面阳而立，所以紧靠台前的祁貙显得十分抢眼。

在遣散各部军队之后，点将台下只剩下两拨留驻的人马。除了熊部前面飘扬着熊旗之外，另一队人马前面飘扬的就是貙部的貙旗。一只形似狸状的高大猛兽，作飞扑的样子被高高举起。站在貙部旗纛下面的两边，分别是貙部的大将圪莒和计谋衣松，而伫立在圪莒和衣松的前面，正是强壮威猛手执长刀的酋长祁貙。

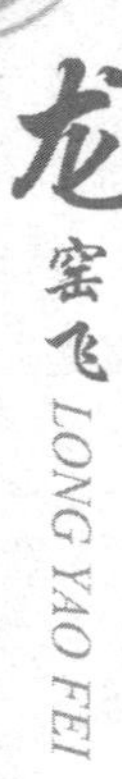

他身后有六百号威风凛凛的战士。

被宣布接管蚩尤城的城防，祁貙就相当于黄帝分封在地方的一方诸侯。

封子和祁貙一个是俯瞰，一个是仰视。这也是兄弟俩分手之后，第一次面对面相视的角度。

雄赳赳地站在队伍的前面，祁貙还是当初一副叉腰横胯虎背熊腰的勇猛架势。他肩膀宽阔，尤其是通过经年不见的战争磨砺，他厚实的胸背现在已经发展得就像一块剁肉骨头的砧板。左耳朵部位那一块的头发平直下垂，封子清楚那是一只豹子拼命留给他的缺陷。祁貙脸上与宁封子最大的区别就是，祁貙的鼻孔朝前，会气势汹汹地不停地朝外喷发着热气。

见到兄长祁貙的时候，封子又像酋长鸟鹗当年在洞穴时一样闭上眼皮。

因为宁封子一眼就读懂了台下的表情。他开初在与圪莒对视的时候，圪莒的表情都挂有一些喜气，这个大大咧咧的猛士并没有忘记有巢氏酋长。但是在视线与视线相碰的时候，面对台上的宁封子，衣松和祁貙都仿佛是没有认出来一样，始终摆出一副功臣的样子昂首挺胸，无动于衷，或者就是视而不见。

事后，封子来到蚩尤原先的殿堂找到黄帝，固执地以陶正的身份再一次正式提出“惠陶于民”的四项建议。

宁封子实际上站在台上就开始深谋远虑。

臣　子

宁封子在蚩尤城向黄帝提出“惠陶于民”的四点建议分别是：

一是将陶部现有的五十位业陶匠人，实际上以前也是社会上各类行业的能工巧匠，分别派遣到熊、罴、貔、貅、貙、虎六部，以支撑大量消耗的军用器具的正常供应。这个建议，相当于在筹建我们现在部队的后勤保障部门。

二是将现有陶部改称为炼部，管理并直辖陶器和金属等生活高端用品的炼造，以改善黄帝联盟高端享用、将官体质、武器供给和外事应酬。这个新设部门，就相当于后来封建社会里油水充裕的工部，或者宫廷造办处。

三是将从盘古山巢燧部落带下来的近百号所谓的陶部护卫，撤回归附炼部专职生产使用，另加所俘的蚩尤城奴隶工匠五十人，以从事并传授冶金技术。这一换防的动作，便于今后联盟内造办事宜的迅速实施。

四是抽调盘古山上懂得制陶技艺的人民，拿着王令，由鸟鹨率队深入黄帝联盟内的各个部落，义务传授普及业陶技艺。这项服务于基层的动议，有助于全民生活质量和兵源体质体能的尽快提升。

消灭九黎部落联盟以后，黄帝所辖的人口和区域像翻跟斗一样骤然剧增，正是胸怀天下、谋篇布局和人事调配的档口。踌躇满志的宁封子有一天趁着黄帝相对清闲的时候，准备充分地来到他临时下榻的蚩尤殿堂，面对面把自己详细的想法陈述了一遍。

封子忠心耿耿地说：“根据现在这种态势，黄帝的统一大业已经指日可待了。怎么样才能快马加鞭锦上添花呢？所以我认真思考了很久，才想出以上这么一些，自以为力所能及的工作建议。”

“等下等下。陶正总是替天下着想，真是难得的贤臣！”于是黄帝当场乐呵呵地叫来仓颉，将封子的建议用文字详细记载下来。之后意犹未尽，黄帝还示意陶正稍等片刻，拿眼睛在殿堂、内室、长廊上到处搜索，最后想了想还是进了自己暂住的蚩尤寝室里，拿出一套精巧的冶炼作品“剑铠矛戟”慷慨地赐予封子。

但这毕竟是全局性的战略大事。

“这个马虎不得。封子啊，容我仔细想想再做定夺，好不好？”黄帝就这样一直把他送出了大门。

轩辕黄帝日理万机，安排妥涿鹿城接管的琐事，又忙于对蚩尤联盟部落的招安工作。因此，一直忙到返回有熊都城，等到二十多天以后黄帝才空出时间，召集文相武将到王室殿堂里议事。这位华夏大地初始的开明君王，特意就“惠陶于民”的这项建议召开专题会议，想看一看大臣的表情，听一听他们的想法和意见。

陶正封子当然也在现场。

这时炎夏已过，秋雨正一阵一阵地在压低气温，田野里沉甸甸地丰收在望，有熊城里的人开始在房前屋后的大树上摘取果实，所以一些文相武将在去殿堂的路上还边走边啃食苹果或梨。封子套上了一件紧贴胸背遮风抵寒的简易丝衣，一路上微笑着与熟悉的同僚们打着招呼。

仓颉对着一个上面刻着横七竖八痕迹的龟甲，向诸位详细通报了封子的建言。封子听到仓颉嘴里“惠陶于民”四个字刚刚吐出，殿堂里的部分官员就忍不住发出嘲弄的笑声。但是这种近似于搞笑的态度，即刻被黄帝严肃的目光四下一扫，就像风卷落叶那样打压殆尽。

“陶正的目的无可厚非，建议也是冲着修德抚民、兴艺强帮而提的。”黄帝说。

“是时候了。”黄帝又说，“现在拿出来商议，就是为了使它能够进一步完善，更加方便实施。”

黄帝还补充说：“当然，如果有不同的意见，也可以公开提出来。只要是有益于华夏统一大业，道理充分，以上的建议也可以再做修改，再做商议，再就高见。”

殿堂上，沉默冷静了片刻。

力牧跨进一步表态：“陶正的想法有益无害，而且代表了民意，实为良策！”

文相风后也支持道：“我以为至少有三点好处：首先是成立炼部，统一了联盟内的陶金铸造和器皿配给；其次，分派陶部现有人员下到各个军部，能够及时保障军需；最后就是派人赴各地传授陶业，为百姓所盼所用，可以迅速为黄帝赢得各个部落的民心。”

“好！”黄帝一拍大腿，说，“风后条条是理！”

这时突然“嘟噜”一声，大半个梨掉在地上。制定并管理历法的官员容成倒背着双手，他竟然忘记了手里还拿着没有啃完的东西。因为这时黄帝的三妃丽娱在窗外经过，胸脯抖动的幅度吸引了一部分官员。靠窗的容成就情不自禁松开了手指，忘记了手中还捏着残剩的梨。

“但是黄帝，我说一句不该说的意见仅供参考，不知妥与不妥？”

这时候好在常先发言。一直缩在后面的常先挤进人围，面朝黄帝和文武将相拱手致意。

“大胆说。”

常先习惯性地撇一撇嘴边的胡须，说：“如今中原尚待统一，炎帝又态度暧昧，割据着华夏半壁江山，况且他麾下的一些凶暴部落，依然在不时骚扰我们联盟的氏族，不甘不服，横行霸道，与我们争长论短、争名夺利。据传，河东的榆罔部落已多次师出五行山的王屋，意欲掠夺践踏我北部区域。在这危急关头，不提修德振兵，反议锅盆碗盏，岂不是与黄帝的大业南辕北辙？”

黄帝不语。

这时，几乎可以与风后并驾齐驱的另一个文相大鸿，也站出来谏言。大鸿身段修长，言行斯文有道，周全得礼，深得黄帝欣赏和偏爱。但是，这次唯独在北征蚩尤的行动中，黄帝没有让他和常先一同随军前往。这个人物在《史记·封禅书》上有记：“鬼容区号大鸿，黄帝大臣也。”

大鸿有言在先地声明：“我就所知的真相，站出来推测说理，仅仅是为了黄帝的伟业大计，如果语言上多有得罪，还请封子陶正与各位相谅。”

大鸿不紧不慢地说：“第一，将现有陶正的五十位部属工匠安插到军队各部，势必会军民混杂，影响斗志，也使得封子今后可能在各个军队均有耳目亲信；第二，陶正的职务获得的时间不久，就主动要求将手下的队伍扩充壮大，并很可能是在纠集盘古山的旧部，便于暗箱操作，沆瀣一气；第三，盘古山巢燧部落头人之一的佶好，原属东夷部落联盟的蚩尤部下，后又曾与炎帝河东的榆罔有过交集，此人现为封子的相好；第四，让另一个头人鸟鹦率部深入各地游授陶业，虽然打着黄帝的旗号，但极有可能会到处树立陶正的威信，因为这个领头人鸟鹦，就是陶正的生身母亲。”

这个大鸿顿了顿，还接着说：“我与陶正无冤无仇，惠陶于民的计划也不影响到我个人利益，但是，在非常时期黄帝应该防微杜渐，做抉择要防止一切有可能的误差出现。至于面对圈套或计谋、滋养狼子野心、后果不测不堪之事，哪怕是疑似，当下都尽可不纵不为。恭请黄帝和各位明鉴！”

话说到这个份上，一时间举座皆惊，人们目瞪口呆，哑然相视。

连一向勇猛的力牧，都不敢上前。

然而，聪慧的黄帝态度鲜明。他两只手举起来，不停地对随之而起的议论之声向下压制。然后他就站起来表态。他一方面安抚常先、大鸿，是“站在华夏统一大业的角度思考，情有可原”，另一方面又态度坚决地表示“疑人不用，用人不疑”。他说，通过攻打蚩尤的过程观察，他已经深信封子是赤胆忠心，毫无二致。

他强调说，“各位从今往后必须明白，现在锅盆碗盏已经不是小事，更不存在与统一大业相矛盾的问题，它甚至已成为我们修德振兵的重要组成部分。”

最后，黄帝厉声警告说：“巢燧部落于盘古山中丰衣足食，封子在我去拜谒之前，已经经历过炎帝和蚩尤的拉拢，但是他富贵不淫，威武不屈，这都是有目共睹的事实。有些话在这里议事可以畅所欲言，然而点到为止，不可到外面再去说三道四。”

黄帝说：“今天大家都回去休息吧！”

本来这次的议事就这样草草地散去，但是轩辕黄帝精就精在，他当众举手招招陶正“请缓走一步”，并亲昵地走上前挽住封子的胳膊留他下来一起用膳。他是在给陶正的面子。

宁封子哪有什么心思和心情喝酒，可是又推辞不得。幸亏黄帝善解人意，同时把风后和力牧一起留下来陪同，并吩咐擅长烹饪的三妃丽娱下厨，叫来元妃嫘祖和次妃女节共进午餐，才使得整个饮食过程，有了一些可口的味道和轻松的氛围。

关键是这一餐，黄帝有意放开来抚慰封子。

风后又是一个多么精明的老臣，力牧也真心地想让封子开心，而嫘祖、女节和丽娱又风姿绰约，善解人意，所以这一餐从上午吃到下午，中间是左劝又敬、插科打诨、杯觥交错……最后是爽口的果酒，把一个愁肠百结的宁封子喝得云里雾里，烂醉如泥。

受命回山

受命回山是在半个月以后。

其间，黄帝对于改革大计一直都没有动静。

在这十多天里像是什么事情都没有发生过一样，有熊城一如既往，风平浪静。天该晴的时候万里无云，该下雨的时候阴云密布。宁封子作为陶正，继续携带着昆吾和垱月，去西郊洧河边上的陶器厂做坯和烧窑，以按部就班的方式补足不断缺失的军用陶器、王室器皿和外交赠品。

宁封子也吃一堑长一智，应召的时候就去王室的殿堂谨慎议事，没事的时候，他就在他的工作室设计着更多用途和造型的陶器。在此期间，他和昆吾、垱月仿制或研究出来鼎、甑、瓮、缸、瓶、盂、樽、瓿、罂，以及罍等等大量新型的器皿。而每当见到一种新的陶品，黄帝也会兴致勃勃地跟宁封子讨论造型的美丑、适用的利弊，以及修改完善的意见，并在临近用餐的时候请他留下来喝一点小酒。

但是有一次，不知怎么喝多了一点。等到醒来已经是第二天中午，他爬起来的时候吓了一跳。他想起梦中的一个细节把自己吓了一跳。在迷迷糊糊做梦的时候，他仿佛听到黄帝在追问他那领去的七个奴隶哪里去了？封子坐在床头心跳加速，虚汗似雨。

他叫来昆吾和垱月，“你们领出来的七个奴隶，真的投奔盘古山去了吗？”

“我们真的叫他们去了。”

“要是真的去了就好，就怕没去，或者半道上又被抓到。”封子说，“到时候我就是在黄帝面前洗都洗不干净了。”

“主人啊，黄帝是干大事的帝王，眼睛里容不得半点沙子。我们家族之间的内斗，就是因为几句随随便便的玩笑话，才开始缺少信任相互猜疑，最终酿成了亲兄弟分崩离析，加害残杀的。”昆吾又轻声建议说，“与其这样小心翼翼，我们为什么就没有想到，找个偏僻的地方自己干自己的事情呢？”

封子说：“黄帝确实是一个不错的黄帝，但我哪里就想到世事会这么复杂，人心是这么难测。”

垱月插嘴问封子，“还有，劝导护卫队返回盘古山的事，还要不要跟大家提了？”

“唉，不提也罢，我也看清楚了，这都是大势所趋！”封子说，“任僖他们在都城，心早已经变野了，哪里还有回山的念头，顺其自然吧！”

垱月问：“那我们现在怎么办？”

“现在还能怎么办？”封子说，“既然这是我当初的选择，身为人臣，我们现在只能静观其变，看看黄帝有什么态度和动作，才好做我们下一步的打算。”

时间转眼又到了仲秋，北风微微地扑簌簌地吹打着树叶，洧河水面上有肥硕的游鱼掀起一朵朵浪花。就在这种不经意的时候，宁封子他突然得到一个让他回盘古山去的消息。

是黄帝下达的一道指令。

得到指令时他站在原地一下子蒙了，接着出门后他就发疯一样激动得热泪盈眶。他于是就像小孩子一样飞也似的奔到了居所，然后一个人扑在床上“呜呜呜”地痛快地哭了起来。他百感交集，因为是出乎意料的情形，所以搞得从陶器厂回家的昆吾和垱月，都吓得目瞪口呆心慌意乱，站在院子外很久很久都不敢跨进门槛。

“我终于跟黄帝说清楚了，是我们放掉了那七个兄弟姐妹。”封子告诉昆吾和垱月。

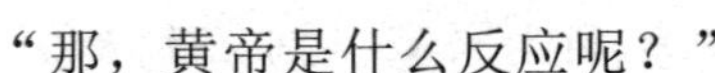

“那，黄帝是什么反应呢？”

“黄帝当场就赞扬了我们的仁义之举。”

……

昆吾与垱月就对了下眼神，没有再说什么。

王令的内容，基本上还是按照封子最初的意思。

一是撤销陶部护卫队，任僖所属的成员按照本人意愿，既可以返回巢燧部落，也可以留下来加入力牧的罴部；二是黄帝联盟部落筹建炼部，新增冶炼匠奴五十，加上原来陶器厂五十名陶工，共计一百号人全由陶正封子统辖；三是本着自觉自愿之原则，陶正回山组建“惠陶于民”的队伍，让鸟鹗领旨率队深入黄帝所属的部落传授陶业；四是鉴于封子及其部落的巨大奉献与功绩，特赏赐宁邑西南的沙河固地两岸，给巢燧氏族做下山迁居的部落基地。

王令在说明黄帝对封子的信赖。

但也并非完全言听计从。黄帝是一个城府很深的稳重帝王，外表从不会轻易显露他内心的荡漾。除了任用和赏赐之外，封子提出的“陶部五十人派遣到各个军部”，以及巢燧部落的人划归陶部等建议，在王令中没有被提及和采纳。然而事实上，果真已经没有多少人愿意返山。

在原始氏族部落里，整天苦于生计、缺乏亲情的大锅饭生活，已经被都城里甜蜜温暖的婚姻家庭生活所击碎。早已与力牧一起生活的任僖，已经鱼入大海，虎归山林。这是一个乐于尚武漂游的女人，她传承了鸟鹗身上部分类似于雄性的基因，盘古山氏族部落一直抑制着她天马行空的天性。

冷漠、忙碌、攀爬、曲折、饥寒、寂寞和恐惧，成了深山巢居留给他们的苦难印象。以至于其他近百号勇壮，基本上都经不住繁华与富足生活的诱惑，他们成亲的成亲，生育的生育。都市充实而闲适的日子，更让他们流连忘返，乐不思蜀。

王令颁布近十天时间，愿意返山者寥寥无几。

于是半个月时间不到，还没有等到分来的冶炼匠奴适应环境，作为王令的具体颁布与实施者，陶正谢绝了黄帝主张他携带护卫与轩驾的好意，就迫不及待地领着幕僚昆吾和女佣挡月，仅仅带了四个人踏上了返回盘古山的道路。

七个人轻装简从，一路沐浴着初秋的阳光。

在路上，后面又追随来五个志愿回山的有巢氏勇壮。

又是一个秋高气爽的清晨，太阳仿佛驱散了他们身上雨季里的潮湿，一路上，白天风驰电掣疾行，夜晚遇水扎帐篷歇脚。一伙有巢氏人果酒微醺，且歌且行，既像是脱离了束缚的奴婢，又很像是解甲归田的老迈。

坚决拒迁的佶好

业已有些憔悴的佶好，坚决不愿意下山。“这里就是我们最理想的部落驻地！”

这完全出乎封子等人的意料。

哪怕是黄帝已经赏赐了一块安居乐业的基地，依附在五行山麓，横跨沙河两岸，有山有水有平原。其地盘面积的总和，算算竟然比九黎部落的涿鹿城还大。

但是，佶好围坐在鸟鹗的洞厅内微弱的炉火旁，一边咳嗽，一边长长地陈述着在盘古山深居简出的好处。封子、头人和所有执事都静静地听着，洞外偶尔有翠鸟的鸣叫，洞内鸦雀无声。

“在这里我们轻车熟路，通过这么些年的打造条件已经非常完善。居有棚屋和洞穴，行有山门和步道，食有果实和禽兽，饮有山泉和果酒，再加上内部无胡搅蛮缠之人，外部离人间是非遥远。像这样一个世外桃源的村落，其他的氏族部落都寻寻觅觅求之不得，我们怎么就舍得说走就走，弃之如渣，另起炉灶？”

这个历经长年奔波和身受数次欺凌的女子，在议事的时候听罢王令，一改头天封子上山时的缠绵与欢喜。面对鸟鹗、封子和昆吾更是愁眉苦脸，如泣如诉，感慨万千。时隔整整一年，与宁封子下山的时候相比，原先丰腴鲜嫩的佶好，不仅仅显得苍白清瘦，而且还变得理性刚毅。

佶好已经不是当初的佶好。

这一点宁封子在头一天上山的时候，就已经觉察出来。头天进山门时，日已西沉，天将擦黑，山道上人迹寥寥，气息冷寂。山腰岩壁附近有袅袅的炊烟在林子的上空飘散，还有鸡鸣狗吠的声音在山上不时传来。

又见佶好时，是她独自一人坐在水塘边上咳嗽。

那种久别重逢的动人场面，毋庸赘言。

但是她的精神状态明显有异于从前。后来宁封子才知道，佶好在他下山的时候已怀有身孕，可是因过于劳累而不幸流产，宁封子听到后痛心疾首。这也是佶好现在略显憔悴的原因之一。

“呃嘿，呃嘿”的连续咳嗽，使得佶好她有些蜡黄的脸上泛起一丝丝红晕。虽然依然年轻，但是佶好的身体已不再似从前。自从宁封子和任僖带领近百号部落的勇壮，随着黄帝与力牧黑部下山攻打宁邑和护送陶罐以后，盘古山上零零散散总共只剩下四五十个人头。尽管这些人大多被排除在勇壮之外，但是这几十个身体依然需要衣着保暖；这几十多张嘴巴，天天也少不了吃喝；四五十个男女，甚至还会产生杂七杂八的纠葛与麻烦。

还幸亏炎帝榆罔部落东侵时，没有走盘古山这条五行里的峡谷通道。

而在这个时候的困难在于后山坳里后山盆地的龙窑早已停歇，勉强凑齐制坯和烧炼的人员，只能就几个老早的团窑小打小闹偶尔烧一些器皿。为数不多的孱弱劳力，这时既要带陶器出门交易，又要肩负起部落渔猎的重任。有些重大或复杂的事情，都需要鸟鹦和佶好这两个女性头人亲力亲为。

鸟鹦，是佶好尊敬的长辈。

鸟鹦一般的工作是带领女人们，在石纺轮上抽野生植物麻纤维纺线。

因为照顾鸟鹦的年迈和大病过后的身体，佶好在更多时候还将许多棘手繁重的负担隐瞒下来，去一个人绞尽脑汁地面对，去偷偷地带人或独自扛起。比如说：连夜去后山坳指挥捣毁一个危险的熊窝；又比如，去山门口消灭一小股企图偷袭的流民；还比如，棚屋村落边的山体塌方需要清理加固，以及孩童有一次掉进了深沟的艰难搜救、两个族人因吃醋而产生斗殴的阻劝，等等，诸如此类。

这是佶好消瘦的另一个重要的因素。

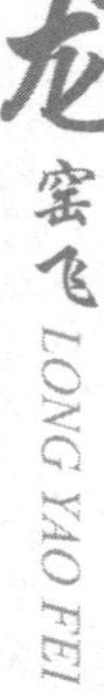

信好就是这样带着一大部分老弱妇孺起早贪黑、事必躬亲地在盘古山上殚精竭虑，呕心沥血，耗费着自己的青春和身体。后来发展到连鸟鹗都感觉到她脸色苍白、上山急喘、腿脚无力，做事总是提不起精神，坐下来就昏昏欲睡，然后像患上了风寒一样，还时不时地低下头颅“呃嘿呃嘿”地咳嗽。

有时候，咳嗽咳得信好直不起腰来，她虚弱的身体会像河虾一样两头缩拢。这时候信好的呼吸就更加急促，脸色更加难看。

信好那时候，已经感觉到自己怀有了身孕。

在那个初春时节，鸟鹗还准备打发人下山，去有熊城找封子禀告部落里的困境和信好的病情。但是被信好当场坚决制止，“我不过是怀孕的征兆，不属于身体虚弱的问题”。信好说，“封子在干大事，我们女人也不能有因为一点点困难就求助于男人”。

她用一大堆理由说服了鸟鹗。

宁封子在第一天晚上，就已经摸到了信好肋骨根根的身体。

这就是他能干、聪明、贤惠且默默体贴帮助自己的妻子！部落的担子撂下就走。作为漂泊在外的酋长与男人，千头万绪，千言万语，只化着一声凝咽，一咕噜吞进肚子。沉默良久，他感伤地搂抱着信好单薄的腰身，然后一声长长的叹息，将头深埋在信好的怀里，泪流满面。

在黑夜里，封子当时就说：“我不再下山了，我不当那个陶正了。”

信好摸着他的头说，“都已经是这样一个社会了，男人不比我们女人。”信好说，“男人要遵守诺言，更要有自己的事做，不能因为留恋家室而灰溜溜地躲在山沟里面。”

封子说：“那你怎么办？”

“这你就放心。”信好将身体贴紧宁封子说，“前段时期已经来了七个投奔的南蛮，你这又带回了八九个人，现在部落里的劳动力已经增强了很多了！”

此刻信好感觉到封子的下体突然耸动了一下，她马上就将自己的身体仰躺着放平，然后让男人翻到在她上面。她果断撩起腰下的皮围，一把捏着封子的东西兴奋地说：“我们来吧，我们这就再增加一个劳动力吧！”

封子双手贪婪地捏压着她的乳房，然后像发情的畜生一样昂立起来，再雄壮有力地深入进去。

这时脸色红艳的佶好“啊”的一声闭上眼睛。

她微微喘着气有节奏地说：“以后我就是，看在我们孩子的份上……也会，照顾好自己的，我不再蛮干苦干了。以后，你如果、想回来，至少要等到、统一了天下。到时候，我们还会、有很多的时间、相守在一起……”

于是，这一天在鸟鹗洞厅的议事会上，按照头人佶好的愿望，大家就不再提迁移下山的事情了。提不提都无所谓：宁邑西南面沙河两岸的固地，成了这个巢燧部落的使用财产，已经是不可更改的事实；赏赐，是黄帝的主要意思，而王令上并没有强求巢燧部落一定要即刻迁居。

各亲其亲

这段时期的盘古山上，虽然劳力短缺费心伤神，但是巢燧部落的日子过得并不是非常拮据。陶器依然是部落间交易的抢手物品。这时候除了鸟鹗还继续居住在崖壁上那个最大的洞穴之外，其余的洞穴或者改作了仓库。有些洞穴甚至还存有衣麻丝席等，那些宁封子手里留下来的人珍惜物质。而更多的洞穴，已经成了封闭式豢养小禽小兽的场所。

这就是头人佶好的功绩。为了老弱妇孺可以居家作为，部落里野生动物驯养的种类在不断地增多。一色的欢蹦乱跳，猪、狗、羊、鸡、兔等都有。只要渔猎回来多余的小型活物，一律都关进洞穴内饲养，并且不断地探索着繁殖的可能。甚至连外面的那口水塘，都放养了许多灰黑色的鳊鱼。

封子上山后的第七天中午，有一件更加可喜可贺的事情出现了。盘古山上突然变得热闹起来。不是举办活动，但是气氛却远远超过了封子上山第一天晚上的接风洗尘。虽然天空云翳飘浮，但是在崖壁下的台地上又烧起了一堆很大的篝火。七十多号人围绕着火堆在成串地烧烤猪肉和羊肉，连懂事的家犬也兴奋地转着圈子边跑边叫。真的是喜从天降！封子、佶好和鸟鹗，都站在崖壁上面的洞穴口子上喜笑颜开。

第七天，怎么突然会增加到七十多号人呢？

因为，在第七天太阳即将当顶的时候，又有十多个勇壮从有熊城追赶回山。这毕竟是赤子的家乡。而且这十多个回家的男人，还分别都带回了他们各自相恋相依的女人。当然他们也带来了许多山上稀缺的谷米和水产之类食物。

黄帝甚至非常信任地让他们都带回了各自的金属兵器，还有一个被漠视的催促陶正返城的口信。

然而在此时此刻，正是举族欢庆的时候，母亲鸟鹗的态度却宁封子惊讶不已。她当众突然大声表示坚决愿意执行王令，率队下山游走于各个部落授陶于民。一听到鸟鹗的宣布，在台地上狂欢的人群当中，那些长期生活在山里而又懂一点陶务的男女，也纷纷跳起来举手“哦哦”地附和，示意自己想跟着以前的酋长，出门去过闯荡天下的生活。

本来，封子都打算不提这事了。但是积极的场面，令陶正猝不及防。

世事，已并非是愿望中的世事；人心，也都不是想象中的人心。不错，“惠陶于民”就是他封子向黄帝提出来的，而且还无视同朝的嬉笑反复再三。但是回到盘古山后，他已经改变了当初纯真的想法，他甚至都想好了拿着王令，在殿堂上回复改变初衷的充分理由。他暗自都坚定了自己今后问心无愧的生活原则。因为他看到了巢燧部落的凋零，佶好和鸟鹗的艰辛，以及自私自利之小人会打着光明的旗号，对慷慨奉献者别有用心的肆意歪曲与亵渎。

当初，为什么要建议由鸟鹗带队出山授陶呢？

因为在“惠陶于民”的前提下，宁封子的初心里包含有恪尽孝道的成分，他是痛心和体谅母亲曾经的挫折和一直的憋屈。适逢母系氏族的晚期，鸟鹗空有一副女人的身躯、男性的雄心和酋长的野心。即便她坐拥酋长的胆略、情感和才干，无奈在摩拳擦掌的时候，天公不作美，旱灾逼人。她身手尚未尽显，却被众人逼宫禅让，此后含恨无语，屈居幕后，郁郁寡欢。

鸟鹗的人生，没有一个人能够将心比心、设身处地去考虑。

而细心的封子在主张陶器出门交易的时候，发现鸟鹗有时主动请缨，就觉察到母亲平时只是顾全大局，但是仍然心有不甘、蠢蠢欲动。

当晚在台地上一清点举手的人数，部落里又有十五人想出门闯荡。好像是捡到了一个人生的便宜和机遇，十五个人都围着鸟鹗在欢腾雀跃。

第二天，临下山的时候又增加了六个。

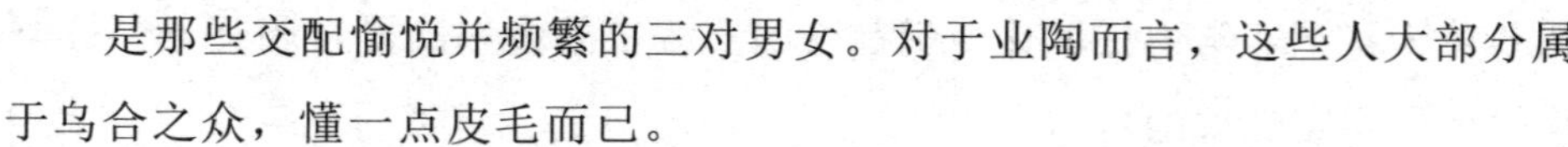

是那些交配愉悦并频繁的三对男女。对于业陶而言，这些人大部分属于乌合之众，懂一点皮毛而已。

整个巢燧部落的成员，也都像是平常的天黑睡觉或天亮起床一样，对于这种突兀的离去现象，竟然没有一个人表示出惋惜、担忧、依恋，或者惊讶。这种随随便便就能够宽容出去进来远走高飞的大众心态，已经在充分昭示出故步自封的原始氏族业已抬起了前脚，正在退出部落形态的狭小巢穴，迈进一个不断流通相互交融的“家天下”社会。

《礼记·礼运》曰：“今大道既隐，天下为家，各亲其亲，各子其子，货力为己，大人世及以为礼。城郭沟池以为固，礼义以为纪，以正君臣，以笃父子，以睦兄弟，以和夫妇，以设制度，以立田里，以贤勇知，以攻为己，故谋用是作而兵由此起……”

人心不古，物是人非。

时间一拖再拖，又到霜降时节，但是鸟鹗与宁封子母子俩等一行人迟迟都没有下山的意思。他们都知道到了该出发的时间，然而他们近似于享受和留恋，今天拖到明天，明天拖到后天，谁也不开口提示，就像寒冬的清晨需要离开温暖的巢床那样。

特别是宁封子他们。

鸟鹗一行都在等封子的决断，但是没有人忍心看到佶好和他的分离。

佶好的身体恢复得很快，脸上已经开始饱满红嫩，精神焕发，劲头十足。作为酋长的封子也整天乐呵呵地，黏在佶好的身边打下手帮忙做事。在空闲下来的时候，他俩就静坐在那个水塘边上相拥着看鱼。

说起这次分手的那一刻都是个笑话。有一天封子与鸟鹗终于一同下山，送行的人和告辞的人都到了山门外的沟谷，最后差一点因犹豫不决又想返回去再待一天。那时正是秋冬之交，天气转为阴冷，不耐寒的植物即将停止生长，草木自此开始落黄。这天清早感觉特别寒冷。

佶好虽然深明大义催促封子下山，但是在心里又难割难舍。宁封子他已经注意到了一大早佶好表情的掩饰。

昨夜已执手相看泪眼，但是送别终究难以控制。

佶好开始是不愿意下山，心胸一起一伏地呼吸，只站在那口水塘边抚树静立，强打起精神微笑。后来被人流裹挟着走下步道，她默默地紧跟在封子背后，好像是搀扶着鸟鹗，送别至山门口打住，然后假装到沟边洗脸，蹲下低头向水，“呃嘿呃嘿”的咳嗽声伴着泪水，滴滴落落洒进溪流。

出山的路曲折而漫长。

封子仿佛能感觉到佶好的哭声，又返回到佶好身边，说，“今天说不定要下雨了，再待一天看看吧。”但是这时候黄帝派风后、力牧和任僖来了。风后和力牧于这年的初冬，把宁封子再一次接出深山。

阪泉之战与凯旋

活捉榆罔的经过，陶正宁封子无缘得见。

前方正在血肉横飞。他却在有熊西郊洧河边陶器厂的旁边，正忙于黄帝交办建造冶炼厂的任务。其实他们建造的就是像今天一间连着一间的铁匠铺子。无非是些规模大些的高温火炉，以及锻打和浇铸的点位。于是，一长溜半敞式的夯土房屋，为了方便淬火而紧锣密鼓地建立在紧邻洧河的岸边。

又一年过去。

这一年的春夏之交，有熊城的日子阳光灿烂，大批军用陶罐烧造之后，宁封子带着昆吾和垱月，整天惬意轻松。他们倒背着双手，听着专业师傅的指点与解释，在工地上来来回回地监督，顶多做点脑力劳动。即在设计方案和具体施工中贯彻黄帝的一些想法与偏好，再尽自己的理解，指手画脚地增加或强调一些有关进度与质量方面的指示要求。

因为有丰厚的食物报酬，当地的建筑工人和抓来的奴匠看上去都很尽心尽责。唯一的区别就是，夯实与搬运之类的苦脏累活计，一般都指使奴隶们完成。相比于翻山越岭艰难和渺茫的渔猎，以及战场上以命相搏的温饱而言，这些城里的差役感觉，简直就相当于如今坐在办公室里的白领。

然而，我们不应该停留在这里絮絮叨叨，我们更应该将视线转移到前线。阪泉之战貌似无关于宁封子的痛痒，陶正在有熊城忙于冶炼厂的建设。但是事后大家就知道，真正解决这场战争的法宝，又与宁封子制造的军罐密切相关。

这是中原地区统一的关键一仗。在长江以北，轩辕黄帝已经没有了更为强大的敌人。唯一与之并驾齐驱或对峙抗衡的力量，就是神农氏炎帝的联盟部落。但是，因为酋长炎帝的年迈力衰、苟延残喘，所以神农氏对待黄帝这边的态度，只能是温文尔雅，得过且过，关系一如井水与河水。

但是，榆罔这个家伙不服。

他要做和平时代的搅屎棍！

榆罔是神农氏族里著名的后裔之一，大概还属于炎帝的弟弟或者是晚辈，拥有自己的一块封地和独立部落。因为炎帝在后期影响式微，软弱无力，而榆罔则从小就习武称横，又正是咄咄逼人的年纪，所以面对窝囊的日子就奈何不了荷尔蒙的驱使，到处惹是生非，成了一个自以为是、无所畏惧的蛮霸。

后世都误以为他就是神农氏里名望很大的炎帝，或者传言为“炎帝神农氏政权的第八任帝王”，等等。《中华百家姓谱》里曾记：“帝榆罔者，名姜克，帝衰子也。”

这个人在当时到底横到了什么程度呢？不说在晋、陕、豫三地交界的河东，曾欺凌过佶好父女及其部属，就是在涿鹿炎黄联合作战之后，他依然不管不顾联军的友谊，胆敢率军穿越五行山山脉，经常东侵黄帝领地，烧杀掳淫，目空一切。

开始的时候一两次，黄帝鉴于炎黄之间的密切关系都姑且容忍，或者在等待神农氏炎帝来制止榆罔。但问题是一而再、再而三得到来自于边界被劫的消息，于是乎，翅膀已经强硬的黄帝火冒三丈，毅然下令大军西进，翻越五行，突袭阪泉。

阪泉，也就是现在的山西运城市解州镇一带。

黄帝这次是继涿鹿之战后，再一次调集了全部的嫡系部队。

陶正宁封子是在事后才知晓这场战争详情的。

这次他没有随军出征。所以在黄帝率部凯旋之时，正好是下午日头偏西的时候，宁封子在洧水河畔监工。城北像是发生了火灾一样，他突然就看到有熊城城民丢下手里的事情纷纷朝北边奔跑。有人还在号叫，“抓到榆罔了，抓到榆罔了，抓到榆罔了！”事情就这么简单。

等宁封子他们赶到城北的时候，先头部队熊、罴二部已经浩浩荡荡经过了城门。

他们没有看到被押解的榆罔，反而惊讶地看到自己的子弟兵不像是凯旋，像是溃退的残兵败将拖枪而回。按照常理，班师回朝的队伍，一般打头的旗手本应该雄赳赳地挺胸举旗，但是他们将原本可以迎风飘扬的旗纛斜扛在肩上。旗面上奔熊和扑貙的图案，因而都软皮耷拉地遮掩在麻布的皱褶之中一晃一晃。火烧了貙旗的一角。将士们行进的样子有气无力、神情沮丧，有的甚至是焦头烂额，衣服烧黄，碎片飞扬。

封子拉着垱月的手跑上前一看带队的祁貙，竟然发现貙部的长官和计谋衣松满脸泪痕，悲从中来。虽然大获全胜，但是貙部的猛将圪莒死了！

事后才听到市面上的传说，圪莒是被榆罔的大火活活烧死的。

当天晚上在王室前面的广场上，不断挑衅黄帝尊严与底线的榆罔，被结结实实捆绑着跪在冷冰冰的硬地上，面对放置圪莒及其他牺牲将士亡灵的牌位。在阪泉城被黄帝的熊、罴、貔、貅、貙、虎六部大军围剿了两天三夜，火攻是榆罔防御强敌唯一奏效的手段。在孤独的阪泉城内，榆罔这时他已经远无援军解救，近乏突围的猛力。他只有躲在四面楚歌的城墙里负隅顽抗。

但性情敖烈的榆罔，他宁死不降。

榆罔的部落当时不过只有八百号将士。面对人山人海密不透风的围困，火器防守成了他坚持的唯一手段。

这里面又有燧人氏部落的因素。原来在东夷留下的燧人氏部落成员，在老酋长燧皇和佶好逃离之后，并没有得到魍部酋长利石的原谅，于是燧人氏部落七零八落各自逃命。而其中有一股成员慕名投靠了强势的榆罔，他们以为找到了有力的靠山。但是，榆罔只把他们当作战争的炮灰，仅借助燧人氏的火力特长，组建了一支类似于挡箭牌的火军。

在这关键的时候，祁貙及其貙部在阪泉又夺得了头功。

因为祁貙的将士，在这次围歼的第三天中充当了敢死队的角色。

虽然让被俘的榆罔在亡灵面前跪绑了一个晚上，但是凯旋的黄帝并没有因此而露出一丝胜利者的笑意。榆罔被指定反背固定在一截木桩之上。

尽管其体壮如牛，视死如归，但是被日晒夜露了一天一夜的榆罔，已经像一团烂泥那样软不拉叽。他实际上的感受也已经是羞辱难当，生不如死。

然而更为蹊跷的是，水与食物照常有人强制性灌喂，黄帝并没有让他轻易死去的意思。

轩辕黄帝在他凯旋之后的表现令人费解，他一没有举行庆贺，二没有理问王政，三不愿迈出王室。他把自己关在高高的殿堂之内，闭门致哀、静思，或者在等待什么结果的出现。其实这些天有熊城许多人都看到了，在王室殿堂的窗棂后面，黄帝像鹰隼一样只不过偶尔伫立注视，脸无表情地看一看外面下跪的仇敌和围观的子民。

阪泉之战原本可以速战速决。

但是士兵一接近阪泉城，就遭到燧人氏的猛烈火攻，抛掷火球或发射火箭。在飞出的火球和火箭面前，身穿春寒之装的黄帝几千号人马，在城外就犹如一堆没有用处的干柴。有史以来都是这个样子，再凶猛的动物都一直畏惧烈火。火器不要说在原始社会，就是在当代也算是现代化战争手段的重要组成部分。

当时的进攻，就等同于以薪投火，或者是飞蛾扑火。

阪泉城顾名思义就不短缺水源。犹如蚩尤城一样，远古城堡的定位都不会忘记赖以生存的水源。而榆罔平时掠夺来的食物储存，也可供城里人关门死守，长期抵抗。因为进攻者也需要消耗，所以“围困至死”的战略战术，对于黄帝大军而言已属于天方夜谭、纸上谈兵。

于是试图以速度和猛劲拿下阪泉，再三强攻，连续了两天两夜。

无奈城池固若金汤，城墙下一坦平阳的战场上烈火熊熊、浓烟滚滚。

那时候，黄帝、力牧和风后都远远地站在大纛下亲自督阵。貔貅二部扑上去的将士一批又一批，前赴后继，均是引火烧身，送肉炙烤。面对滚滚的火焰，体毛与衣服瞬间就变成了火球，烫伤灼伤的士兵屁滚尿流，返回身连滚带爬地仓皇逃窜。而那些倒下的人体，便呼天喊地翻滚挣扎，最后是乌漆墨黑、皮开肉绽，惨不忍睹。

这个时候在阪泉城外的上空，就弥漫出一股浓重的骨肉被烧焦的恶心气味。

对于黄帝这边，两天里的进攻没有任何成果。没有成果，就等于是在帮助对方增添成果。面对痛心的惨状，失望的黄帝和风后、力牧等都束手无措，心力交瘁。他们正准备坐下来，商量着类似开挖地道等笨拙方式的时候，这时候军帐外祁貙突然来报。祁貙拱手跪倒在帐门之外请缨，向黄帝等人禀报他冒死一搏的计划，为了节省时间和劳力，他准备在貙部组建一支敢死队再做最后一次冲锋。

这是背水一战。

计划非常周密，这次冲锋由貙部大将圪莒亲自带队，共计五十个队员。在五十个人冲锋之前，黄帝指挥在城东、城西、城北三面各部组织队伍，摇旗呐喊地摆出一副蠢蠢欲动的架势，意欲佯攻。

佯攻的措施果然奏效，至少已经致使阪泉城的榆罔慌乱了手脚，赶紧分散火军照顾四面八方的城墙，以至于每一个方向的城墙上都火力稀疏，防御减弱。

貙部的敢死队队员事先人人棉衣滚沟，身裹厚厚的湿泥。

当时上面乌云压城，下面浓烟滚滚，阪泉一带肃穆紧张到天昏地黑的境地。真正的攻势确定在阪泉城南。午时三刻，祁貙一声号令，被精心挑选出来的将士突然起步如脱弓之箭。没有旗纛、鼓号和呐喊，犹如滚石一般墩实的圪莒冲锋在前，后面云梯四架紧跟。浑身裹泥的湿透将士犹如猛虎下山。大家以陶罐挡面，并不时用陶罐之水浇淋沾惹上火星的自身，视死如归地迎着喷拥而来的火箭和火球。

阪泉城南墙上仅有六名火军。

又是宁封子的陶罐起到了作用。借助不断浇淋的湿水，熄灭身上蔓延的火苗，貙部五十名将士有将近一半的人将火浇灭、避开，或抵挡住了火势，迅速靠近城墙登上了云梯。而城墙上面的火军，已来不及再续火箭火球，顷刻之间，榆罔部落的火军溃散，火力即灭，随后被蜂拥而上的貙部先头部队，像狂潮一般顺势淹将过去。

城南一下子打开了缺口，其他三面城墙之上的火军便丢下火器，抱头鼠窜。

城门一经打开，一瞬间就像天塌地陷，城内外杀声震天，人如蝗虫。

黄帝的大军犹如散开的巨掌，在向阪泉之城一把扑上去，然后恶狠狠地收拢捏紧成了一个铁硬的拳头。阪泉城内的战争根本已经不存在短兵相接，面对铺天盖地的黄帝将士，榆罔部落的人恨不得自己变成苍蝇或蚊子，纷纷躲进阴暗的角落里瑟瑟缩缩。小小的城郭之内，一时间就被蚂蚁一样多的黄帝大军挤爆。

但是，我们的圪莒大将等人被猛火烧死在进攻的途中。清扫战场时发现，圪莒已经被烧得面目全非。

神农氏族内最顽固的榆罔，躲在阪泉城内的水沟之内，当晚被熊部士兵打着火把从中搜到。在用铁钩拖出来的时候，要不是有几位将官受令阻挡，他几乎就要像癞皮狗一样被义愤填膺的士兵乱矛刺死。

关于阪泉之战的大概意思，后人在《列子・黄帝》和《逸周书・史记解》中都有文字记载。前者说:“黄帝与炎帝战于阪泉之野，帅熊、罴、狼、豹、貙、虎为前驱，雕、鹖、鹰、鸢为旗帜。”《逸周书・史记解》上说：“武不止者亡。昔阪泉氏用兵无已，诛战不休，并兼无亲，文无所立，智士寒心，徒居至于独鹿，诸侯畔之，阪泉以亡。”

不过，文中有几个词语与其他史记有一点出入，比如黄帝的嫡系部队“貔”“貅”被写作“狼”“豹”，以及一个地名被误解为蚩尤的“阪泉氏”——上古传说版本中的误差与混乱，让今天的我们确实无法去对号入座与较真。

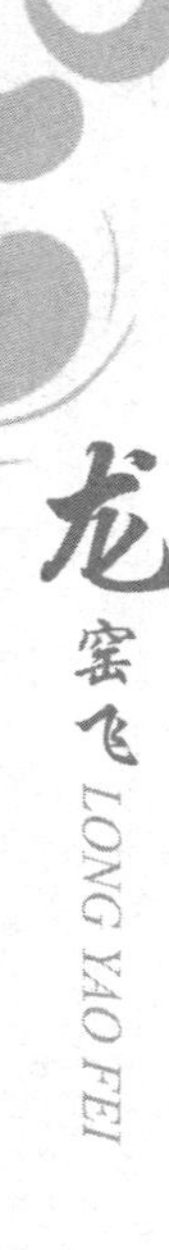

榆罔这枚棋子

在回到有熊城的第三天早上，榆罔跪在那里已经面无血色，虽生犹死。

但是硬汉子榆罔咬紧牙关，自始至终没有说一个“不”字。

心胸气傲的榆罔是炎帝的血亲。只要是没死，神农氏都不会隔岸观火，坐视不顾。宁封子心领神会，他又带领昆吾和垱月往城北而去。他知道黄帝在等待什么。三天来，黄帝一方面是在以这种方式宽慰祁貙及其部落的将士，另一方面他就像垂钓者等鱼上钩一样，在守株待兔地静候着有人前来说情解救。

宁封子微微一笑，携带着垱月和昆吾来到有熊城北，坐在一个山坡草地上远远眺望着通往西北的大道。就这样在树荫下喝酒聊天，在凯旋后第四天半上午的时候，正好有一小队人马自北急匆匆赶来。那些个越来越近的臃肿人影，宁封子他们这才看清那是神农氏炎帝派来的一帮大臣。

这队人马，比拜谒盘古山封子和请求黄帝联盟的时候规模都大。炎帝这次几乎是倾其文武重臣。他们领头的分别是炎帝的文相祝融和赤松子，武将夸父和刑天。诚意难能可贵。进城时他们步履放缓，声音放轻，俯首低眉。他们后面跟着的士兵，进城门前一律丢下武器，手里托举着炎帝的兵符和折叠好的旗纛。

这时候轩辕黄帝依然站在王室殿堂的窗口，他不动声色地一闪而没。

“请原谅炎帝年迈体衰，不能亲自来拜，故委托我等向黄帝交出兵符和旗纛，以示诚心的联盟合并。恭请轩辕黄帝接纳，以使从今往后天下无争，炎黄统一，兴邦惜物，民享太平。”

祝融等人站在榆罔下跪的地方，面朝黄帝王室殿堂俯首帖耳，恭恭敬敬地大声请示。

王室静静伫立，悄无声息。

他们又一次呈请："请原谅神农氏世衰力薄，炎帝管教无方，榆罔无礼冒犯，故委托我等向黄帝交出兵符和旗纛，以示诚心的归拢合并。恭请轩辕黄帝接纳，以使从今往后天下无争，炎黄统一，兴邦惜物，民享太平。"

殿堂大门紧闭，无以应对。

他们于是相互望望，然后齐扎扎地单膝跪地，继续请求黄帝示意："请黄帝念惜炎黄本属一家的份上，黄帝又声势强盛、气象方刚，故委托我等向黄帝交出兵符和旗纛，以示诚意归阵，同心同德。恭请轩辕黄帝接纳，以使从今往后天下无争，炎黄统一，兴邦惜物，民享太平。"

此时，轩辕黄帝才于窗棂后露面。他用巴掌捋了捋颏须后，以浑厚的嗓音一词一顿地大声吩咐文相武将，昭告有熊城城民——空寂的广场上空响起嗡嗡的回音：

"立即解放榆罔，交由炎帝，接受旗纛和兵符，赐予神农氏各部陶鼎，从此宣告，炎黄一家，华夏统一！"

后世《国语·晋语》载："黄帝以姬水成，炎帝以姜水成。成而异德，故黄帝为姬，炎帝为姜。二帝用师以相济也，异德之故也。"《史记·五帝本纪》又载："轩辕乃修德振兵，治五气，艺五种，抚万民，度四方，教熊罴貔貅貙虎，以与炎帝战于阪泉之野，三战，然后得其志。"

就这样，在公元前二六八九年夏日将尽的日子，华夏各部悉数归顺黄帝。

黄帝就开始坐镇有熊城，忙于接待各部落酋长的朝拜。他满脸红光地携文武将相，收受贡品，赏赐陶鼎，迎送往来，杯觥交错。这是一统中原后的头等大事。陶正封子也携带昆吾和垱月，默默地奔波于王室和陶器厂之间，亲自挑选并押运陶鼎与其他赏赐器皿。顶多的抛头露面也只是赏赐的时刻，有必要就替黄帝作一些器型与纹饰等专业方面的说明和象征意义上的解释。因此就他没被指定，也当然地无暇参与殿堂里的仪式与陪同。

这是其一。

其二是区划疆野，赏赐分封。这是黄帝在收编后统筹规划中的又一项

要事。诸多的行政区划需要官吏侯王。史书上记载的什么“禅让”，就是说有人把王位让给没有亲族关系的贤能等等。实际上在《荀子·正论》《韩非子·外储说右上》和《竹书纪年》等地方，对当时的情况都有披露，篡位囚禁、钩心斗角都打得头破血流。

历史都已经进入了有板有眼繁殖的父系时代，连鸟鹗这样一个小小的酋长位子，都是被逼到了“黄河”心才不得不死。黄帝也是个聪慧之人，据说他一共有二十五个儿子，有十四个年龄和头脑都比较合适一点的，就被分封到各个都邑，或者师州。地盘有大有小，因人而异。而那些从属与边远之地就分派给一些功臣将帅。

还有一个是设置朝官。

设置官位是为稳固天下。这是为了放心地让有熊氏及其亲信能够把控各路的总关。就像下棋子一样，一个一个他深思熟虑地摆布下去，如置左右太监，监于万国，设三公三少、四辅四史、六相九德等共计一百二十个官爵。另秉承神农氏农业经验，兴修水利。推算制定历法。管理制乐、倡医、作数、定衡、缝织、兴陶、冶炼……林林总总，数不胜数。

总之他是一个开明、周全、宏伟、细致的君王！

这个暂且不表，还是回头单说与宁封子相关事宜。封子好歹也属于黄帝的开国功臣，且功勋明摆着巨大。宁封子乃王室命官，文相陶正，但统一以后的陶正与诸多生产生活的业务官员齐头并肩，被淹没于诸如“农正”“乐正”“医正”“车正”“庖正”等各类专业“正”官的汪洋大海，沦落为近似于国家大型企事业单位的一个头目。黄帝事后想想确实觉得有些过意不去，又大张旗鼓赐封其为“陶王”，至少在荣誉和待遇上让他上了一个台阶，从今往后铁定了居有熊坐享官禄，出有车，食有鱼，可谓欣欣然可以安然自若。

峜月不满地说：“你为什么要跟着我们押送陶鼎？你都是陶王了，就因为黄帝没有开口叫你上殿吗？”

“这里有我们就够了，要不你回去休息算了。”昆吾也说，“你坐在家里等着，看这次分封能把你调整到哪个位子。”

封子当时就横了他们一眼，没有接茬搭理他俩的意思。

过后他挑了一个安静的时机，真心实意地对昆吾与垱月说：“我当初下山来是为了什么？我以后一直留在黄帝身边又是为了什么？这些别人不知道，你们还不清楚吗？都一个这样好的生活环境了，身后既有自己安稳的部落，手头又有很有意义的工作，我们犯得着去心神不宁，想那些杂七杂八的事情吗？”

历史也早已经证明了他不是庸碌之辈，用现行的话说就是“给他一个支点，他就能撬动地球”。但他不是那种争先恐后的性格。在太平盛世的时候鞍前马后前呼后拥的人多了去了，陶正在殿堂之上未必就能起到其他的什么作用，倒是来什么部落酋长应配送哪一款式的陶鼎，这个该由自己来替黄帝斟酌考虑。比如部落图腾、酋长性格、氏族区域，以及势力的强弱与大小等等。封子就像来来回回散步那样，坚持地随着一个个赏赐的器皿，像护送自己的孩子一样在一边指挥、督促和诠释。

诸位可能已经感觉得到他变得稳重内向，似乎并没表现出统一后的兴奋。而且这个时候也容不得他这样，他没有这个时间和心境。在别人都沉醉于快乐的时候，于初秋某一天他却接到了一个繁重的制作封禅器皿的任务。这可不是开玩笑的事情！华夏刚刚统一，黄帝急于于次年春上泰山举行一个隆重的封禅仪式。在殿堂里当着各位武将文相的面，他已经郑重宣布：分工到人，各项准备工作以三个月为期，不得延误。祭拜器皿以陶为主，于是繁重的制作烧造任务，就当然地落到宁封子及其陶器厂的身上。

这事非同小可。这次是名副其实的“泰山压顶”。

宁邑事件

现在，作为陶正兼陶器厂的执事，他带领手下人转身就投入到烦琐的准备工作之中。比如到处去寻找筛选优质瓷土，再一拨一拨地开采搬运到陶器厂内；再比如上山砍伐烧窑燃料，槎草到处都是，但是松木和杂木要劈碎成段块，然后铺开来晾晒干水分；最后才和几个信得过的人一起关工作室内夜以继日地糅合泥土。

这是他应尽的责任和义务。

他一时间累得头昏眼花、腰酸背痛，他哪里还有工夫去感受统一带来的享受。

相反，他甚至感觉到拘谨和压抑，心情不像是刚刚下山时的新奇和冲动。自从在殿堂上被大鸿和常先当众挫伤之后，本来宁封子就装有满脑子的抱负，很想有自己的建言却总是忘不掉前车之鉴。精神上有些沉重。现在在精力上他又被压上了一副直不起腰来的重担。

就在他身心疲惫的时候，一个因分封派遣而引起烦躁和沮丧——虽然没他什么事情，但是王令竟然是在他最忙碌的时候，在他一无所知的情况下颁布并实施，所以在等到事情找上门来，他才清楚那事已演变成“生米煮成了熟饭”的惨痛悲剧。

这一悲剧就是，巢燧部落在盘古山遭到了羞辱和侵袭。

说来话长，这事件又涉及他的大哥祁貙。祁貙在阪泉之战以后，他和他的貙部将士并没有返回原先的蚩尤驻地，而是在各位王子被分封妥帖之后，于这一年的初秋接收到黄帝的调防王令。他因舍生忘死、功勋卓著而受封于山阳都，驻城为宁邑。

兵符已颁，祁貙及其部属早已赴任。

问题是什么呢？关键的问题是这个新设的山阳都所划归的疆域，是将宁邑、盘古山、固地、郇丘、孟洼和嘉营等等区域都囊括在内。驻城宁邑这块人居熟地，自从蚩尤的魑部在其间被力牧歼灭之后，又因战乱逃荒陆陆续续有人在那里栖息定居。但是，那都是些散兵游勇，就像是一群无头的苍蝇，所以派员填充和接受空白辖地的驻扎管理，成了黄帝分封派遣的当务之急。

这就是尴尬所在。

它潜在的尴尬就在于，巢燧部落驻地盘古山，以及被黄帝赐为巢燧村落基地的固地，也都被收归在这个心胸狭窄而又恨心难泯的祁貙手里。祁貙壮年得志，又是一个典型的四肢发达而又丧失亲情的猛汉。更何况他身边还潜伏着一个用心险恶的瘦猴子衣松。不要说对待弟弟封子的冷酷态度，就是在他母亲率队抵达有熊的短暂两天，祁貙都可以做得出充耳不闻，闭门不出。

一个部落酋长的位子，以及情场失意的心结，成了祁貙内心一生都逾越不过去的两道沟壑。

话说在有熊城这一边，细心的黄帝亲自下达了数以百计的陶制器皿的生产清单。仅仅在设计上，黄帝就花费了近半个月时间。各式各样的品种造型，碗、盏、簋、觥、瓶、鼎、匜、簠、钵……等等，件件各有功用，忌讳雷同复制。这种用以开天辟地仪式上的道具，烧造不计原料和燃料之工本。质地要求用最硬最艳的陶土，要高温烧炼到近似于铁质的硬度，敲上去音质要清脆悦耳；器皿表面要光滑锃亮，弧度要柔和优美；造型要开朗大气，匠心独特。

这就使得宁封子像是坐牢一样，整天自闭在洧河之岸的工作室内不得停歇。

黄帝封禅前的这个冬天来得过早。时间还站在秋季，但是外面已经北风呼号，枯叶飘零。室内如果不生火升温，陶泥就会被冻僵发硬。这就不要说整天赤手捏弄着冰冷的湿泥，就是袖手旁观也能感觉到空气中的萧萧寒气。篝火虽然可以保证室温，但是制作之时的骨肉与冰泥的接触不可避免。如此捏一阵泥坯，再烤一阵火温，反反复复冷热骤变，不几天就致使封子的双手红肿皲裂，坯胎成型的进度也十分缓慢。

在这种时候，我真的不是想絮絮叨叨这些讨厌的背景细节。

一直贴身伺候的垱月，看到封子一天到晚都是两手邋遢的泥巴，身上和脸上甚至都溅有黄褐色的泥点和污迹，活像一个流落荒山的野人一样，手背上生满了冻疮，废寝忘食，心力交瘁，使得垱月心涌酸楚，爱莫能助。她力所能及的只能和昆吾一起，带着几个精于陶坯的工匠默默地打打下手，以极力减免其工作中的烦琐与气力。

平时其他的陶器，都可以让所有陶工们随便制作烧炼，但是这些用以受命于天的国家重器，容不得半点闪失。所以，等封子知晓祁貙已被派驻宁邑，并掌管山阳都消息的时候，他已经在陶器厂工作室内忙得昏天黑地，寸步难移。

昆吾和垱月都催促封子出来，在太阳底下的河边走走。尤其是垱月，垱月都别着脸在一边用手抹泪，就不断地让昆吾找由头赶他出门。但除了吃饭睡觉，封子他根本就没有闲散的时间。他甚至连自己床铺都从有熊城内搬到了陶器厂内。他暗地里已经打算等忙完了这阵子以后，就向黄帝告假回山休息一段时间，去陪伴佶好。就是这种即将与佶好团聚的计划，使得他隐隐焦躁的内心产生了一丝希冀和温暖。

然而，就在宁封子接受任务的第二十五天头上，他再也坐不住了。

他从陶轮车上跳了起来。因为在这第二十五天的上午，昆吾突然推开他工作室的大门。“嘭咚”一声的猛烈让他双手一抖，他在陶轮上捏破了一个正在扶起的陶坯。冰冷的泥巴糊涂了两个巴掌，黏湿黏湿地赖在掌心和五指之间。他预感到大事不好，昆吾和垱月进门从来都小心翼翼轻手轻脚。果然门一打开，就有一个非常面熟的人“扑通”一下跪在他面前。

那个人满脸污垢披头散发，脸上和肩头都散布着一道道血痕和伤疤。那个人像是一个受了委屈的孩子，趴在地上失声痛哭，泣不成声。

那个人就是刚刚从盘古山上下来的青年。

昆吾代替那个人说话：盘古山上出大事了！

瘦猴子衣松早些天带着祁貙的手令和士兵上山，勒令巢燧部落的人三天之内，必须统统迁居到沙河两岸的固地。当时有一小半族人认为固地也不是很远，又有祁貙这个同宗的都头作为靠山，就打包携亲陆陆续续动身下山。剩下的大部分人只信任封子，当然也包括头人佶好在内，都坚决不肯随随便便就这样被动迁移。衣松于是就命令士兵用兵器将族人赶出棚屋，放火烧掉村落。

这就是历史上最早的“强迁”。

结果部落护村队的人忍无可忍，拿起武器保护佶好，就和祁貙的士兵搏斗拼杀起来。

巢燧部落当场死伤十几个。

是头人佶好以跳崖相挟，衣松唯恐事情闹大了不好收拾，这才勉勉强强制止了武斗。

“佶好现在怎么样了？”宁封子跳起来问。

“头人誓死不肯下山，她已经有孕在身，呕吐和吃不下东西，被衣松他们关押在洞穴里面。”那个人哭着说，“我是半夜里逃出来的。”

“山上现在我们还有多少人？”

“十几二十来个，反正三十个人不到。”

“衣松这个獐厮的东西！”宁封子一把将手中残泥甩在壁上，口出粗言地叫骂，“还有祁貙这个畜生不如的家伙！我们走，我们这里不干了，我们这就去王室找黄帝去！”

脸色苍白的宁封子气得两手颤抖。

他满手湿泥地搓了搓，然后手也不洗，衣服也不换，推开门就往外闯。

这一天黄帝也非常恼火。在殿堂上他当场摔破了手边上一个三足陶鬲，饮水洒得满地都是，把在场的众臣吓得屏声息气，面面相觑。黄帝气得在殿堂上走来走去。对待这种荒诞无稽的恶事，黄帝猛然转身，态度坚决地当众表示“要杀一儆百”。“这还了得？虽说是都邑统辖管理，但是天下刚刚太平，内部就相杀无辜！华夏如何去修德立义，惟仁是行？”

“九德之臣何在？”黄帝吼叫一声。

黄帝即派九德之臣上山，令文相大鸿亲自带队，以保护佶好和巢燧部

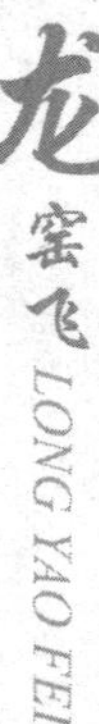

落为前提，率法官后士等众人，由昆吾和那个下山的人引领出发。这一边又遣人火速传令，责成祁貙从宁邑出发，一同赶往盘古山接受调查和处置。这天在文相大鸿等人出发之后，黄帝转过身来安抚封子静心赶制封禅器具。

封子说：“我真的想一同前往。”

黄帝告诉他，“不要为杂事所扰，你去了反而影响事件的调查。你放心就是，有我替你主持正义，一定会给你一个满意的答复。”

然后，黄帝还是那老一套的方式，又是以酒压惊留下用膳。在陶正封子面前，轩辕黄帝已经黔驴技穷。他唤来次妃女节、三妃丽娛、大将力牧和任僖，请垱月身后伺候，设宴宽慰陶正，并亲自斟酌再三。宴毕，又传唤自己的轩驾护送封子回西郊湑河边陶器厂休息。

殿堂之上

事已至此，封子只能是心惶惶怀牵佶好的安危，并在垱月陪同下在陶器厂工作室里赶制任务。

有时候他会停下手里的工作发愣，坐在轮制车上暗暗地咬紧牙床。垱月就愁眉苦脸看着他，然后上前摸一摸封子的头颅，把他的脑袋抱到自己的胸脯上休息。这样封子会侧过脸靠她的胸窝吸气，勾着手臂搂住垱月翘鼓鼓的臀部，人就睡着了一般慢慢安静平复，喘息一起一伏。

终于在接受任务的第四十七天晚上，他从轮制车上站起身来，晃了晃走出几步，接着仰头大声长叹一气，表示做好了所有用以封禅的陶器初坯。犹如整装待发的士兵，一共有一百二十八件坯胎，整整齐齐被排列在晾坯架上。面对坯胎，有些发晕的封子捧着自己的脑袋，幸好被垱月一把抱住才没有倒下。疲惫不堪的他就这样躺在这个女人温暖的怀抱中，舒舒服服地沉睡了一天一夜。

其时，那边出去处理盘古山事务的队伍早已经返回。

唯独瞒着封子。

他们返回有熊城的时间，是在下达任务的第四十七天中午。但是大家不声不响，让封子一个人蒙在鼓里努力工作。黄帝反复交代。连垱月都已经知道昆吾他们回到了有熊。等到宁封子和衣睡了一天一夜，在他用过餐又再次睡下的时候，昆吾这才出现在他的面前。

山上的事情被全部处理完毕。

“佶好没什么事吧？衣松和祁貙又怎么处理？”他一见面就抓住昆吾的手臂。

瘦猴子衣松被捆绑着押进都城，祁貙也跟着人马进京向黄帝负荆请罪。

室内的篝火噼里啪啦。由于刚刚添加了些潮湿新柴，火堆上的青烟像搅麻一样上升飘逸。封子正是焦急的时候。垱月赶紧撤换了干爽的燃料，呛鼻的烟气在弥漫的同时嗯噜嗯噜从窗口溜走，工作室内的空气才渐渐清新。

案件的处理地点，当然在殿堂之上。

但是那一天在黄帝面前，领队办案的文相大鸿当众竭力为祁貙和衣松开脱罪责。老于世故的风后和仓颉，都躲缩在众文武的背后一声不吭。大鸿长袖飘飘地站在前排，慷慨陈词地面呈黄帝，说：“祁貙将军受封山阳都都头之后尽心尽责，归拢散部，扶弱安民，现已有六个零星的小型部落被规劝下山，到平原居有房屋，耕有田亩，事有所为。”

“我只问巢燧部落之事。”黄帝铁青着脸色，打断了他的长篇美言。

黄帝问：“都是我轩辕联盟之部落，何以动辄武力相向？”

衣松战战兢兢地跪在远处，听罢挪膝趋前抢辩：“我受祁貙将军山阳都都头之命，带队上山收归小部散民，无奈巢燧部落的头人佶好因循守旧、顽固不化，带领一小股氏族的刁民想霸山为寇，拒绝下山归附黄帝赐予的固地，于是……”

“于是你就下令放火烧屋？是这样吗？”黄帝又转头厉声问跪在边上的祁貙，“你，作为都头，就是这样交代他的吗？”

祁貙慌忙抬起头来，解释说；“我没有，我只是叫他上山去收归散民。”

俯首的祁貙猛一抬头，让大家看到了他的脸相大吃了一惊，祁貙的脸型都变了。当年孔武有力的大脸盘祁貙，像是患了什么疾病一般脸颊都消瘦得脱了原形。祁貙面色蜡黄，嘴唇乌黑，颧骨上的皮肤因消瘦而绷得像一张鼓皮，脸型竟然变得跟衣松那样又尖又瘦，凶蛮的眼珠也深深地陷落在眼眶之中浑浊无神。

只短短一个月不到的时间，在京的同僚们竟几乎认不出原来那个五大三粗的将军。而在他瘦小下来的蜡黄的脸上，一对朝天的牛鼻孔毛乎乎地显得特别丑陋与夸张。

黄帝也一下子张口结舌，瞪着眼睛停顿在那里一动不动。面对忠心耿耿的部下，他都不知道如何是好，一时间有失常态地想不起接下来应该问什么问题，做什么事情。一股怜悯之气顿时涌上了心头，“你怎么了？都头。”

“臣一到宁邑就千头万绪，深深感到疲惫，旧伤复发，且水土不服。”

黄帝马上将矛头对准死老鼠的衣松。

黄帝掉转头拉下脸来。“来人！”黄帝一声喝令，“一个从有巢氏出来的子民，刚刚得势一点就数典忘祖残害同族，这样忘恩负义之人留他何用？拖出去杀了！”

衣松喊叫“饶命饶命，黄帝饶命”。衣松说：“我们都规劝了两天没有效果，后来是他们护村队的人先动手，才引发了武斗。”

文相大鸿也抢上前一步圆场。他对着黄帝作揖说：“他的目的也是为了华夏的统一管理，加上陶正部落的护村人员性情彪悍……”

“那我请问你，人家烧你的房子，你难道不会动武吗？”黄帝瞪着眼睛严肃地责问大鸿，“收归山民，并不是对待仇敌。彼民尔兵，以兵压民，何理之有？”

大鸿唯唯诺诺退到众人身后。

黄帝又转身对力牧吩咐：“不用多说了，力牧将军，我命令你，立即派人把这个瘦猴子驱逐出炎黄属地，永远流放到西南荒蛮之山野，不得返回！”

在力牧应答退出之后，整个盘古山冲突事件的官方处置，就这样简简单单地落下帷幕。

至于对于山阳都都头祁貙的处罚，大家就心慈手软草草了事。几乎所有将相都这样认为：一个人短时间突然就瘦成这个样子，可见他在百废待兴的情况下日理万机，繁忙的工作是多么劳心伤神，折阳损寿。本来，这个负有直接领导责任的祁貙，按当时的刑规应该被处罚为二十下杖责。但是黄帝在这个时候于心不忍，转过脸问过容成后只下达“鞭挞五下”的指令，并由常先当场在帷帐后匆匆执刑了事。

祁貙并不多言，只说是自己病了。

于是这个前来请罪的祁貙在“嗷嗷”直叫之后，却仿佛是前来京城邀功请赏一样，事后在黄帝和将相的问候与护送下，被赐予了许多的养生滋补食品，受到“保重身体”等等的慰问，最后被指派轩驾送返宁邑，继续去做他的山阳都一方诸侯。

以上的这些细节，都是由幕僚昆吾跪在封子的床前一一禀报的。

部落的头人佶好依然没有下山。昆吾想要接她到有熊她都坚决不肯。她深深地厌恶山外的卑鄙和凶险，仍然带着十多个愿意追随她的族人，继续居住在崖壁上的洞穴之内。

“她没有受到什么侵害吧？”封子开口只问了这么一句。

“那倒没有。衣松这次自己带了四五个女人上山，一直居住在鸟鹗的洞穴里面，仓库里的东西他随便翻吃。”昆吾说，“佶好生产的日子即将临近，这也是我没有再三要求她下山的原因。”

“她是在盘古山等我回去！”

封子闷闷地躺在床上，听完后有气无力地闭上了眼睛。

事后垱月就是有点纳闷。垱月出门后一直跟在她哥哥昆吾身后。为什么身为黄帝钦差大臣的大鸿，跟当事人早先没有一点交往与亲情，还要在殿堂之上极力为衣松这样的恶人开脱辩护？

垱月就像一个涉世之初的孩子一样，眉头紧锁地面对着昆吾。

昆吾没有解释。

昆吾在这个傍晚时分，与垱月一起低着头，在洧河的河滩上走来走去。

像大鸿这样的官僚在每个朝代都有。陶正封子显然是个例外。如果他不是个例外，当初在大鸿跟他开口要陶的时候，封子为什么就不能在陶器厂偷偷地假公济私地给他们谋几个器皿？对于那些唯利是图的官员来说，规矩和真理全都是狗屁，他们倾向的只是有利于自己获得权力的上司，以及让他们谋取利益的小人。

巢燧部落仓库里存有许多诱人的食物，而衣松又带去四五个可供寻欢作乐的女人。黄帝派遣大鸿带队上山，任何事情也都可以站在不同的角度做各种各样的解释。

这是个浅显的事实。

启示与预谋

话说离黄帝下达任务的时限只剩下几天了，陶坯也已经基本晾干了水分。

如果不是昆吾在提醒“点火的时间差不多了”，宁封子似乎都迷迷糊糊忽视了这个时间节点。作为正儿八经的官员陶正，他神思恍惚，甚至已到了窝工渎职的地步。因为在这两天里，他都精疲力竭地躺在工作室的床上，他脑瓜混沌、半睡半醒，他甚至都没有提出搬回到那个城区中心的权贵生活区域。

在一阵寒潮过后，有熊城冬末的天气委实是好：无风，气爽，太阳又比较温和。龙窑在棚架的遮掩下逶迤而上。一长溜阳光的投影在丘陵的陡坡上，更像是匍匐着一条意欲腾飞的蛟龙，景象壮观而优美。

但是此时，在宁封子的脑海里，想到的却总是盘古山里的阴郁。

一个婴儿，及其母亲佶好。

是啊，再不满窑点火，就很可能延误封禅大事。因为洧河边上的龙窑与后山盆地上的龙窑有所不同。后山盆地上的龙窑仅有二十多米的长度，热能可以迅速聚集产生效益，而这里借助了二十五至三十度的陡坡，向上的隧道长达三十六米之多。这座具有华夏王室恢宏气势的窑室，内空的容积量非常之大，聚温性能不够，耗费的燃料和时间当然就更多。

尤其在天气寒冷的季节。

然而有利的因素也不是没有，所以话往回说：盘古山后山盆地的窑体，在富含水质的群山之中湿度较大。而在洧河边上的丘陵上，窑炉由于日晒风吹而变得干爽。

点火之时选在一个天色近黑的时刻，这一回黄帝都亲自到场参加仪式。

窑工们一色赤膊净身，跪倒在窑头门口，先是由昆吾俯下身捧撮尘土入碗，然后双手托举面呈陶王封子，封子顺过挡月的水壶往碗里倾倒，再示意性搅拌几下后接过陶碗捧着，放置于窑头顶部。随着果酒从陶王的觥盏里划圈一样沿地均匀地洒出，昆吾领头面对龙窑叩首，口中念念有词，众窑工齐声随和。“皇天后土，赐我以福。泥作火烧，窑成为陶。民之盈盈，不复心焦。食缶煌煌，永铭苍昊。”

礼毕，原本由陶王封子的宣白，改由现场最高长官黄帝的号令：“点——火——了！”

昆吾领窑工齐扎扎“哦嗬”一声，就轻车熟路地将引燃的一束束槎柴，像拿一个个散乱的火把一样，接二连三地丢进火口。于是，火膛里的柴薪“哔哩吧啦”被瞬间点燃，窑床热度渐渐在其间蔓延升腾，用不到几句话的工夫，干爽的燃料便呼呼啦啦旺盛为一腔沸腾的熊熊烈火。

黄帝乐呵呵，非常满意。

黄帝摸着下巴颏上的胡须，笑着对自己的陶正说，“封禅陶器烧成之后，我倒是有个更大的想法，为显示我们华夏的一统和衙署的规格，我们的陶器厂应该着手给各个分封的洲、师，乃至都、邑这样级别的封地，都烧造配赠一套像样的饮食和祭祀器具。”

这是一个积极作为的帝王，想法一个跟着一个接踵出台。黄帝说：“还有殿堂上的那些文武将相们也很辛苦。是时候了，也应该让这些鞍前马后的功臣，享受享受一下太平盛世带来的好处。”

封子跟在他身后，把他一直陪送到陶器厂大门的台阶之上。

大门口下台阶的两边，整整齐齐站立着夹道欢送的陶工勇壮。

黄帝这时就侧过脸来高兴地望着陶正。在迈下台阶之前，他亲热地就近封子的耳朵告知封子一个宁邑的消息。黄帝挺随意地把他叫到一边，说：“嗯，陶器厂我很放心，你这里管理得倒是不错，但是据我所知，你的那个兄长祁貙在地方上捉襟见肘，勉为其难，那个衣松被驱逐之后，我只好派常先去辅佐他试试。”

宁封子的心脏一下子被提溜起来。

他就那样直勾勾发呆地望着黄帝。黄帝也就是趁这个机会表扬表扬陶正，说完他扭过头就带领随从们矫健地走出陶器厂。本来封子他都无所谓这个消息，但是常先也不是只什么好鸟。瘦猴子衣松换了个矮胖子的常先，这不过是体积上发生了变化，却无异于是一个换汤不换药的信息。

“派常先去为什么不早告诉我呢？为什么这么紧要的事情都不早告诉我呢？”问题是宁封子在这之后，还在一直在咕咕哝哝地边想边念叨着这事。

黄帝早就走了，封子陶正却还在窑炉边闷头闷脑思想着那个问题。按理他也应该随后就去休息。因为昆吾都已经是窑炉上的老资格了，烧炼自己到不到场都是无所谓的事情。但是这一窑是烧造封禅之器，作为这一方的陶器鼻祖和陶器厂最高的长官，莅临现场是起到技术和行政权力的威慑作用。就好比是一个镇馆之宝，或者镇山之塔巍巍地立在高处，会让人产生由衷服帖和敬仰之感。

昆吾站在他身边，说：“黄帝做决定为什么一定要跟你商量呢？”

“也是，他能告知我就已经不错了。”他想了想。

“黄帝是个稳当周全之人。”昆吾提醒说，“他不是不知道常先这个胖子的品性。”

“不要乱说！人是会伪装的，也许站在他的角度，还真摸不清楚常先的本质。”

这就是点火那一天他的姿势和心情。然而他内心也非常迷茫、纠结、无奈并焦心。准确的理解应该是，这个时候的他才开始处于矛盾、犹豫和斟酌中的一个迷惑阶段，即：处于人生抉择的十字路口。这些天他一直在思索着方向、出路，以及自己“下一步”应该如何启动，想不到突然之间一个信息，就给他脑海里就增添了一个轰隆旋转的马达。

封子说，“其实，我并没有太多的念头。”

昆吾低声说，“要完全按自己的想法，依附任何一个人都是枉然的。”

那个马达，这个时候就在他的耳穴内轰轰隆隆工作。封子最后说：“如果能征得黄帝同意，现在我们应该回盘古山去做自己想做的事了。”

所以在此我不想只是记录一个过程，而是发掘一个人的心灵。我意欲表述的是在这种关键时刻的现场，每一个偶然的机缘，都有带给封子即景启示的可能，乃至对他今后的发展起到决定性作用。

是的，封子起始并没有这样一个类似于“涅槃”的意识或者计划。他只是在回顾着鸟鹗、丛滕与燧皇，总结着蚩尤、榆罔和炎帝。具体到我们生活中的每一个人身上也都是这样，人生的转折很可能在某一个深思的节点之上，被突然的感悟所暗示或引导。

一般在点火初期，龙窑始终用文静的细火。

这个在前面已经有所交代。因为在祛湿的档口，按照烧陶的技术要求是不能肆意加大火力的。又因为在这一庞大窑室里，只烧有上百件封禅以及王室其他的一些陶器，就好像一列火车仅装有三分之一的乘客一样，严重的大面积空间空白，使得它必须要有足够的温度去充盈与支撑。因此，不断以半干湿的蕨草、巴茅、莨菪等灌木的茎叶和乔木的零碎的枝丫去填充火口，就自然而然会憋闷燃发出一股股浓重的白色湿气和烟雾。

封子爬上了窑身。

他孤独地站在拱起的窑头最高点上，仿佛是站在四下空空落落的山巅之上。窑身上那些火焰的漏气孔还没有关闭，白色的烟气就似雾缭绕，而这时候陶正的身体又虚弱到了极致。于是他在高高隆起的窑身顶上，像是被烟雾呛到了一下后感觉到有些眩晕，躯体就晃了几晃看似要摔倒的样子。

寸步不离的垱月眼明手快，惊叫一声就将封子扶稳。

而宁封子这时候灵光在脑袋里一闪，突然冒出了一个可怕的念头。

这个烧炼的第一个晚上，就这么平淡正常地过去。“杀鸡”已用不着“牛刀”，或者已经放弃了任何的心思。半夜里能掌控龙窑常温的熟练窑工已经有不少，只需要恒温的维持工作可以一直保持到天亮。到了这个晚上的深夜，就不要说陶正可以去安稳地睡觉，就是连执事昆吾在不在都没什么关系。

重要的环节是第二天加大火候的时间。

第二天，有熊城西郊洧水河畔陶器厂的龙窑就烧出了事故。烟雾冲天。带有易燃油脂的松木投放得太多了，窑室内的火苗甚至都呼呼啦啦冲出了

烟囱！炉火烧得过于旺盛，就像狂野任性的烟气喷涌而出，当时在窑场就呈现出一个云山雾海的幻境!一个特大的人员伤亡事故就这样突然生成。一时间，这个事故惊动了整个有熊城城民和王室内的文相武将，乃至华夏的最高统帅——轩辕黄帝。

需要补充的是：之前的那个夜晚在睡觉之前，封子、昆吾和垱月都是在陶器厂陶正的工作室里面。他们没有立马去睡觉，而是搅醒了灰烬，新添了火柴，围拢着火堆。然后就像密谋一样，里面叽里咕噜的商量事情的声音，一直响到了很晚很晚。

当然没有一个人知道他们议论的具体内容。

官方的陶器厂不是私人的菜园，不是任何一个什么人都可以随便进进出出的地方。庄严的大门口有严厉的陶部护卫把守，还有一条高大凶猛的被驯服的狼狗，而那些可以进去的窑工，在半夜又统统都忙碌在龙窑的岗位上。所以这天晚上，陶器厂其他地方都黑咕隆咚，杳无人迹。

封子和两个亲信的交谈内容，只有天知地知。

涅　槃

问题就出在第二天的清晨。

封子、昆吾和垱月三个人大清早同时出现在尚在燃烧的龙窑边上。情形再正常不过。他们就像平时烧窑的情形一样不紧不慢。一进去巡视了一番，昆吾就大喝一声，“投放——松——木——啰！”封子和垱月就一个立在窑头，一个站在窑尾，像是去将漏气的火眼关闭一样同时爬上窑顶。

事后仔细想想，自从进入阶级社会这事就不可能发生。

阶级社会有着强烈的等级规则。奴隶和奴隶主、“肉食者”与素食者、脑力劳动者与体力劳动者……虽然陶正算不上什么显赫命官，但是他已经“陶部”，属侯王序列确凿无疑。因此前呼后拥的待遇，决定了封子不可能单枪匹马，随意孤行。

到这个节骨眼上，我必须慢慢而详细地将经过照实描述下来。

窑工们本来在这个节点上是紧张忙碌的，高温烧结是这个时候最大的目的。加大剂量投放燃料，用大火猛攻陶坯也是个重要的程序。按要求应该是将松木和杂木混合在一起投进火口的，但是这一天有点异常的是，龙窑执事昆吾的命令仅仅只是吆喝了“松木”。松木是一种色泽淡黄的针叶形乔木，因为含油量大和疖疤繁多，所以火势就来得特别地凶猛而且还经久耐烧。

这时间红蓝色的烈焰，不但蹿出了龙窑的火眼，而且还“呼呼噜噜”冒出了窑尾的烟囱。

而这个时候，本来按规矩是要关闭窑身上漏气的火眼，可是事后奇怪地发现，窑头上的火眼，封子上去以后一个都没有关闭。

于是在这天上午，窑工们在不经意中都仰头看到窑头上烟雾弥漫，陶正一瞬间被浓重的烟雾团团包裹，直到完全被烟气所淹没。烟灰向空中蓬发飘散，好像是有个人影在一缕一缕的云雾里喷涌蒸腾。现场的情形就像《列仙传》中所记载的那样："宁封子积火自烧，而随烟气上下。"

就这样陶器厂的龙窑，于公元前二六八八年春季发生了特大事故。

因为发现是在这之后，是在不再需要烈火攻坚的时候，窑工们随着昆吾的指挥而转移到窑身的各个火眼，以还原焰的方式由下往上谨慎地投放小块的松木。这个时候，大家突然醒悟到他们的"陶王"不见了，而垱月却没事一样从窑尾慢慢走了下来。

"不好了，陶正不见了！"有一个人惊叫一声。

"陶正到哪里去了？"

"有人看到陶正了没有？啊，有没有？"

窑工们慌乱成一团。

昆吾和垱月也装作十分惊讶和着急的样子，围绕着龙窑窑身上上下下团团转，夸张地寻找一遍。实际上站在上面整个窑身都一目了然。"啊，没了，没了，是升天了吗？"

"我都好像看到一个人影子跟着烟气上下。"

"陶正是不是变成神仙了？"

龙窑上七嘴八舌陷入了一片混乱。于是，情急的昆吾就指派唯一可以走得脱身的垱月，火速前往王室报警。

垱月一出陶器厂的大门也算是奇葩。她就立即将头上束发的丝线猛地扯断，然后她就像个疯子演员一样狂乱地奔跑。犹如鼓起一面漆黑的旗纛一样，春风立即将她的披头散发吹得呼呼啦啦地夸张飘扬。一路上伴着她急切的哭喊声，使得消息瞬间像张开了翅膀的蝙蝠，在有熊城四处飞翔扩散。

"陶正被烧死了！陶正被烧死了！陶正被烧死了……"

呼喊声惊动了朝野。

在王室的殿堂里，轩辕黄帝正在同大家商量山阳都以及祁貙的事情。他们又刚刚得到从宁邑传来的禀报，说都头祁貙已经将黄帝派去山阳都的常先杀了，并随后又遣散了曾经跟随过他的大批非有巢氏的有功将官。但是在听到噩耗后，他丢下一帮正跟他议事的文臣武将，顾不上一切就一头闯出了殿堂的大门，慌里慌张乱发飘飘地跟着一个女疯子朝西郊跑去。

一个一向稳重矜持的帝王，这个时候丢掉了一生的形象与风度。

这天上午，沿路上有熊城的黎民百姓都吃惊地看到，从有熊城中心到去西郊洧河的路上，仿佛将面临天崩地陷的灾祸一样，黄帝后面排队一样紧跟着神情紧张的风后、力牧、大鸿、仓颉、容成、岐伯、农弃、广成子等等一长溜文相武将，甚至是帝妃嫘祖、女节、丽娱、嫫母，以及他在有熊的儿子姬、酉、祁、己、滕、葴、任、荀等人。

还没有等到窑火彻底停歇，黄帝坚决拒绝了身边所有人的劝阻，并甩掉了帮扶的随员，亲自爬上龙窑封子曾经站立过的地方，泪眼婆娑地低头寻觅，最后才在烧过的灰烬当中扒拉出几根残剩的骨头。于是乎，站立在龙窑周围的所有人都看到黄帝就像一个哭丧的孩子那样掩面俯首，悲从中来，痛哭流涕。

陶器厂里一时泣声四起。

《列仙传》中接着上面的叙述，就记有一句“视其灰烬，犹有其骨。”

尔后黄帝当场抬头拭泪，向诸位郑重宣布：“封子升天了，陶正成神仙了！”

时年，封子二十一岁。

窑工奔走相告。也不知道悲伤还是庆幸，此后的华夏民间，广为流传着宁封子得道成仙的神奇故事。其传说始见之于《列仙传》《搜神记》《拾遗记》《广黄帝本行记》《仙苑编珠》，以及《历世真仙道通鉴》诸书，后又见诸《封神演义》。

东晋葛洪就在《抱朴子·杂应》中记载：“若能乘跷者，可以周流天下，不拘山河。凡乘跷者有三法：一曰龙跷，二曰虎跷，三曰鹿卢跷。”也就是说，宁封子陶正的神力已经可以任意飞翔，无碍于山河。

因为黄帝后被道教尊为古仙，遂又有《储福定命真君传记》略云：“宁封子与黄帝同时，帝从之问龙蹻飞行之道。”说黄帝向宁封子讨教飞翔的道法。

尽管仍然是神话传说，但是宁封子已经不只是“陶正”之职。在《道藏》中有文字记叙，说宁封子被追授于高大上的“五岳真人”。说：吾闻天真皇人被太上敕，近在峨眉，达三一之源，可师而问之也。因以《龙蹻经》授黄帝。黄帝受之，能荣云龙以游八极。乃筑坛其上，拜宁君为五岳真人。黄帝封宁君主五岳，上司岳神，以水报刻漏于此，是谓六时水。阴时即飘然而洒，阳时即无。

封禅时的安葬

古人以为群山之中泰山最高，所以去那里祭过天帝才算是“受命于天”。

《史记·封禅书》言：“自古受命帝王，曷尝不封禅”，以及“厥旷远者千有馀载，故其仪厥然湮灭，其详不可得而记闻云”等等。

这一天“花开两朵”，恰恰是在王子所谓“遗骨”下葬的那天，华夏的人文初祖黄帝，却在另一个地方红光满面，峨冠高耸，身着黄衣，长袖飘飘。他率领众臣来到泰山脚下，先行禅礼以祭大地。设坛宽一丈二尺，高达九尺。群臣在后，有一个随身传递物品的将军和一个念念有词的巫师，自始至终尾随在黄帝的身边。

仪式庄重肃穆。

堂堂的轩辕黄帝亲自摆出用以祭祀的陶制器皿，轻手轻脚地一一拿出盘、洗、壶、盒，还有虎形双耳簋、簠、鬲、觥、盉、觯、匜等酒器、食器、水器等等，然后按照巫师的设定程序，在丝竹钟鼓声里，在祭台上念念有词，焚香揖拜，下埋玉蝶龟壳之书。

紧接着，乘着阳光的万丈光芒，沐浴着和煦的春风，黄帝又与重臣登临泰山之巅。他们以黄色土壤设坛三层，杀鸡犬猪羊等牺牲祭品，在箫管声中跪拜举行至高无上的封礼。时年黄帝年近三十，正是《论语》所言的“三十而立”的立志之年。

黄帝封禅的意义非常清楚：一是告祭天帝世象安泰，拜谢天地群神助力之恩；二是告知世间众生，即位乃天命之作；三是祈求日后风调雨顺，民众安泰。这些在《五经通义》中已有表述，即“易姓而王，致太平，必封泰山，禅梁父，天命已为王，使理群生，告太平于天，报群神之功”。

但是他并不知道自己的统一，是在逐步结束一种氏族的制度，一种生产力极其低下的生活方式，而一味全面促进了新的社会经济与生活条件。后来在《马克思恩格斯文集》论断里有话分析：他所促进的这一条件，必将导致社会“分裂为自由民和奴隶，进行剥削的富人和被剥削的穷人”。最后破坏并慢慢彻底瓦解原始质朴的氏族制度。

在整个封禅仪式中，最令黄帝满意的还是这些由封子制造的器皿。

祈求和祷告只是一种做给世人观看的形式，过眼烟云，而这些陶制器皿才是实实在在的可供把握的物质内容，永世不朽。它们无论从规格、质量，还是就其优美的造型，都统统贯穿和饱含着人类的思想和汗水，足以对得起王室和天地。它们具体的精彩在于，每一件都外表油光锃亮、器壁薄而均匀，整体端正弧圆，堪为新石器时代来的世间绝伦极品。

以这样精美的器皿去参禅，黄帝自此可以安坐天下，赐福万民。

只有失去了的才意识到珍贵。望了望四周的臣工，黄帝这时候想起了他的陶正封子，下山时竟然郁郁寡欢，忧思重重。他最终还是抹了抹眼泪，忍不住轻声对身边风后和力牧说：“封子如果没有被烧死的话，现在也应该就在我身边。但是他，没有这个命运……，上天要他去成仙。”

“黄帝不必忧伤。”风后轻轻说，“也许封子这样更好，他可能更想做一个仙人。”

“然而，当初我不能跟他明说啊。”黄帝哽咽地说，“我是早就打算让他去宁邑接替山阳都头的位子，否则、否则……”

风后宽慰黄帝说：“我们知道黄帝的本意，否则事先你怎么会安排常先这样一个搅屎棍去做祁鼆的辅臣？！”

“我犯傻啊！啊，犯傻啊，我不该啊！啊、啊、啊……”黄帝哽咽出声。

这里黄帝在泰山严重失态的时候，另一边就是在宁邑的“骨灰”下葬。

但是事先，没有人打算把“骨灰”安葬在宁邑。

具体地说，是按照黄帝的旨意派出仪仗卫队，在王室内支取路途的食物与轩驾，由其妹妹任僖捧着盛有骨灰的陶罐，在昆吾的带领下，一支由陶器厂窑工组成的、浩浩荡荡的送葬队伍，长途步行至宁邑沙河原来有巢氏部落驻扎过的固地。

此时的昆吾已是命官，他在开窖后被黄帝宣布为陶正。

任僖有任僖的想法。固地虽然也有有巢氏的村落，但是因为祁貙，她不想在山阳都宁邑附近的地盘上下葬。不明真相的任僖一路上含着泪花走在队伍的最前头，她怀着极其悲伤的心情，准备拐过离祁貙较近的固地，继续向有佶好所在的盘古山行进。

整支队伍都没有异议地跟在她身后。

然而在半道之上，蛇形的队伍突然就停滞不前。

半道上的路当中跪着一个汉子，他竟然就是封子和任僖的大哥——祁貙。沟谷里的溪水在咕噜噜地流淌。下跪的地点就是在那个拐进盘古山的山谷口上。这已经是祁貙的山阳都地盘。前面的人竟吓了一跳，堂堂的祁貙悲从中来，泪眼婆娑，哭声阵阵。

都以为祁貙这是疯了。

谁都没有想到，作为兄长和都头双重身份的他，这一天竟然带领手下一帮有巢氏官兵，早早地跪候在道路当中，拦截并力争说服改变送葬队伍的前进方向。他仰起头艰难地望着妹妹任僖。祁貙的一只眼睛瞎了，他瘦骨嶙峋，已经不成人样。泪水从那个干瘪的眼窝中轰涌流出。

“呜，呜呜呜，我悔呀，妹妹！”

他干瘦的脸面和悲惨的状态，一下子镇住了他的亲妹妹任僖。

山阳都都头祁貙，已经不是当初的祁貙。

“任僖，我自作自受，我现在是身心俱死，只求赎罪！”

一个鲁莽之人，在悲伤之中已不顾及秘密与脸面，一见亲人就像大海里抓到了救命稻草一样，恨不能挖心掏肺，鼻涕和眼泪与声俱下。

“德不配位”指的就是这一类境况：在这段接管地方的特殊时期，他这个头脑简单之人在短短的时间内，经历了常人难以想象的风云变幻。先是被想夺酋长之位的衣松所惑，胡乱作为，上山强迁，接着在内伤复发时遭遇了一场部属兵变，最后是被“空降”的副职常先笑里藏刀篡权暗算。

变故接二连三、诸如莫名其妙就负荆请罪、深更半夜遭遇围攻、饮食当中屡有毒杀……而死党衣松拍拍屁股被流放天涯，带出来的有巢氏渔猎队员战后已所剩无几，新的地盘上没有体己的亲信，这时幸得从盘古山迁移下来一批有巢氏族的兄弟，才侥幸解除了内部士兵的哗变，九死一生，躲过了常先的阴谋诡计，最后将这个矮胖的辅臣活活烧死。

“我悔呀”“我自作自受”“我只求赎罪”等等，说出来就是这个意思。

惊恐、孤独、痛苦，以及茫然无措，劫后余生的祁貙终于悟出了后来的“打虎亲兄弟，上阵父子兵”这个谚语的道理。所以一见面他就抱着骨灰陶罐失声号啕。特别是由于长年征战的内伤复发，致使他的精神与体能都在迅速枯萎衰竭，这更使得他深切地感受到对当下生存与生命未来的担忧和恐惧。

他说：“现在我时刻都在念惜你们，真的！”

祁貙就这么简单。母亲鸟鹗长时间杳无音信，妹妹任僖早已与他决裂。作为山阳都的孤家寡人，他听从了族人的意见，短时间内遣散了那些功勋卓著的随将，当众烧死了钦命的辅臣，但是他也逐渐看清了身边人的唯利是图与阳奉阴违。他既无子嗣，又缺乏帮手，而且还难辨忠奸，因此在歌舞升平的幽深宫殿内，他已经深深体会到孤苦无助的不断侵袭。

他既无脸上山面见佶好和族人，又不敢主动去有熊求助于妹妹任僖。

最后他想到亲弟弟封子。他在绝望透顶的时候甚至都想到过，如果是聪明、重情、果敢的封子同意，他都甘愿将他受封的都邑和盘托出，大胆放心地将“都头”这个位子及其权事，交由这个富有酋长天赋的弟弟去全权处理。

然而可悲的事情却是，他此时此刻已经听到了封子的死信。

他跪在任僖和昆吾面前双手趴下，将头抵地，哀求说，“我请求大家，将他的骨灰安葬在宁邑吧！”

送葬的队伍没有人说话。

“我已经在宁邑选好了自己的墓地，我愿意将这块墓地留给兄弟。”

山谷口上流水潺潺，汩汩的水声异常清晰。此时任僖放下了陶罐。

“我都见不到我母亲了。”祁貙几乎是在哭着哀求，“我感到自己的身体也不行了，我很想不久以后，就可以跟封子葬在一起了！”

妹妹任僖的泪水，这时候就哗啦哗啦地流了下来。

她走上前抱着祁貙的脑袋，“呜呜呜呜”痛哭在一起。

就这样在第二天清晨，也就是黄帝在泰山封禅的同一天，大家在宁北山中一块坐北向南的墓地埋葬了骨灰。

固地上的有巢氏乡亲倾巢而出。很多人都怀着敬重的心情慕名而来，上山的道路上挤满了宁邑的城民。而且都头祁貙为了使大家记忆深刻，完全听从了昆吾和垱月的建议，在墓地上准备了人手一个的陶器。因此这个葬礼的隆重和意义，在民众心目中就显得比封禅仪式还要瞩目。

就像《列仙传》里所言：“时人公葬于宁北山中，故谓之宁封子焉。”

这就是宁封子前面，那个“宁”字的来源。

明天就出发

这时山里已经进入浓郁的春天，温暖的阳光穿透树冠洒下耀眼的光芒，溪水淙淙，花草茂盛，许多不知就里的嘶鸣声源自树上的动物。此时昔日热闹的巢燧部落驻地，已人迹稀疏，冷冷清清。后山盆地的陶坊和龙窑也杂草丛生、鼠兔穿梭；山道台地上蔓生着苔藓、荆棘和荒草；山门与村落，被烧焦成乌漆墨黑的废墟。

在进山的峡谷途中，宁封子像卸了担子一样感到步履轻松。

峡谷内哗啦哗啦的溪流在路侧迎面而下，水当中有一些浑圆的岩石上，偶尔能看到长尾巴彩鸟在其间一蹦一跳；浓郁的树冠将道路掩映成一条幽深的窑弄，和煦清凉的风在屁股后面一阵一阵，似在不断助推着人们行进；潜回盘古山的人一共是六位，除了封子、昆吾和垱月，另外的一男二女是在陶器厂带出来的小跟班。

有两个是垱月作坊里漂亮机灵的女工，有一个是与封子、昆吾生死与共的青年窑工。

一进山门，所有人就感觉到不对。

台地上的那个水塘边空无一人，只有一对松鼠唿噜唿噜扭头上树。这时忽然传来婴儿“呜哇呜哇呜哇”的哭声，正好又有一个中年女性拿着陶碗，急匆匆在崖壁上从一个洞穴拐进另一个洞穴。于是宁封子三步并作两步，飞也似的攀上了那个最大的洞厅。

孩子是个男孩，虎头虎脑地非常壮实，被抱在燧人氏的一个妇女怀中嘟噜嘟噜喂奶。

有好几个人陪伴着分娩不久的信好。佶好躺在巢床上已经脸无血色，奄奄一息。据说在衣松们烧棚屋时被推搡跌坐受伤，临盆后又大量出血，血流不止，直到天亮后似乎流干了一样，才滴滴答答流量稀疏。在山的部落人这些天几乎都围着佶好与孩子，但是面对“奄奄一息”都束手无策。佶好时而发烧嘟噜着说些胡话，时而疼痛得虚汗淋漓咬牙呻吟。

现在看上去佶好的脸色，就像烧过的炭灰一样苍白得吓人。

宁封子蹲下来攥紧她的手。此时她体形单薄得像是兽皮下没有覆盖东西。仅仅靠水和羊奶，已勉勉强强坚持了产后七八天的时光，但她心里非常清晰。宁封子进去后她微微睁开了眼睛，就像一见钟情时那样，她的手知道反过来覆在封子手背还稍稍用了点力气。她甚至嘴角微微有一些上翘，表露出放心与满足的意思。她最后还看了一眼垱月抱过来的孩子，然后闭上疲惫的双眼，眼角还滚出一颗晶莹的泪珠。

佶好是在等宁封子回来。

佶好就这样一声不吭地，从此就再也没有睁开自己美丽的眼睛。

女人们顿时呜呜地痛哭，而男人都没有发出声音。但是所有男人的泪水就像喷涌的泉眼一样，都在掩面失声抽泣。宁封子仰头望天，泪水沿着两边的太阳穴奔涌而下，滴滴答答。他在佶好身边静守了片刻，然后轻轻地走出洞穴，然后贴面怀抱着孩子坐在那个水塘边上，一直坐到太阳沉下西边的沟谷。

待在盘古山上现有的男女，除了三位还是被抱在怀里屎尿不禁的小孩，剩下的分别是燧人氏一直死心塌地跟随着佶好的十二位，有巢氏部落十二人（包括早先就归顺的杂氏三个），以及后面投奔来的昆吾叔伯兄弟七个。现在加宁封子、昆吾和垱月等六人，共计三十七人。当初近两百号人口的有巢氏族血脉所剩无几，这个情况在《逸周书·史记解》中略有说明。

《逸周书》上说：“昔者有巢氏，有乱臣而贵，任之以国，假之以权，擅国而主断，君已而夺之，臣怒而生变，有巢以亡。”这些话大致想表达的意思是，说有巢氏酋长以仁慈施政，和怡待臣，然被类似衣松和祁貙这样的奸佞私窥，趁机谋权，继而谋国，当发现问题采取措施时为时已晚，权臣就势生乱政变，致使有巢氏族失政亡国。

这一天天黑以后，佶好像是仍然活着一样安静地平躺在巢床之上。吃过食物以后，他们就都聚集到这个洞穴里等宁封子进来说话。我不是非常愿意叙述这样一个黑夜的经过。但这又确实是一个在历史转折时期，一帮人追求理想的重要会议。夜间天冷，山阴雾寒，洞穴中间点燃着一堆篝火。茫然无措的这一帮人，都怀有美好的生活憧憬仰望着酋长。

他们期待着宁封子能给自己一个满意的目标与指示。

而这个时候宁封子不愿意多说，他声音小得就像是自言自语。他只简洁地说了几句。他说："现在，我们一切都可以按自己的想法重新开始。尽管我们来自各个氏族，历经过苦难和折磨，但是我们都无所着落，我们都在等候，我们都想过一种自己满意的生活，所以可以确定，我们大家现在就是一个非常团结的新家族！"

最后他说："既然是一个家族，家里的人都可以表达自己的意见。"

洞穴内烟火噼里啪啦。

"首先我表态拥护封子。"昆吾开口的声音很轻。这时他说："现在我们面临的问题是，我们必须寻找到一块家园。因为炎黄的联盟还没有越过长江，如果大家没什么更好的建议，我提议我们一起去南方的番地。"

垱月说，"那个地方，我俩和这七个叔伯兄弟都非常熟悉。我们遇水作舟，翻山越岭，不急不忙慢慢跋涉，不管路上需要多少时间，又有多少艰难险阻。因为那里既有崇山峻岭沃土盆地，又是沟河密布水乡泽国，很多荒无人烟的地方适合居住、业陶和开垦。关键是那里雨水充足，气候温和，果木繁多，还特别适合大家生儿育女！"

有巢氏一个抱着孩子的女人补充说："以后，我们无论如何，都不能依附任何一个氏族或部落，哪怕是艰难和辛苦，我们都必须自己建立一块属于自己做主的领地。"

"我也是这么想的。"昆吾说，"广纳流民，自耕自足。"

有人提议：还是像以前一样共同劳动，共同食宿，共同育儿养老，就好。

也有燧人氏人说，我们不能够存在家庭这样一个自私的单位。

"不需要强制和争斗，杜绝私欲。"

"渔猎与耕作的空闲，就制作所缺的陶器。"

“平均分配，不分高低，听从酋长分配。”

有人往篝火里增添柴薪，以抵消寒气源源不断地入侵。那个新来的青年窑工坐在封子身边在树皮上做着记录。这时其中的一个人，起身中途摸黑离开了洞厅。

这个人就是平时不起眼的垱月。大家都以为她是出洞取水去了，其实她是去那个水塘放水。她是细心的，她是想在离开之前将出水的围栏石头扒了，让那里的积水“哗啦哗啦”顺势流走。黑暗中水声在告诉大家她的善心。她在流放那些已经没有了用处的禁锢在其中的游鱼。

就在这个时候，外面的台地上突然就传来垱月大声的惊叫。

“你是谁？谁站在那里？”

黑夜里有个影子。那个站在崖壁下面一动不动的影子说：“我是任僖，我一直就跟踪在你们后面！”

任僖的声音很大。她激动地责问，“我想问你们，为什么就一定要走？为什么要瞒着我让我返回有熊？哦，为什么？”

她气愤地说：“我真不懂你们的心思，哦，假装着死了，难道就是为了千辛万苦偷偷摸摸地逃走，又去艰难地重新建一个村落？”

大家默不作声。

岩壁下面又大声吼叫：“都发疯了吗？好好的日子，又不是走投无路。哦，只要搬下山去，就可以吃得饱穿得暖，有很舒服的生活让我们享受。”

黑暗中的声音很响很尖，甚至碰到山对面的崖壁还有“嗡嗡”的回声。

任僖还在大声责问：“黄帝封禅回来以后，对功臣就会有赏赐。哦，你就是在有熊城不愿意待了，我们的兄长祁貙都愿意把他的封地让出来给你做主。哦，你这么聪明的人，连这个肤浅的道理都不懂吗？”

这个性格坚强的任僖非常恼火。

但是“火”，这天晚上面对这些一声不吭的“木头”毫无反应。因为树木已经潮湿，在嘶嘶地冒烟，并因为潮湿而像是加大了重量和硬度。任僖得不到回应。她最后嘚吧嘚吧说着说着，把自己给说哭了。

“呜呜呜呜……，我们的父亲丛脖死了，我们的母亲乌鹗也没有了消息，我们的兄长祁貙身体又垮了，哦，难道你是想，让我一个人待在有熊城，举目无亲吗？哦、呜呜呜呜，哦、呜呜呜……”

像一个陶器一样，封子还是沉默不语。

“跟我们一起走吧，任僖！”很久很久，封子最后说，“或者，你再叫上力牧，去南方找我们都行。”

公元前二六八八年那一年，宁封子年仅二十一岁。

他其实就是这个新石器时代里的奇异之人。

会有很多人打死都想不通这个道理。有能力和骨气，有追求和仁义，有不可估量的发展空间。历朝历代都有在和平年代里一生专事官场之人。但是一下子从原始共产主义中出来，封子很不适应。其他人可以打着为了社会进步的旗号，沉浸于前呼后拥的虚荣，贪图着权力附着于个人的享乐。但是他封子不可以。

明摆着的事情，作为一个一统天下的有功之臣，在帝王封禅和华夏安宁之时，正是高官厚禄、前呼后拥的下半生享乐荣耀的开始。不要说去钻营官职，不惧肥腻，得陇望蜀，就是与世无争，明哲保身，从此他也可以居有竹庭，食有鱼肉，衣有貂裘，伺有奴婢，出有护卫，行必轩驾，安则丝乐……何况一人得道，鸡犬升天，荣及部落，惠于亲属。

但是他却偏要佯装一命呜呼，告别黄帝，退出朝政，满怀思想，销声匿迹，归附山野。

《列仙传》综合其一生曰：“奇矣宁封子，妙禀自然。铄质洪炉，畅气五烟。遗骨灰烬，寄坟宁山。人睹其迹，恶识其玄。”

他以后的日子还非常漫长。

在黑夜里他的主意已经确定。当时他眯起眼睛凝视着夜幕，仿佛就看到一队满怀希冀的男女，就像前面有一个理想家园在那里等着开拓一样。如果稍做动员，陶器厂还有许多被俘来的匠奴，可以被一呼百应召唤出走。但是宁封子没有，因为这里有一伙人在渴望并等待着引领。只要一声令下，他们就会轮流携抱着婴幼，背负着大包小包，劲头十足地朝着既定目标跋山涉水，勇往直前。

最后硬扎的宁封子顾不上任僖，站起来对大家做出决定：

“就这么定了，我们明天出发就是！”

后来据江南番地上的居民盛传：这支朝江南番地迁移的队伍，在经过河南信阳准备穿越大别山的时候，黄帝曾派力牧将军率领着将士若干赶来赠送衣食和护送南下，任僖携带着原先有熊氏护村队勇壮二三十及其家眷加入。因为有井然的秩序、充足的食物和善良的民风，沿途有战乱失散的流民和炎帝中不甘的残部近百人源源不断补充进来。

于是这支将近两百人的寻梦队伍，山重水复，辗转游弋，走走停停。他们的祖宗终于于公元前二六八六年，抵达了江南某个近湖且原始的丘陵地带，选择了荒无人烟的果林边驻扎造屋，在议事的祠堂里设置炎黄的牌位，在河边滩地与山间盆地上垦荒种地，在周边的崇山溪谷里围猎捕鱼，在山坡脚下兴建作坊和窑场。

从此，这个像是世外桃源一样的地方，烟火袅袅，渔樵耕读，鸡鸣狗吠，闻名遐迩。一个远古的关于“陶圣”及其所属部落的民间传说，作为野史逸闻被历代的巫师、史学家、闲散学士、地方主簿、文学家、说书人等编成故事，并不断补充完善，在月明星稀的夜晚常常于镇口的大樟树底下，辅之于锣鼓铿锵的叙说节奏，绘声绘色地吸引着恍然如梦的当地听众，甚至造访的游客。

图书在版编目（CIP）数据

龙窑飞 / 江华明著. -- 北京 ： 中国文史出版社，2019.7

ISBN 978-7-5205-1170-4

Ⅰ．①龙… Ⅱ．①江… Ⅲ．①长篇历史小说－中国－当代 Ⅳ．①I247.5

中国版本图书馆 CIP 数据核字(2019)第 142651 号

“江西故事 中国梦”江西文学重点扶持工程作品

责任编辑：全秋生
封面设计：徐　晴

出版发行：中国文史出版社
地　　址：北京市海淀区西八里庄路 69 号　　邮编：100142
电　　话：010－81136602　81136603　81136606（发行部）
传　　真：010－81136655
印　　装：北京温林源印刷有限公司
经　　销：全国新华书店
开　　本：787×1092　1/16
印　　张：16　　字数：248 千字
版　　次：2019 年 8 月北京第 1 版
印　　次：2019 年 8 月第 1 次印刷
定　　价：49.80 元

文史版图书，版权所有，侵权必究。
文史版图书，印装有错误可与发行部联系退换。